论睁眼看世界

曾彦修 著

人民出版社

前　记

　　本小册的主要内容是习称的"杂文",以及几篇与杂文有密切关系的论述文字。鲁迅早就说过,"杂文"一词是不明白的,它的真实内容应为"社会批评"、"文明批评"之类为妥。正是此点今天已被新的条文大大的冲淡了。不过,我是始终照此指导性意见办的,只是水平太低罢了。我写的任何文字,从不保存。原因是我没有准备出什么文集。但若干年来,有几位可敬的老同事不断鼓励我将一些旧文字出版,甚至表示愿代为收集资料。这怎么敢当呢,我便只能自己收集了。但很困难,因我一篇也没保存。有一些是可以从我过去的小册子上选用的,但不多,主要是质量太低不能用。现在有多篇都是从网上弄下来的。有几篇是老同事张慎趋先生新近提供的剪报。有的是从中学教科书上弄来的。还有广西桂林的一种大学选文读本上有几篇,现在从网上找来的大概就是它们。虽然来源杂乱而不全,但关系不大。既然是"选",有若干篇也就行了。
　　我的一些杂著、杂文,除个别外,大都水平很低,今所保存于此书者已觉得十分过分。但我也尚知有所删削。例如,

《重读论雷峰塔的倒掉》《论歌德派》等，今也仍有人重视，但前者并无创意，后者太长，类此，均未选。我有三篇颇长的豫陕甘川行杂感，分别涉及汉武帝、秦始皇、诸葛亮三人，现在重读，秦皇、诸葛二篇无甚新见，便只留汉武一篇。

我之所以敢于大着胆子选出本书，主要是因为有几位先生写的几篇嘉许文字壮了我的胆。当然，主要是一些多年的老同事一直在催促我编选此书，这表明他们对其中某些文字曾经有过印象。没有以上诸友人的催促、鼓励，我是绝不敢妄自印出此书的。

多年来，催促我编选我的旧文的老同事，其中最主要的是吴道弘、王志民二位。结果拖了五六年，我编成了两本。一本大体上是这本杂文集，一本是回忆与论述。两稿编成后，又承吴、王二同志通读一遍，并提出了一些问题。因我已衰老，有些技术性的东西，多次也看不出来。又文名是一时偶然想起的，自知太过分，但以为就一直想不出新名字来，就只好愧用此名了。

我这里特附上萧乾、邵燕祥、章明三位我所佩服的名家的奖掖、嘉许的书信、文章。还有一篇牧惠现已印行的、嘱咐在他死后五年或十年出版的文集中，也有关于拙作的一篇文章，其中说，我的《论数蚊子》一篇"真是绝了"。此文我已看到过，但我目前又找不出，甚歉。是他们壮了我的胆子，谨此敬致谢意。尤其是萧乾老人，时已重病，他在医院中致函本人，奖掖后学，更所铭感。

作　者

2011 年 8 月中旬

本书编选体例

一、此书均为解放后零星随笔(多数是习称的杂文)杂著的选录。

二、本人另有单行本《天堂往事录》不在本书之内。

三、本书部分是由本人已出版过的几本小册子中选出的。余者质量更差,故未用。

四、本人在解放后发表的文字,从未保存过,每次辑集时,均是临时乱找。近十年来,本人发表过的文字虽少,但也一篇未存。现在的《向撒切尔夫人问一声好》等,是我儿子从网上寻得的,也有些是别的朋友代找来的。找不到的,估计也无何价值,也就算了。

五、本文集中的有些文章,现在查不出发表地方与发表时间了,多是过去在成集出版时被划去的,有的是剪存时忘了记出处与时间的。现已无法再注明了。

六、本书排列次序,大体上是按照有某种共同意义之处而排列的,并未谨遵时间次序。我发现,六十年来我的思想并无什么变化,文章先后也未有过矛盾之处,因此就未强调时间先后的次序了。

　　七、本书文字，有的地方小有变动，如语法欠通，啰嗦重复之类。但绝没有任何改变论点或新加论点之处，此是一个为人道德问题，因此保持旧文章面貌不变。

2011 年 8 月 25 日

特　载

萧乾先生致作者信

严秀同志：

　　我现在是在北京医院偷着给你写此信——因大夫不许。一个多月前，我因心肌梗塞住了院，至今仍在疗养中。写此信是向你道歉(注一)。原来计划写读您大作心得之文，写不成了。但至今仍认为您做了一件大事：用苏联为咱照照镜子。可惜《随笔》未一次把文登完。您学识渊博，对苏情况太了解(注二)，我又希望尊文能早日进入一醒世文选。

　　我恐还得在此住上几个月，眼前总算脱了险。此信是为道歉，请不必复了。

　　又颂

著祺

萧　乾

1997 年 3 月 31 日

注一：此处所云"道歉"，是萧老过于客气。先是萧老在《随笔》上看到拙作《读罗曼·罗兰〈莫斯科日记〉》（上）后，即赐信予作者，奖励有嘉，并云读完全文后将撰写一读后感交《随笔》发表。萧老也与《随笔》去了信。但随即因病住医院，不能为此文了，故有"道歉"之说。萧老是长辈，为此提携后辈精神，令我感泣。

注二：我在《后记》有说明，本人深悉自己是不学无术，又不懂俄文，并未研究过苏联，所作纯属资料性与零感小作，不登大雅之堂。

作者注

邵燕祥

推荐一篇国际题材的杂文

严秀同志写的《一盏明灯与五十万座地堡》,是一篇好杂文,好的国际题材杂文。

天下之大,芥豆之微,无不可以入杂文。一衣带水之东有人篡改历史,粉饰侵略,居心叵测,应该予以驳斥和揭穿;天涯万里外的他山之石,也不妨借来攻玉。国家不论大小,都有可以学习的地方;地域无分远近,也都有可以总结的教训。

严秀说的是阿尔巴尼亚,涉及已故的阿尔巴尼亚劳动党领导人霍查。直到1972年以前,霍查与中国友好。当时中国致阿党代会的贺电中,曾誉之为遥远欧洲的一盏"社会主义明灯",并且引王勃诗"海内存知己,天涯若比邻"相期相许,现在三四十岁以上的中年人大约还记得幼时唱过有关的歌曲。

世事变化万端,国际关系敌我友的分化改组无时无之,背景复杂,资讯不足,自是杂文作者的难处。今天议论霍查旧事,一是远距离,二是"冷处理",似乎容易些。但若不是如严秀近年一直关注和研究国际共运和原"苏东"问题,则虽面对有关阿国土上至今犹存 50 万个大地堡的外电,也不会引发如此的深思,发如此切中肯綮的议论。

1956 年,在苏共二十大后和波匈事件之后,中共中央先后发表《关于无产阶级专政的历史经验》和《再论无产阶级专政的历史经验》二文,在分析斯大林问题之后,指出搞得民主不像民主、专政不像专政,是致乱之由和致败之由。

我以为严秀文章分析二百多万人口的阿尔巴尼亚修 50 万个大地堡,平均每五个人分担筑一地堡的任务;而这些地堡对于防御现代战争中的外敌入侵意义不大,其作用恐怕主要用来震慑群众,也就是把专政和镇压施之于人民。曾几何时,民变蜂起,那个政权终于维护不下去了。严秀此文不过两千字,实际上是前述总结历史经验的继续和深入。

这个远在万里之外的地堡故事,让人不由不想起秦始皇嬴政收天下兵器铸金人,又征千万徭役筑宫殿长城,终不免于二世而亡的更古老的故事:"秦人不暇自哀而后人哀之,后人哀之而不鉴之,遂使后人而复哀后人也。"

现在常写国际题材杂文的,还有一位年逾八十的老同志冯英子。他对日本军国主义侵华战争的罪恶,对日本朝野右翼势力的叫嚣,及时痛加抨击,有理有据,正义凛然。

严秀的国际题材杂文,亦如他别的题材的杂文一样,都是既有激情,又持之有故,重在分析,不是简单地说"不"或说"是",所以娓娓道来,却有很强的说服力。

让我们向严秀、冯英子学习,包括学习他们国际题材杂文的写作。

（原载《杂文报》1997 年 9 月 17 日）

章　明

历史不能伪造

——读《偶感》之感

　　严秀同志的《偶感二则》(载 3 月 21 日、22 日《羊城晚报·花地》)立意深刻,议论警辟,抉隐发微,条分缕析,读后很受启发。特别是文中提到那部历来被视为"经典之作"的影片《列宁在 1918》,更引起了我的回忆与思索。

　　那部影片,几十年来我看过无数遍了。轻信出于无知,开始,我丝毫也不怀疑。同时因为它拍得很有点"艺术性",演员很出色,于是不但相信而且欣赏。在影片里,布哈林是一个居心叵测的间谍、内奸、阴谋家,正是他"赤膊上阵"故意给列宁的警卫长华西里指错路,导致列宁被刺而身负重伤。这种"形象化教育"的力量是很强大的,我十分痛恨布哈林,认为他的被处决是罪有应得。后来,我对某国的党史了解得稍多一些,开始对上述的"精彩细节"产生了怀疑:布哈林是苏维埃国家开国元勋之一,是国际共运的著名领导人,而且是受到列宁称赞的"学识卓越的马克思主义经济学家"。以这样身份的人而去干那种"特务崽子"干的勾当,似乎有些荒诞不经(严秀指出:如果布哈林真的那样干了,一小时以后就会被华西里揭穿。他的提示是极有说服力的)。我怀疑的也只是这个细节,对整个剧情却仍然深信不疑。

记得我看出破绽是 1972 年在"五七干校""灵魂深处爆发革命"的时候。那时,《列宁在 1918》放映得更频繁了,过一段时间就要去反复接受再教育一次。偏偏那年人民出版社出了一本《列宁回忆录》(作者是列宁的夫人娜·康·克鲁普斯卡娅),我惊愕地发现,书中关于 1918 年列宁被刺的经过及布哈林当时的言行,和电影描写的截然不同:8 月 30 日,从彼得堡给伊里奇传来消息说,早晨 10 点钟列宁格勒肃反委员会主席乌里茨基同志被刺杀了。

晚上,伊里奇——根据莫斯科委员会的请示——预定去巴斯曼区和莫斯科河南岸区演讲。

这天,布哈林在我们家吃午饭,在吃午饭的时候,他竭力劝说伊里奇不要去演讲。伊里奇一笑置之。后来为了不再谈起这个问题,他就说他或许不去了……

弗拉吉米尔·伊里奇受伤的次日,报纸上公布了莫斯科省常务局关于社会革命党与谋刺事件无关的声明。

天哪!原来布哈林不但没有充当"特务崽子",反而是"竭力劝说伊里奇不要去演讲"。这就不仅是细节了,影片整个故事骨架全都不真实!当时读到这些,我真像戏曲里唱的"凉水浇头怀抱冰",浑身起鸡皮疙瘩。原来这样重大的历史事件也是伪造的!

然而,五十年后的今天,历史又回到了它的本来面目。最近苏联公开宣布:为无辜被处死的布哈林等 20 人恢复名誉,平反昭雪。

　　历史,是不能伪造的。伪造只能瞒骗于一时,而绝不能长远。历史,也是不容伪造的。伪造的"历史"只会把社会引入歧途,拖住人类前进的脚步,造成巨大灾难。在这方面,我们不也经受过惨痛的教训吗?

　　"诗"曰:

　　芳兰萧艾不同伦,

　　谁道汗青有秘辛?

　　伪史诔词能误国,

　　岂徒无补费精神!

(原载《羊城晚报》1988 年 4 月 11 日)

刘绪源

"封闭是万恶之源"

日前,因某退休官员大骂外国领馆在中国搞慈善募捐为"不要脸",引来了众多网友和论者的批评,也引起了大家的思考。对此本可不再赘述,但我总觉得,这里还有一层意思似还未被拈出,但其实危害甚大,故不妨再说几句。

那就是,在这位官员潜意识里。还有一种难以说出口的强烈渴望,即渴望回到过去。回到一个封闭的、中国的事情只由中国人自己说了算的、谁也别想插手的时代。我们国门大关,自己活自己的,你再好也是白好。对于外来的声音,用上海儿童习惯的口气说,就是:"关侬啥事体?"

可惜这"过去的好时光"未能长久。当中国经"文革"动乱,国民经济已到了崩溃边缘,而外面的世界迅速发展,国际市场日新月异,新的机会摆在中国人面前时,中国出现了改革,打开了国门,"对外开放,对内搞活",再也不是一个闭关锁国的社会了! 改革开放的巨大成就使中国强盛起来,想来那位官员不能不承认这一事实。可是,他的情绪暴露了真实的想法。情绪有时比语言更能显示一个人的内心,语言可以作假,情绪却很难掩盖——正因为平时有压抑,有口不能言的怒火长期积郁心间,所以一有机会,一遇诱因,就会冲口而出,一发而不能止。

为什么外国领馆参加中国的慈善活动会变成"不要脸"呢? 因为在那位前官员看来,中国人在这件事上"丢脸"了。怎么会"丢脸"呢? 直接的原因是有人用假币。用假币是违法行为(如果是故意的话),一个国家有人违法,并无什么稀奇。有人违法,正常的解决办法应是查处、法办、防范、警惕、谴责……这位前官员却迁怒于慈善活动本身,迁怒于参加慈善者。尤其是找到了主要发泄对象——外国领馆。这就很清楚了,他觉得中国再不好,再有犯罪,那也是中国人的事,轮不到你们外国人摇头。这就让人想到了阿 Q,此公头上明明有癞疮疤,却不让人说,连"光"字也不能说。

这就提醒了我们一个关键点,即:中国人的脸,或曰国之颜面,靠什么去争得? 当有哪些方面我们做得不够好时,是否要掩盖着不让外国人看见? 或者,是不许做得比我们好的外国人做给我们看,一旦他们做了,就恨不得把他们骂走、赶走? 这种阿 Q 心态能解决问题吗? 事实证明,真能解决问题的,恰恰不是不让外国的好在我们面前出现,而是让其出现,出现得越多越好,求之唯恐不得,而我们自己则急起直追,知耻而后勇。巴不得做到好上加好。中国改革开放后,之所以能发展到今天,正离不开这种积极的心态。而阿 Q 式的自掩、自大和排外,其危害早已尽人皆知。

二十多年前,在与前辈杂文家曾彦修先生聊天时,他很郑重地说了一句思考已久的话:"封闭是万恶之源。"这话像一道闪电,照亮了我许多久思未决的问题,所以一直记到现在。静心想来,这句话,不正是对改革开放的最好的赞歌吗? 不管是什么人,现在想把中国重新拉回到封闭的时代,已经不可能了;然而,对于"开放"的好处,我们还须作更深入的理解,还得大说特说才行!

(原载《新民晚报》2012 年 12 月 18 日)

目　录

论"数蚊子"

　　不久以前,中央有一个部,曾用一个大得可怕的名义,发了一个指示给全国,说过去卫生运动中各地所消灭的蚊蝇等等的统计单位不"科学",今后在统计这项数字时,要各地以"科学"的单位计算,"蚊、蝇、孑孓、蝇蛹等一律要以个数计"。这个"指示"是堂而皇之地发给全国各大行政区的党、政府和军队的领导机关,并要转发到各地去的。

　　这很像一个技术高超的人编造出来的笑话,也很像世界科学史上一个前所未有的奇谈;但这是真真实实的事情,指示还用的是加急电报哩!

　　请问发指示的人:府上喷射"滴滴涕"时,你是如何"科学"地统计你所消灭的蚊蝇的"个数"的? 还有,在水里消灭了多少"孑孓",你又有什么"科学"方法可以统计它的"个数"呢? 还有,我在写这篇短文时,也用手拍死了几个蚊子,但忘记了统计"个数",又如何办呢? ……按照这个指示,把全国人民一个不漏地全部动员起来,百事不干专门去做"数蚊子"的工作也完不成任务呀!

发出这样指示的人，显然是失掉了理智。照他们这样干下去，大概再饱食几餐之后，就要统计全国人民的头发有多少根，或者地上的杂草有多少棵了。

　　事实上，"数蚊子"这样的笑话并不是唯一的。像这样的"领导"，在同一部门及其他部门中还很多。光把它们看成一件笑话是不行的，还必须首先把它们看成是在国家建设过程中一种很沉重的痛苦。

　　这种事情为什么竟能从起草人一级一级地报上去，又一级一级地批下来，堂而皇之地流毒全国呢？这就说明官僚主义的毛病在我们的不少的机构里是已经如何地浸透了，病情严重，以致有些病人已经处于不省人事的状态了。

　　但是，过去我们鼓励人们起来仇恨这样的人和这样的事太不够了！以致他们还可以作为一个名副其实的糊涂人而活下来。今后人们对他们的这类行为不仇恨行不行呢？不行！建设我们国家的责任，是不能交给这样的糊涂人的啊！

1953 年 5 月中旬于广州

　　（本文原载 1953 年 5 月 28 日《人民日报》。

　　按：此时全国尚无杂文发表。1950 年上海黄裳先生提出仍应该有杂文，遭冯雪峰痛击，冯除为文外，又在沪作广播演说，于是乎解放后杂文遂成为已经之文。我此文可能是解放后的第一篇正式杂文。此种文字当时谁敢处理呢？因此，我此文可能是直寄邓拓的，后发表在新闻第三版上。发表当日，时在开全国第一次教育工作会议，我也在场。部长钱俊瑞在会上大赞此文,并说"据我所知,作者就在这个会场上"。)

2009年按:此文的后面整整一半还多,是引用列宁对苏俄及莫斯科苏维埃因饥饿而购买罐头一事的严厉批评,也十分像杂文,因此引用以为本文作庇护。但这在当时不得不为此,今只得将该部分全部删去。又,文中开始所说的"大得可怕的名义",是指卫生部以"中央卫生防疫委员会"名义发的指示。当时这个委员会名义上的主任是周恩来。因当时在抗美援朝战争中报道美军使用了细菌武器,故此,最高方面组成了以反细菌战为根本任务的委员会,并以周恩来总理为主任委员。此处"可怕的",是指周的威信之高,不是平常所说的可怕。

论"睁眼看世界"

鸦片战争以前,清朝政府实行了两百年的锁国政策或者叫闭关政策,天下的九洲万国是个什么样子,他们一点也不晓得。其结果是妄自尊大,自己腐败病弱得不像样子,还以"天朝"自居来自慰。等到西方资本主义强国用军舰、大炮、商品等来强迫叩门的时候,哪里抵挡得住,纸老虎立刻被戳个稀烂。

闭着眼睛不看世界,什么都是自己的好,对自己的短处一点也不敢正视,讳疾忌医,天天以自大来满足自己,用鲁迅的话来说,就是用"瞒和骗"来满足自己(《论睁了眼看》),这不是什么爱国主义,而是爱国主义的反面。再用鲁迅的一句话来说,就是:"倘使并正视而不敢,此外还能成什么气候。"(同上)这几年,不能不说在某些方面我们也受了这种固有的、也是舶来的思想①的一些影响,其结果是自己吃亏,在好些方面

---

① 所谓舶来的思想,此处不是指西方资本主义国家的思想,而是指当时只准片面地学习苏联的思想。

弄得孤陋寡闻起来。这是我们看到的,在某种程度上也是我们所亲身经历的现实教训。

只有弱不禁风的人才什么都怕,酸的不行,辣的不行,生冷的不行,油荤的也不行,只吃祖传的补品人参和鹿茸,其结果是拒绝了一切的营养,身体越来越弱,一阵轻风吹来就喷嚏连天,慢说什么大风大雨了。一个国家也是如此。听说,一个大智者和大勇者①最近曾经说过,中国过去历史上最盛大的朝代是汉唐,也正是这两个朝代的当权者表现了伟大的气魄,他们大胆地吸收了很多外国的文化来充实了自己。这是值得我们深深记取的教训。

值得注意的是,毛泽东同志在评价近代史上的几个先进人物的时候,恰恰特别指出了他们向外国——在那时来说就只能是向西方——寻求真理的历史功绩:"自从一八四〇年鸦片战争失败那时起,先进的中国人,经过千辛万苦,向西方国家寻找真理。洪秀全、康有为、严复和孙中山,代表了在中国共产党出世以前向西方国家寻找真理的一派人物。"(《论人民民主专政》)为什么呢?因为在那时专靠孔孟之书和走老路是救不了中国的,要救中国就要另择途径,他们向西方去找真理,就表示了中国人的一种觉醒。在这点上,他们都是爱国者,比起那些顽固的国粹派,不知道要高明多少倍。

这里,我想谈谈一个学者对林则徐的"独具只眼"的评价是有意义的。这就是范文澜同志在他的《中国近代史》上所

---

① 这里指毛泽东同志。这是从当时的一位中央领导同志那里听来的。

作的评价。作者说:"林则徐是清朝时代开眼看世界的第一人。"这是对林则徐何等有见识、何等重要的一句评语啊!林则徐是一个爱国者,这是大家都知道的、敬佩的,但是还很少有人从作者的这个角度去评价他(蒋廷黻之流正是从这个角度来诬蔑林则徐,说他昧于世事,不了解世界潮流,妄图抵抗,是不顾国家民族利益的肇祸者),作者现在补足了这一面,这就给了我们以深刻的教训和启示。林则徐地下有知,恐怕也要引以为自豪的吧!

今天,这些教训和启示,对我们还是一样的有用,甚至可以说是更加重要了。因为,今天世界上经济最发达的一些国家,它们的科学和技术是在一日千里地进步,我们如果不把它们的一切有利于我们的东西吸收过来,我们是要吃大亏的。

我们过去是吃过西方的东西的大亏,因此对西方的东西存有戒心,这是可以理解的。问题是要看这是西方的什么东西。正如鲁迅所说,我们被西方来的东西吓怕了。其原因在于有很多东西是西方殖民主义者"送来"的,而不是我们去"拿来"的。鲁迅指出学习外国要用"拿来主义",要找有"养料"的东西。鲁迅说,如果对一切外国的东西望而生畏,怕被他们"污染"了,徘徊不敢进门去看一眼,那是"孱头";如果看见这些东西而"勃然大怒",一把火把它们"烧光"了,以保持自己的"清白",那是"昏蛋";如果无条件地"羡慕"这些东西,连鸦片烟也拿过来大吸特吸,那便是"废物"。我们今天应该怎么办呢?一不要做"孱头",二不要做"昏蛋",三不要做"废物",而是要像鲁迅先生所说的那样,对这些东西,要

"占有"，要"挑选"，拿来之后，"或使用，或存放，或毁灭"。要能做到这样，首先是拿来的人要"沉着，勇猛，有辨别，不自私"（以上见《拿来主义》一文，载《且介亭杂文》）——这一点，我们是能够办到的。因为，这样的人，我们现在多得很，一个有九百多万成员的最先进的政党，和一个大智者大勇者在引导着我们。

（本文原载 1956 年 8 月《文艺报》第 16 期）

2009 年按：毛把洪秀全作为"向西方国家寻找真理"的近代第一人，今天同意的人恐怕难找了。但毛那时尚以"向西方寻找真理"为可贵，则很有启发意义。这就是说，原来"西方"也不一切都是"牛鬼蛇神"。

从"孟德新书"失传说起

  《三国演义》是大家都熟悉的一部小说,其中有若干可以独立成篇的短篇小说和一些片段的小故事,特别令人觉得可爱。这里要提起的故事,就是这种小故事中十分精彩的一个,或者说,晶莹得像荷叶上的水珠一样的"佳话"之一。

  书的第六十回,叫做"张永年反难杨修"——就是我们平常说的张松献地图的一幕。为了使不熟悉这个故事的人也能够了解,这里不得不用几行字来介绍这个故事。张松是汉末益州牧(实际领有今四川一部分土地)刘璋派到曹操那里去的一个小小的使官,到了当时的许都以后,一见面就和曹操顶僵了,曹操的幕僚杨修看见张松言词锋利,不免引为同调,就出来转个弯,把张松引到下处,两人就此斗起小聪明来。张松故意贬低曹操,把曹操说得一钱不值。杨修为了证明曹操的奇才异能,就取出一卷名为"孟德新书"的东西来,要张松见识见识。张松从头到尾仔细读了一遍:原来是曹操的大著,一本研究兵法的杰作。杨修以为这下可以解决问题了,对张松说:"此是丞相酌古准今,仿孙子十三篇而作。公欺丞相无才,此堪以传后世否?"哪晓得张松记性很好,读了一遍就全都被他记住了。他哈哈大笑道:"此书吾蜀中三尺小童,亦能暗诵,何为'新书'? 此是战国时无名氏所作,曹丞相盗窃以为己能,止好瞒足下耳!"说完,就逐字背诵一遍,无一差错。杨修也知道这是张松的过目不忘,故意斗法。

于是,杨修就把这事原原本本地报告与曹操。你说曹操怎么回答? 他说:"莫非古人与我暗合否?"当场就命令杨修一把火烧掉了所谓"孟德新书"! 于是乎我们在历史上就永远"失掉"了这么一部一定是具有十分创造性的好书!

这是小说上的故事,我未细查过,因此孟德新书四字只能用引号,不能用书名号,以免误以为实有其事。至于对曹操这个历史人物的全部评价究竟应该如何,也不是本文的事情。但是对这个绝顶聪明的、高度智慧的故事本身,却值得一切拿笔杆子写文章的人,特别是弄艺术创作和一切作学术研究、著书立说的人们大大的品味一番,无妨把曹操拜为老师:学不到他的这种精神的全部,就学到十分之一也好。

任何的艺术创作和科学(自然科学和社会科学)研究,最贵重的精神是创造。这是一切艺术和科学得以生存和发展的立足点。没有这个精神和见识,就什么都谈不到了。

但是我们在平常却遇见了太多的相反的情形。

各地的报刊,都曾经揭露过不少这类的现象:从甲报抄一篇什么流行的东西投到乙报发表,甚或就在本报本刊抄一篇不久前才发表的文章"投"到该报该刊发表。这种例子当然是不值得一些有"身份"、有"地位"的拿笔杆的人的一顾的。

他们会说:这不过是一些宵小无赖罢了,何足挂齿! 是的,谈起来真是有些何足挂齿的。问题是,还有一些比他们足以挂齿得多的人在这个问题上也走了错误的道路。在各个出版社和报刊工作的人们,就知道得很清楚。有好多来稿,甚至整部整部的、以十万字计算的"著作",就是简单的抄袭或者改编,而他的蓝本又是一本很普通的、现在还在流传的书。有的人就明白说我是根据某某一本书、两本书来进行写作的(这里不是指把小说改编成戏剧这一类的情形),这是我自己遇到过的,这在道德上当然比不声明的好一些,但是在志气上却未免太低下了。他们把创作、科学研究、著书立说的观念完全弄错了。

我们必须从年轻时起,就要刻苦钻研,幼稚、模仿有一点是难免的,但是不要以此为荣,而要以此为戒,尽其所能地去做创造性的工作。不然,就要毁了自己。一个人有没有前途,有没有成就,单看这一点就大体可以作出判断的。

在学术研究上,也要有这种精神。我们不能做简单的抄袭者和搬运者,更不能以抄袭和搬运来一点东西而自鸣得意。一面学习,一面就必须同时作创造性的研究。小说上的曹操这种羞于拾人牙慧的精神,珍视创造的精神,对科学工作者说来,是必须认真学习的。

百花齐放、繁荣著作是对的。但是这百花都是要有生命的花:有的是牡丹,有的是玫瑰,有的是杜鹃,有的是雏菊,但不能在纸花店里去买一百朵纸花来代替真的、有生命的鲜花。著作也是一个道理,像鲜花一样,它们之间有美妙、香郁、姿态的不同,但总是有自己或浓或淡的芳香,或素或艳的颜色,或强或弱的生命,或多或少的魅力,单纯的抄袭、模拟、复述,就是买纸花来做真花,实际上是一朵花也没有因此而开放。

感谢《三国演义》的作者——这位艺术上真正的大手笔,他仅仅用了一千多字的笔墨,就把曹操这么一个雄才大略、器识非凡的人物的个性十分突出地塑造出来了。他给我们的这个讽喻教训,可以使我们受益无穷,十年、百年以至于永远。同样,我们还得感谢曹操,如果历史学家能够证明历史上真有这么一件事情的话。

（本文原载《文艺报》1956 年 4 月第 7 期。

原文太长,啰嗦;这里有删节,其他未动。）

"多识于草木鸟兽之名"说

二十几年前,当我在内地一个省会投考初级中学的时候,碰到的作文题就是上面的这个题目(不过没有加引号)。我那时虽然已读过几年私塾,但是老师从来也不讲解课文的,面对着这样的题目,简直是啼笑皆非,几乎交了白卷(国文科还有别的题目)。因此这句话留给了我很深的印象,以后设法把这句话找了出来,原来是读过的,在《论语》上,是孔夫子对他的弟子们讲的。现在我重新来做这篇"作文",不过是对自己的一种鞭策,哪里敢说是对别人谈的呢!

知识究竟是应该"专",还是应该"博"呢?鲁迅先生说过这样的话:"博识家的话多浅,专门家的话多悖"①。这两句话的意思很深刻,就是说,一味孤立地往牛角尖钻那样地"专"下去,这人定会昧于常识事理,孤陋寡闻,言行必至于悖谬。但是如果事事不求甚解,什么都去摸一下,好像样样都知道一

---

① 见《名人和名言》一文,载《且介亭杂文二集》。要全面理解鲁迅的这两句话,还是要看他的全文,不然,也容易造成片面和曲解。

点的博雅君子,实际则是一无所知,非常浅薄可笑。要把这两者适当地结合起来,当然是难之又难。

当然,"专"是首先必要的,特别是对学科学的人说来,如果不下苦功夫钻进去求得一个"专"字,是很难有什么成就的。但是在专的大原则下,去了解一些别的方面的知识,用这个来开拓眼界,扩大胸怀,这对自己的"专"只会有好处。任何一种学问、知识、技术,要不涉及别部门的学问、知识和技术,是根本不可能的。

在知识和学问的问题上,我们不应该采取过于急功近利的态度。但是我所接触到的某些人,对事情常常有这么一种看法:什么都觉得没有意思、没有用处,既不能穿,也不能吃,甚至对一些知识兴趣比较广泛的人投以惊异的眼光,觉得他是浪费精力。这不是一个文明人应有的态度,也不是一个文明民族应有的态度。可惜,在这方面,我们的缺陷还很大。例如,我们所遇到的青年同志,特别是青年学生,一般地说,知识都偏于狭隘,除了自己的职业知识以外,其余的往往一概不知,或所知甚少。

为什么在我们的很多作品中,人物那么清一色,情节那么单调,语言那么一套一套地使人有未说先知的感觉呢?其中的重要原因之一,就是我们各方面的知识太少,写起来不是左右逢源,而是只能写某一种人,只能说某一种话,除此一概不知。公式化、概念化、简单化的重要原因之一,是缺乏知识,这是完全可以肯定的。

我们的许多作品,特别是比较年轻的作者的作品,常常容易发现一个特点:那里面不敢涉及任何知识性的问题。他的人物不谈历史,不谈科学,不谈文学,不谈艺术(当然更不会谈音乐绘画与古典的东西了),不谈山水,不谈人物,不谈花鸟虫鱼,不谈异邦外国……总之,很少可谈的。因为日月星辰、风云变幻、鸟语花香、丛林灌木,在在都是需要一些知识的,平常如不积累,写作时就只好一概从简了。最近有一位很细致和很负责任的同志做了一件有益的工作,他指出,我们有一大批作品,把日月星辰的出没、位置弄得大错而特错了(其中包括一些近来很受好评的新作家),就是因为缺乏知识、缺乏观察而又想当然地乱写的缘故(见1956年5月号《人民文学》《关于日月星辰》一文)。不久前,作者偶然在影院中翻到一本通俗电影杂志,看见一篇介绍电影《打金枝》的文章。文章中什么人民性、反抗、斗争、典型等等文学理论名词当然是不少的,但是这位作者却似乎不知道一件事情:他竟以为唐朝的皇帝(作者也称做唐王,你还会以为是皇帝封的什么王呢)姓唐,一再地把公主的名字(不是封号)叫做唐君蕊。这不是很不应该的现象吗?(我请教了戏剧出版社的同志,对方回答说,《打金枝》几乎各个剧种都有,公主指的唐肃宗之女升平公主,即郭子仪的儿媳。)

爱伦堡的论文是大家都读过的,他的知识的丰富,恐怕任何人也要表示钦佩的。在《巴黎的陷落》和《暴风雨》这两部长篇小说中,这方面的特点更为明显。爱伦堡的作品之所以那样吸引人,我以为除了他的特别分明的爱憎感情之外,一个十分重要的因素,就是他的作品总是不断地在那里涌现出种种渊博的知识,每篇、几乎每节都要告诉你一些你所不知道的事情。这样还能不吸引人吗?

我国的作家中,鲁迅知识的渊博,也是使我们这些后生小子惊叹不止的。举一个小例子,在他和他的论敌论争的时候,鲁迅先生就往往出其不意地在一些知识性的小问题上,痛痛地刺上对方几枪。当有人讽刺鲁迅先生译书是"硬译"而不顺的时候,鲁迅先生就指出对方把银河依照英文的奶和路两个词的字面错译成了"牛奶路";当有人反对白话文,说白话文太啰嗦,举出文言的"二桃杀三士"译成白话要变成"两个桃子杀死了三个读书人"的时候,鲁迅先生轻轻一回敬,指出了这里的"士"是武士而不是读书人,不知道是谁丢了丑。①当然,鲁迅先生渊博的学问和知识,绝不是表现在这些小地方,这里不过借以说明鲁迅的渊博知识中的九牛之一毛,在必要的时候,也会怎样地变成一件锋利的武器而已。

我以为,像农民渴望增加收成的心情一样,我们知识分子也应该以同样的心情来增加自己的知识。

(本文原载 1956 年 7 月《文艺报》第 13 期。

原文啰嗦,收入本书时删去了近一半的篇幅。)

---

① 鲁迅先生的这类例子很多。这两个例子分别见《华盖集续编》中的《再来一次》和《二心集》中的《几条"顺"的翻译》《风马牛》《再来一条"顺"的翻译》等文。

"九斤老太"论

鲁迅先生的短篇小说《风波》里,有一位人物,叫做"九斤老太",老得很,七十九岁了。据说她的丈夫——看文章是指她的丈夫——生下地来就有九斤重,以后她的后代都每况愈下:七斤、六斤……。因此这位九斤老太便一切都看不上眼,开口闭口就是:"一代不如一代!"

我觉得,这种九斤老太思想,在今天并没有完全绝迹呢。

前年,自从两位年轻人起来批评前辈的学者以后,"重视新生力量"这句口号,已经相当引起人们的重视了。不过,并没有完全解决问题,九斤老太的魂魄还附在某些同志的身上。

最近,全国都在积极准备适当增加工作人员的工薪了,这个问题又被尖锐地提了出来。有些工人和工作人员,在全国解放后是六斤,现在还是六斤。实际上,他们中的某些进步快的人,早已不是六斤,而是七斤、八斤,或者已经和九斤老太一样重甚至比九斤老太还要重了。但是,我们的某些九斤老太式的领导人不愿意承认这一点,总觉得他们至多不过三、五斤,要说有六、七斤,就不行,要说有八斤,快与自己差不多了,那还了得！要说已经有九斤甚至九斤半了，"那简直是造反！"

前几天，就在本报上有一篇谈"忙"的短文章，说很多人忙于在口头上谈"忙"，我现在还要补充一点，就是这类人还往往忙于谈论另一件事，就是：没有干部。

有些九斤老太式的人物，总觉得年轻人——这里是说相对的年轻人，三十岁以上的也可以包括进去——这样不行，那样不行。其实这往往是不要他们去做的结果。人总是有一点"不在其位，不谋其政"的惰性，你不放他在一定的岗位上去锻炼，他当然永远也学不会。是的，他暂时对某一项工作是不能胜任愉快的，但是，我们的某些九斤老太自己就是十足天秤、胜任愉快吗？仔细想想，恐怕自己也会有所觉悟的。而且，有些现代的九斤老太还是只有九斤老太之保守，而没有九斤老太的重量的，那就更应该反躬自问一下了。

我还感觉到，有些善于发现干部的人，没有得到应有的鼓励。他把他领导下的人，一批批地从六斤变成七斤、八斤，但是旁边却可能有人说：某某人真不行，看看一个个地都赶上他了。这是好心没有好报。在这种情形之下，就是上面还有九斤老太在作怪，影响到某些本来不想做九斤老太的人，也有点九斤老太的味道了。

典型的九斤老太，在今天当然是极个别的，可是具有某种程度的九斤老太味道的人，就不是稀罕的了。他们在一定程度上是国家前进道路上的障碍。希望每一个有资格做九斤老太的人，都把鲁迅的这篇文章找来看看，很短，收在小说集

《呐喊》里,十分钟就可以看完的。

(本文原载《人民日报》1956 年 8 月 8 日)

　　此文当时曾引起一些同志的不满,有的还很强烈。在人民日报社一次专门讨论杂文的会议上,一位领导同志将此事告诉了我,并问我是怎么想的。我说只看说得对不对,如果没错,有人反对也不要紧吧! 他说,"你有这个勇气很好"。又,篇首说的"两位年轻人起来批评前辈学者",是指两位青年起来批评俞平伯先生,现在多以为这个批评是并不适当的,我那时完全是盲从的。

"斗争哲学"曾被认为是
反共谬论

看了《炎黄春秋》2009年第4月号上冯兰瑞的《和谐社会与宪政建设》一文,大胆提出"必须与传统的'斗争哲学'彻底决裂",可谓直言极谏,口不择言,令人佩服。这引起我也写这篇杂感。虽云"杂感",恐怕也事关重要。我就下面三个题目谈谈。

一、"斗争哲学"曾被认为是反共哲学

抗日战争爆发后,尤其是1939年国民党在全国搞"精神总动员"以后,它的宣传矛头,无论是党务系统与军事系统(俗称"CC"与"复兴社")的报刊宣传,都相当集中于反共了。他们提出了"国家至上,民族至上""意志集中,力量集中"等口号。这后面两句的真意其实是专门反共的。他们相当强力地宣传一个东西,说共产党是专讲"斗争哲学"的,要把一切斗坏。以此叫人民远离共产党。那时期被公认为"复兴"社

与"CC"系的刊物《时代精神》《民意》之类等,长期宣传的内容之一就是骂共产党只讲斗争哲学。

1945年初夏吧,国民党在陕北榆林这块地方的最高长官邓宝珊将军,他在西北军系统中资历相当老,所以,不管你杨虎城、傅作义,对他似只能执弟子礼。也因此解放前夜的"华北剿匪总司令部"的总司令是傅作义,副总司令就是邓宝珊,他不能指挥一兵一卒,挂名性质。陕北的榆林地区在延安之北,日军始终未侵入过,颇为安定。但这地区的军政势力却甚复杂,有陕北传统的井家军队势力,还有马占山本人及其少数队伍等。但论起资历来,邓宝珊最老,所以他就一直是那个地区的最高司令。邓好像是国民党的中央委员。榆林地区一切与西安、重庆的往来,均必须经过延安,因此,邓宝珊先生始终都与延安保持良好关系。

大概是1945年初夏,邓宝珊自重庆、西安返榆林,这是例行往来,出于礼貌,至多毛泽东见一见、吃一顿饭也就很够了。可这次不同,大概为了解除将来的后顾之忧,在杨家岭中央大礼堂开欢迎大会(我几年间即住在大礼堂正对面的窑洞中,记忆中这礼堂对外似乎很少开过欢迎大会,另一次是1946年初夏,欢迎马歇尔、张治中、周恩来的军事调处执行部的三人委员会),我也进去了。记得似乎是李富春同志致欢迎词,邓宝珊致答词。邓在答词中,忽然说了一句"共产党是讲斗争哲学的",台下小有骚动。但看邓仍很友好,无任何反共之意。散会下来,我们宣传部的几个人就议论开了(一般是叶蠖生前辈与田家英、吴允中及我等几人喜闲谈),说,邓宝珊怎么也讲起"反共"话来了? 叶老前辈、赵毅敏似也在场,说,他是国民党高官,天天要看国民党报刊,看惯了,他也不懂什么斗争哲学,就随便说了! 你们看他的样子不还是很友好的吗? 他莫名其妙,弄不清楚的。

事情就是这样,我记得清清楚楚,不知这次会的档案尚有保存否。

解放后,1964 年全国大批"合二而一"论,说宇宙间的一切均永远只有"一分为二",而绝无所谓"合二而一"。照此,就水也没有了,人也没有了,其悖理有如此者。这说法不也就是同斗争哲学一样的东西吗?

二、要提倡和等待"自然而然革命化"

这话是从陈伯达那里听来的,说是毛主席对他闲谈时说的(陈伯达是毛窑洞中唯一可作闲谈的座上客)。陈谈话时间是 1941 年秋,地点是延安杨家岭一个岔沟里的中央政治研究室。这个机构是 1941 年夏中央新成立的"中央调查研究局"中的三个部分之一。据陈伯达告诉我们,是毛泽东兼此室主任,陈伯达任副主任。这机构大约共有六七十人吧。老同志有张仲实、于炳然、丁冬放等,其他是"一二·九"到"三八式",后来著名的人有:邓力群、田家英、许立群等。我与陈传纲几人在农业组,大体均是自选的。

陈伯达的领导,素来是无为而治,他只当甩手掌柜("文革"小组长,他可能有点想做真掌柜的样子,几天就下来了)。

陈不会讲话,更不会做报告。1940年吧,南洋顶尖侨领陈嘉庚来延安访问,开欢迎大会,陈是福建同安人吧,语言不懂,要人翻译。翻译也得大人物才行,就由同是同安人的陈伯达来做。一场大会下来,几乎一句话也没有人听懂,但是掌声异乎寻常的热烈,因为当时大家对陈嘉庚都很尊敬。

陈伯达在中央政治研究室,一个人埋头写文章,但他大概是在延安时期唯一一个可以由毛召入窑洞中作闲谈的人物了,所以他能从毛处听来某些别人听不到的东西。在政研室,1941年秋,晚饭后,他喜欢一个人在他的小窑洞中对人闲谈,没有题目,有些自述性质的小故事,如说在莫斯科,他曾被怀疑为托派;又说,人家读列宁著作,他研究孙中山的三民主义,又被怀疑为国民党右派等。他讲这些,当然是自傲事件,表示自己从来不是教条主义。他这窑洞连同小过道坐十来个人了不起了。去的人自带小木凳,有点像设帐授徒似的。后到的人,只好明天请早了。有一次,我算抢到一个位置,那次,听陈说,有一次毛对他谈起,我们有些同志太急了,强迫人家革命,不行的,革命怎么能强迫呢? 有时候要等待,等待群众"自然而然革命化"。以上当然只是大意(讲的还要多,有些不便写),谁也没有笔记,只是"自然而然革命化"这几个字保证绝对无误(当时在政治研究室的,据我所知,现在北京的就有邓力群、周太和、吴骏扬、詹武、夏鸣、史敬棠及我等七人。至于那天哪些人去听了,就说不出了)。

三、见面先说三声"好！好！好！"

1944年夏，王震与王首道二人率领几千人自延安出发，南下江南、岭南去建立抗日根据地。毛亲往东郊机场送行，作誓师讲话。讲话随即普遍传达。

这讲话内容很好。如说，共产党员既要有松树那样的坚定性，又要有柳树那样的灵活性。毛说，这次南下，不免要遇见一些我们留下的小队伍，小根据地，他们苦啊，他们的做法当然与我们在北方这么多年大不相同，见到他们时，千万不要随便批评，忘记了我们从前吃"钦差大臣"的亏，见面先说三声"好！好！好！"有什么意见慢慢提，客气点。以上当然只是大意，这个重要讲话的档案应还在。可惜1949年、1950年大军南下时，事先就完全没有听到过这方面的教育，后来一到了广东（包括海南岛）、福建、云南等省后，不久即大批其"地方主义"，势如暴风骤雨，莫名其妙，甚至杀了些当地老干部。更怪的是，到了1958年广东还在批古大存、冯白驹两个老前辈的"地方主义"。我老早就在广州的刊物上写文，题目即叫《广东的"地方主义"是海外奇谈》，因为实在没有，连一点影子也没有呀！解放初期，我在广东工作了三年半，哪里有地方主义这么回事呢？古大存在抗战后不久即到了延安，后任整风审干时期的中央党校一部主任，后又去东北，然后南下，他哪来什么"地方主义"呢。总之，南方各省的"地方主义"全是无中生有。尤其是广东，我解放初在那里几年，哪里有这个东西呢？反了一阵"地方主义"之后，1952年吧，叶剑英就被调走了。据说，叶临行前对少数人说，"主帅无能，累及三军"，非常沉痛，但又无可如何。

这完全与1944年夏，王震南下时的精神、态度完全不同了。历史上的教训不要回避，反"地方主义"不是"扩大化"，而完全是无中生有。

我们今后要避免重犯过去类似的错误，就不能把过去的事都一律裁弯取直，掩盖起来。写历史的任务恐怕绝不是光写什么都是伟大正确，而是要把教训写出点来才有意思。

（原载《炎黄春秋》2009年第4期）

世间无"双百",人类就倒退

"百花齐放,百家争鸣"的方针,二十多年来似乎不大听说了。但今年纪念国庆五十周年的口号中,有一条就是要坚持"百花齐放,百家争鸣"的方针。这是一件十分令人兴奋的大好事。

对这个口号,当时的赫鲁晓夫——苏斯洛夫集团是十分反对的,此点,吴冷西同志的《十年论战》一书已有了较详细的介绍。苏共领导集团为什么那么害怕"双百"方针,当然是怕动摇了他们的思想专制制度,尤其是怕影响了他的东欧势力范围。人所共知,他们对德国的康德、费希特、黑格尔等哲学家都极力贬低。赫鲁晓夫是个粗鲁的领导人,他竟在 50 年代中期把一个已经完全破产了的伪科学家、伪"生物学家"李森科重新扶植起来执生物学、农学的牛耳,从而使得苏联的生物学、农学等又遭受了第二次大灾难。赫鲁晓夫及勃列日涅夫等坚持思想专制的结果,是把苏共的权力控制弄得天怒人怨,最后只有垮台了事。

世界历史早已证明,任何民族的大复兴、大发展,都是从言论自由、科研自由、思想活跃等开其端、助其成、廓其大的。法国是最明显的例子。日本明治维新后思想界也活跃起来了。中国孙中山领导的辛亥革命,如果没有之前约三十年的思想启蒙运动,要得到那么迅速的、一定程度上的胜利也是不可能的。

我深知自己是一个不学无术(这四个字只是说明一种事实)的人,因此十分羡慕和尊敬学问知识和有学问知识的人,也就特别拥护"百花齐放,百家争鸣"的方针。我在工作中曾为此作过一些努力,不过都很快夭折了。

第一次是1955年至1956年。我新调进一出版单位工作,为了打破思想封闭局面,我写过一篇文章,叫做《论睁眼看世界》,为达到此目的我曾做过几件事情。一是原则上立即停止将苏联《大百科全书》条目变成一本本的书出版,因其中不少条目在内容上武断,且大国主义倾向也是十分明显的,不但价值不大,还有不好的副作用。同时也停止了将苏联的一些副博士论文一类书翻译出版,已译出的付稿费,但不印行(这些事沈昌文同志最清楚,大都是由他具体办理的)。二是我到那里后即发动单位有识之士搞了一次"二战"后十年间国际社会科学重要著作的粗疏普查,择其要者汇编成"1945—1955年世界社会科学重要著作目录",选著作约五千种,正式印成一大册,主其事者是原生活书店资深编辑史枚同志。但此资料印成书分发后,如泥牛入海,了无反应,为此我至今感到悲哀。第三件是在本单位同时开始执行一个大规模翻译出版计划,即选择自古至今各派重要社会科学代表性著作予以翻译出版。此事干了一年多,即是大规模的"反右",这计划当然寿终正寝了。

第二次是1980年至1982年。我在20年后回到原单位工作,于是旧病复发,不过这回更坚定明确了:我以为,思想封闭是万恶之源,非打破不可。于是又发起出版一套大规模的"国际政治学术翻译丛书",我一再游说,特别得到国家出版局长陈翰伯、社会科学院副院长于光远的积极支持,得出版局批准,并由出版局出面召开了一次全国性的动员及分工出版会议。此项工作的第一次计划及选目曾送胡耀邦同志过目,他在第三天即批复同意,还画了一些符号,并表示,中国有谁看过其中的几本?言外之意当然是要大家看。我单位大约出版过二三十种这类书,其中《让历史来审判》两大卷,今后也不失为了解苏联历史秘密的重要著作。1983年秋,我看工作难做,便坚决辞职了。可是,自1984年初起,却大反我的"精神污染",开过几次不平常的会,说我工作的单位已变成"自由主义出版社"。我完全不同意这些批判,并上交了长篇的反驳意见,但这个出版计划当然又寿终正寝了。

现在我们又有了"科教兴国"、"科技强军"这样伟大的口号,它们同"百花齐放,百家争鸣"的口号比起来,是更加令人兴奋的。但科教兴国与科技强军这两个伟大目标的实现,也是离不开"百花齐放,百家争鸣"方针的贯彻施行的。世界上很多国家几百年来在表面上似乎没有提过"双百"这样的口号,但几百年来他们却有"百花齐放,百家争鸣"的事实存在,不然,他们的政治运转、经济发达、科技兴旺的局面也根本不可能出现。

　　没有"双百"现象存在,我们这个民族便会哑然失声,自外于这个地球之外,难于自立于世界民族之林。而人类史如果没有"双百",也就不会有什么科学文化。所以,"双百"者,人类进化之原动力也。若嫌它不好,那么,大家就回到动物时代去。

(《文汇读书周报》1999 年 11 月 20 日)

应该珍视"出头鸟"

"枪打出头鸟"是一句陈言老话了。民间对这个"出头鸟"是有个约定俗成的理解的,那就是专指在旧社会中那些出头露面提倡兴利除弊以至清理学款、义仓甚至族田、庙产收入之类地方"公益"事业的人,而从来不是指坏人、犯罪的带头人。因为,凡是前一类带头人,是必然会遭到地方反动豪绅和地头蛇们的嫉恨和打击陷害的。这句话就是叫人要安分守己,不要去做"出头鸟"而引来"枪打"的意思。反动统治者也使用这句话,用意却完全相反,它是进攻性、警告性的;谁敢做"出头鸟"么,对不起,那就不客气了——先"枪打"下来再说!

奇怪的是,解放后我曾听过的某些报告、指示之类,也提倡过"枪打出头鸟"这句口号(其中有的人不久自己就作为"出头鸟"而被打了),更为奇怪的是,这个"出头鸟"也是指那些敢于带头提建议、提批评、提创新改革意见之类的人。

但是,这类"出头鸟"究竟是不是敌对分子呢? 除了个别人确是别有用心之外，其余的恐怕都是出自好心，提建议，倡改革，除积弊，防未然。他们的某些意见和语言抑或有不当甚至错误之处，但这些"出头鸟"一般是出于爱护社会主义，想改进我们的工作。这一点是可以肯定的。典型的例子就是马寅初老人，他曾被蒋介石亲自决定囚禁流放数年，解放后忧国忧民提出了控制人口的远见，也被当成"出头鸟"而打了。庐山会议上，彭德怀、张闻天两人做了希图挽救"大跃进"灾难的"出头鸟"。以后，孙冶方主张国营工业要重视经济核算、适当考虑合理利润之类；杨献珍在哲学上提出事物发展过程不光是"一分为二"，还有"合二而一"的过程；邓拓写了废弃"庸人政治"，反对空想的一夜之间实现共产主义之类极其委婉的讽喻杂文，等等，都一一被当做"出头鸟"而加以"枪打"了。

根据过去三十几年的经验，所谓"出头鸟"，无非就是能够并敢于提出点或大或小的批评、创新和改革意见的人而已（当然，这些意见不一定都正确或完全正确）。我们今天所进行的大规模的改革，可以说是十月革命70年以来所有社会主义各国中规模最大、情况最复杂、要求改革者的勇气特别坚定和创造力特别丰富的改革。在这么大规模的改革工作中，不会不出现一些不那么顺利的情况。但我们不能坐着不动，更不能老是一枪在手，看见一个"出头鸟"飞出来了，"砰"的一声就把它打掉。那样就必然会使国家倒退，发生"九（久）坐不动，十（实）在无用"的泥菩萨专政现象，而改革与探索又是绝对分不开的。任何新的探索，不管是实践的还是理论的，都必然不能不出面做"出头鸟",不然就不叫新的探索了。可是任何新的探索,"圣经"上都没有具体讲过,于是,资产阶级自由化啦,资本主义复辟啦……一大堆帽子就来了。

鲁迅一生就是维护"出头鸟"而反对"枪打出头鸟"的。

1927年4月他在广州黄埔军官学校的讲演《革命时代的文学》中说:

> 生物学家告诉我们:"人类和猴子是没有大两样的,人类和猴子是表兄弟"。但为什么人类成了人,猴子终于是猴子呢?这就因为猴子不肯变化——它爱用四只脚走路。也许曾有一个猴子站起来,试用两脚走路的罢,但许多猴子就说:"我们底祖先一向是爬的,不许你站!"咬死了。它们不但不肯站起来,并且不肯讲话,因为它守旧。人类就不然,他终于站起,讲话,结果是他胜利了。现在也还没有完。

可见鲁迅多年来是念念不忘赞成"出头鸟",而坚决反对咬死"出头鸟"的。因此,我们对于"出头鸟"的态度应该是加以"保护",而绝不是随便"枪打"。"枪打"了一个马寅初,比"枪打"了一万只白天鹅的损失还要惨重无数倍啊!白天鹅当然要保护,但我们首先要保护的,还是一切忠于党,忠于人民,忠于社会主义而又敢于直言诤谏的民族志士啊!

一个国家民族如果没有一批又一批不断产生的"出头鸟",便会成为一个无声的国家和无声的民族。而无声的国家和民族是注定要衰败下去直至灭亡的。

1986 年 5 月 28 日

（注：此稿为老同事张慎趋同志所提供之剪报，发表时间为 1986 年 6 月 17 日，无报名，估计为《人民日报》，原题为《怎样对待"出头鸟"》，此处删去了四小段啰嗦话。）

八大本《胡适批判》谁读过

　　广州《东方文化》杂志 2000 年第 6 期有邢小群《胡适　胡风　郭沫若》一文。此文对 1955 年间胡适批判运动介绍颇扼要,补了近二十年的一个大缺,近二十年于"红楼梦批判"、"胡风批判"、"丁玲、冯雪峰、陈企霞批判",以致延安的王实味批判等的经过都颇为详细地介绍过,唯独对胡适批判的发动及过程介绍甚少。当时我在北京对这类事情也不算最闭塞的了,但对此文中所述的有些关键之处,即最高层的决策经过也不了解,看了此文后,才知道大体内幕。我特别注意到此文中介绍的一件事,即胡适本人竟把大陆 1955 年发动的"胡适批判"的文章全都平心静气地读过。这件事不能不说是一件大奇事。我多年来一直以为,胡适大概是一个字也不会看的。但上述文章介绍说:"当时胡适在美国,对批判他的几百万文字,一篇篇都看了。""唐德刚也曾回忆:记得往年胡公与在下共读海峡两岸之反胡文章时(引者按:台湾当局也在狠批胡适,还把胡适派的雷震抓去坐监)……胡氏未写过只字反驳,但也未放过一字不看"。这事确有点奇怪,我至今不懂胡适为什么一定要看,这要耽误多少时间呀?

我是自小对胡适在作风上、文风上抱有好感的,特别喜欢读他保存在《胡适文存》中的几篇古典小说研究(记得胡好像还重视过《儿女英雄传》,但似无人响应)、白话文学史、五四时的一些论文,以及他特别强调戴震的民主启蒙思想等。我最喜欢他写文章要"明白如话"的主张和深入浅出的实践。毛泽东整风前夜在延安提出过"不吹、不偷、不装"的三不主义,我觉得胡适可能算得上一个"不吹、不偷、不装"的人了。既然比较普遍地说胡适"浅薄",这是否确论我不敢说,但至少可证明一点,胡适是不大会"装"的。

但我一直以为胡适在政治上确实太右了一点,这是不敢恭维的,尤其对他抗战前不久对日方一传媒要人室伏高信(人名不知记忆有误否?)谈话中或答书中提出所谓要征服中国人的"心"等,是很反感的。当然,胡适在这里讲的是反话,并不真是建议日本人要来征服中国人的"心",意指日本是征服不了中国人的心的,中国人的心是要抗日的;不然,胡适岂不成了大汉奸吗? 即使这样,胡适在这次至少也有点失言吧。但批胡时,主要是批他的学术方面,因此,我就一点也不感兴趣,一篇文章也未读完过,因一读就觉得太勉强,多为强加的罪名,或者以正确为错误,如"大胆假设,小心求证"错在哪里? 因此,实在说不过去。

当时,我在人民出版社工作,我和王子野二人在管事。我们自然奉命要出版胡适批判选集。当时共连续出版了八大本《胡适批判选集》,比出版月刊还快,全都是由我和王子野二人签字印发的,用的则是三联书店名义。这不是表示这些文章属于争鸣或学术批评性质,而是怕有些文章太"右"、夹有胡适"私货"在内,故而不用"人民"这块招牌。

现在我可以百分之百地证明:当时王子野和曾彦修二人始终半篇批胡文章也未翻读过,一来时间决不允许,二来二人对此等文章均毫无兴趣。晚年曾同王闲谈,原来王对胡适历来相当佩服,何况他们又是小同乡。我们在1955年时可谓心照不宣,对胡适的看法,互相保密,都不敢讲一句真话。

当时具体承担编选这八大本《胡适批判选集》的,是原生活书店的老前辈编辑史枚同志,他曾参加过《生活》周刊的编辑工作,生活书店一成立,他就参加编辑工作了。此公最不善于做行政工作,因此始终未敢以行政职务来打扰他。此次编批胡八集时,由他同我联系。我问他,你看过多少?他说,"哪楞呢?(上海话:哪里办得到呢?)个别篇是溜过的。"这是实话。因为开始编书时,就已谈过,编选原则是:代表性的问题和代表性的人物。至于说些什么,没时间看,也管不了。

因此,我相信大陆上大概是没有一个人看完过那八大本《胡适批判选集》的,这恐怕是千真万确的事实。

胡适把到手的批胡文章全看了,这也是历史上的一件怪事。这一场大批判,真是一场劳民伤财、彻底打破了自由研究任何人文学科的幻梦的灾难。发动指使者除了修改郭沫若的发言稿即总攻击令外,大概也不会看一个字的。

这真是一场古今中外的奇怪战争,一人下令,大家枪炮齐鸣,但无一人关心战果如何,只有那个被攻击的目标一个人在那里静观一切,不置可否。在今天看来,被攻击者本人一根毫毛好像也未被伤着,反倒唤醒人们,更客观地去研究这个被攻击的目标究竟是怎么回事。

　　这些都是明日黄花的事了,还提它干什么。我感到这若干年我们有些莫名其妙地动辄几十大本书在出版之后,会不会也会受到"胡适批判"同样的遭遇呢?恐怕不会太少吧!

(原载《文汇读书周报》2001 年 2 月 10 日)

　　　　(注:此文见报后,得到两个电话,北京李慎
　　之说他看过四本,西安张华教授也说他当时受命
　　学习,也读过四本。)

"批判从严"是不是提倡胡说

"批判从严,处理从宽",这话本是 1942 年后两三年间延安整风时提出的。这在当时针对某一特定事件说来,完全是对的。可是解放以后却把这两句话事事加以沿用,早已流弊百出。在缺乏法治的条件下,它就变成了一条最高的惩罚条例。所谓"批判从严"危害是极大的,而离开国法党纪的"处理从宽",多年来就是一些坏人坏事、无法无天的刑事、经济犯罪的一个大避风港。我认为今后以不要再这么提为好。

1942 年开始的全党整风的重要目的之一,或者说它的前提条件,就是要揭发和总结 1931—1934 年间在党中央以王明为主要代表的"左"倾路线错误。这个错误使党在白区的组织几乎损失 100%,革命根据地损失了 90% 左右。当时党内多数同志都还没有明确认识"左"的危害,更不要说积极执行"左"倾路线的同志了。当时的所谓"批判从严",就是要指出这不但不是一条什么"百分之百"的马克思主义路线,而且是一条根本错误的路线,它在好多主要的方面,都是完全错误的,并给全党和红军造成了极大的损失。这个批判严不严呢?

看来似乎很严。但它却是符合事实的，因而也就是实事求是的，而不是人为的要去"从严"。至于"处理"呢，那时确是"从宽"的，因为没有一个人因而受到党纪的处分。这是因为这些犯"左"倾错误的同志，当时在几个重要的问题上同全党是一致的。

整风对新入党的知识分子党员当然是一场深刻的、正确的、伟大的政治思想教育，使他们获益极多，这是必须首先也是要永远加以肯定的。但就在那时，把"批判从严"这句话无限制地并发挥到顶点而到处乱用时，科学性就被抹杀了，其流弊之大，已很惊人。例如，对抗日战争前后特别是抗战开始后入党的知识分子党员来说，整风中的那个"思想反省"也就是"思想批判从严"，要想基本得到通过，真是不死也得脱三层皮。不少人直到日本投降时也未通过，也就不了了之了。特别对"入党动机"一项，横竖都通不过，已经完全违心地把自己骂得一钱不值了，入党动机已无半点参加革命之意了，还是通不过。其实，那个时期入党的青年知识分子，我看90%以上的人都是初步有了马克思主义的觉悟，并决心为民族解放和实现社会主义的双重理想，且是经过了很大的困难和危险之后，才来到延安和其他抗日根据地的。硬要说这些人参加革命大都是怀着个人的不良动机，无论如何也说不过去。实际上这种批判"从严"，竟变成了硬要人胡编一套，完全违心地自己大大侮辱自己一通了。历史已经对这个问题作了回答，究竟有多少人是真正的投机分子呢?!

解放后，我们继续坚持使用这两句话，使它们变成了在缺乏法制的条件下的一种任意性极大的惩罚原则。如果敢于正视现实的话，其实这几十年来坚持的所谓"批判从严"，就是提倡打棍子、戴帽子、专横武断，成了无限上纲，把学术上的争鸣上纲为政治上的反党反社会主义，把建议给农民留点自留地和副业生产的同志，污蔑为资本主义势力的代理人之类。其他对各行各业、各界各方、思想理论、学术文艺等，也无不如此。因此，所谓思想上"批判从严"，解放后就更加失去它原来的意义，开始变成了政治上的"审判从严"。1950年对电影《武训传》的批判就是如此。

批评，任何时候都只能实事求是，掌握分寸，这是政治生活的准则。如果不断地、人为地、加温复加温地去提倡什么"从严"，那就完全违背了马克思主义实事求是的原则，是公开提倡可以离开事实去毁谤人、诬蔑人以至于毁灭人。这里有一则笑话，"文革"破产后，上海有一个老党员，原则上已经准许他重新登记了，但是却对他坚持一条：必须仍然承认他60年代初在厦门写的歌颂郑成功收复台湾的诗，是希望蒋介石反攻大陆，重新统治中华，不然就不准予登记。事情就怪到这么个地步：允许一个老党员保留党籍，交换条件是他必须承认自己是个日日夜夜盼望台湾当局重新打回大陆、推翻共产党领导的新中国的人民政权的凶恶敌人！所谓"批判从严"，究竟荒唐到了何等程度，由此可以略窥一二了。

我认为，今后任何批评都只能提倡实事求是，严格掌握分寸。至于所谓"批判从严"，那是应该作为政治上"左"倾的、

反科学的、从根本上违反实事求是精神的东西,收进历史博物
馆的。

（友人寄来剪报,无报刊名、无时间,约是上世纪 80 或 90 年代）

"图书馆"与图书监狱

　　几十年前(究竟多少年我没有考证过),有人建议将"图书馆"三字缩写成"圕"一个字。这事未能实行,因为一个字读三个音,不习惯。建议者无疑是出于好意,但却变成了一个不幸的预言,"圕"真的一度变成囚禁图书的监狱。

　　可以说,从林彪、陈伯达、"四人帮"正式粉墨登场,操持国命之前的几年起,也就是那位发明"阴谋文艺"的"理论家"①宣布他的种种"大发明""大发现"的时候起,大约是1962年吧,图书馆的门就逐渐紧起来了,先是关一扇,后来关两扇、三扇,1966年下半年以后,就四门紧闭了,一本书也不出借,因为全是"毒草",成为名副其实的"圕"了,全国如此。书,和党内外的很多科学家、艺术家、理论家、宣传家一样,都成为名副其实的林彪、"四人帮"的囚徒了。

　　这样的时间过了一两年,忽然存有30年代报刊的图书馆又热闹起来了,每天有多少批人前来查阅旧报,名为"查阅叛

───────────

　　①　指康生。那时在报刊上还不能公开点他的名。

徒资料"。这又是"四人帮"和他们的那个参谋长①刮起的一股黑风。然而,事情有点不大妙,原来30年代的旧报刊上有些江青的绯闻,于是,一声令下,图书馆又全部关门,30年代的报刊一下子又全成了"防扩散资料",谁看了就要挖谁的眼睛。在上海,"四人帮"手下那几个歹徒文痞,就把上海图书馆,特别是其中藏有30年代报刊的徐家汇藏书楼的工作人员,几乎全部打成了反革命。30年代的图书馆,购存30年代的报刊。怎么就能成为"历史反革命"加"现行反革命"呢?"文革"之谬,真是旷古绝今。

1973年下半年以后,"四人帮"及其伙友又忽然允许图书馆开一条缝。这回是先秦的商鞅、韩非,以及汉代以后并非法家而硬被他们钦定为法家的一些古人著作,通通搬出来"学习"、注释和翻印了。这中间,那位不学无术、言必出笑话的江青,忽然大声疾呼,要全国都来批判《女儿经》《女四书》之类的东西。这可难坏了图书馆的工作人员了,翻来翻去哪里找得出这类宝货呢。因为,长期以来的图书馆工作人员,实在太缺乏眼光,他们竟都没有把这类宝货看成什么有收藏价值的东西(当然,我也不是说图书馆就不应当保存这类宝贝)。"四人帮"搞的尊法批儒,闹到全国的图书馆工作人员都忙于寻找《女儿经》《女四书》一类宝贝的时候,那位自称文化革命"旗手"的女皇肚子里的"文化水",也就全部倒出来了。

---

① 也指康生。

以后是诬陷邓小平同志、反击"右倾翻案风"。这回"四人帮"没有想到如何大量利用图书馆，只派他们特许的一小批人在他们的老窝子去查李鸿章、盛宣怀之类，用以影射攻击周总理、邓小平同志等（当然，参加工作的人绝大多数是被蒙骗的）。图书馆照例关闭如故，除了一小批新老"法家"的著作外，仍旧一书不借。

　　以上是1966年至1976年中国图书馆的一页伤心史，录之以备后人参考。

　　打倒"四人帮"以后情形怎么样呢？也不大妙。有很多图书馆还是不开，或开也只开一条小缝。大多数的书仍然不出借，"圕"仍然是囚禁图书的监狱。去年夏秋时，有的图书馆的参考室，即放字典、词典、百科全书之类工具书的地方，谁要去查，还得先经支部批准，后来放松了一点，但也要在一本簿子上登记年月日、姓名以及翻了哪本字典、词典之类。我临离开上海某单位之前，在管理员在场的时候，大着胆子进去参观了一下这个参考室，琳琅满目，金碧辉煌，一本大登记簿赫然在目，翻开一看，几个月了，只有两个人——其中一个是工农兵大学生——来此查阅过地理资料——原来是为了替干部子女补习功课用的。这是什么时候？1978年夏天，即打倒"四人帮"快两周年了，图书馆还在禁中。还有，是在北京，某大图书馆，前几年经过特许手续借书与人时，管理人员只敢一手伸得很远地交书，头却撇在一边，表示他并没有看过这是什么书名①,以绝后患。这种反常现象是谁为之,孰令致之?

要搞四个现代化,要启发民智,要反对禁锢政策,反对愚民政策,反对文化专制主义,要不非把国家弄到亡国灭种的境地不可,怎么办呢? ——我这里仅仅说的是图书馆开不开门一件事。

回答是:"圕"必须四门大开!

"四人帮"打倒后,两年半了,有些图书馆仍然不敢开门或只敢小开门的原因,大约有如下几种:一是流毒太深,帮风未改,上面仍不准开;二是余悸未消,怕再吃苦头,被迫不敢开;三是上面没命令,没有叫开放图书,不能开。

过去长时间认为当然不能外借,而我以为当然可以外借的书有哪些类型呢? 例如:政治上完全反革命的,像希特勒的《我的奋斗》(附带说明,中国过去只有一本文言文的节译本,名曰《我之奋斗》。听说有白话全译,我至今未见)、蒋介石的《中国之命运》、陈立夫的《唯生论》之类的书;理论上反动的或有严重错误的,如托派的理论书、乡村建设派的某些书,还有胡风派的某些书,至于那些主张"国货救国"、"打太极拳救国"之类的杂七杂八的东西更不在话下;外国人写的历史书、经济书,包括回忆录,如丘吉尔回忆录,成功人士传记之类的书;侦探小说、侠义小说中的一部分(其中严重海淫海盗的可以考虑不外借);研究男女生理问题、正确地进行两性教育的科学著作……这些,我以为都可以外

① 这是一个同志的亲身经历并且多次看见过,由他告诉我的。

借。像蒋介石的讲演集、陈立夫的《唯生论》之类,要不是专门去研究、批判它们的人,谁有时间、精力、兴趣去看这些东西呢? 怕马克思主义斗不过蒋介石主义、希特勒主义,那不成了天大的笑话吗! 一定要是马克思主义的书才准读,那么马克思、恩格斯本人怎么办呢? 一本书也没得读了。

现在又增加了一种新的禁书,这就是"四人帮"的书。我以为这更不宜禁。这是千载难得的宝贝。这些东西,与其说它们是什么书,还不如说它们是"刽子手教程"或"最新焚书坑儒大全集"更好。看一遍他们的书,等于看一遍"四人帮"的罪行展览会。让人们去看看《评陶铸的两本书》《论对资产阶级全面专政》这些东西吧,不然青年们怎么能理解他们是杀人如草的刽子手呢?

开卷有益,读书便佳。读万卷书,行万里路。书到用时方恨少,事非经过不知难。读书破万卷,下笔如有神。这些前人的嘉言、谚语、对联、诗句,讲得多好啊! 都是提倡读书和多读书的,把它们铭记在心,必然终生受用。我很多年前因学习中国近代史,曾读过《曾国藩家书》(一般名为《曾文正公家书》),他在致他诸弟的信中,无数次地叮嘱他家中一定不要忘记"书蔬鱼猪"四个字,我就记下来了,也没有中什么毒。我并没有因为读过他的家书就叫"曾国藩万岁",我还是坚定地相信共产主义。

当然,增加知识,读书仅是方法之一。只有在三大革命实践上一齐下功夫,才能得到真正的知识和学问。读书万能论,也是片面和不对的。

临末,让我总说几句作结:

昌明学问兮,时世所趋;愚民政策兮,其蠢如猪。林江张姚兮,已成粪土;欲求四化兮,必鉴前车。

> (本文原载 1979 年《读书》杂志第 2 期。原
> 文极啰嗦,此处有大量删节。)

官要修衙，客要修店

中国有句老话叫"官不修衙，客不修店"，意思一看就明白的，用不着解释了。现在我把两个"不"字都改成"要"字，借此发挥一番议论。

现在我们有很多大城市，特别是北京，一年到头不知有多少人要来报告、请示、开会、座谈，以至观光、治病、访友、探亲……总之，说不完的事。但是，旧的大大小小的旅馆差不多都被人包下来，变成机关了。

旅馆包完了还是解决不了问题，就设立无数大大小小的、以备不时之需的"招待所"，把比较宽敞的民房通通买下来，你一个招待所，我一个招待所，蔚为奇观。

旅客们兴高采烈地来到了北京或者哪里。通知上是到某部、某局、某委员会报到。但是这些机关并不是 24 小时都办公的——即使办公，它也并没有专管接待事情的准备——虽然到了，却无处可报。尤其是晚上八九点以后到的，更是走投无路：衙已关门，店已人满。至于那些占绝大多数的无到可报的普通旅客，当然更是狼狈了。用《水浒传》式的笔墨来描写

一下,那就是:下得车来,但见灯火辉煌,熙来攘往,酒家客店,俱是人满——好一番热闹景象也!有诗为证:

> 到也无处报,店也无处投。

> 满城团团转,滋味在心头。

包旅馆与设招待所,都是很大的浪费,尤其是招待所。一个招待所,麻雀虽小,肝胆俱全,主任、科长、科员、服务员、炊事员……应有尽有。有客人时招待客人,没客人时招待自己。正是:"满城多空屋,来客宿街头。"好不合理!

这不是唯一的例子。从武昌车站到长江边的轮渡码头,还有好长一截路,无遮无盖,只在码头边上有巴掌大一间小屋,可容数十人,还不蔽风雨。一列车的旅客,十分之九以上都要扶老携幼、扛着行李在那里站着等候两三个钟头左右。大雨倾盆时,简直要令人跳起脚来骂人——不过满地是水,谁也不敢跳(1953 年以前,笔者数次躬逢其盛,现在的情形不晓得了)。

机关应该不应该修呢? 当然应该修。但是广大职工的宿舍、医院、旅馆、天天来往成千上万人的地方的候车室等应不应该修呢,更应该修。有人说,不能百废俱兴。对! 权衡轻重缓急,办公室可不可以修得简朴一点呢? 俱乐部、机关大礼堂等等可不可以少修几个,或者修建得简朴一点呢?

人民是不赞成把"衙门"修建得太多太阔气的。人民住的店——长住的家,临时的旅馆——倒应该尽可能地多修多盖。

如若不然,你就难逃只管修衙、不管修店的责骂了。

(本文原载 1956 年 7 月 17 日《人民日报》)

当我在人民英雄纪念碑前
走过的时候……

　　多少年来,每当我走过天安门广场人民英雄纪念碑前的时候,总要凝神地久久仰望着它,这就算是我对它极其微薄的一瓣心香了吧。但是,在我每次仰望着它时,又总不免有些难过。我想,世界上恐怕再也没有哪一座庄严的革命烈士纪念碑曾经这样落寞地度过它三十多年的岁月吧。

　　我们在责备很多的青年人不懂得中国的革命历史,还有些人不大爱国。但是,这应该怎么说才好呢? 我们已经执政快三十四年了,三中全会(1978 年 12 月)以前,我们能自由地研究中国近代革命史和党史军史吗? 还在"文革"前几年,出现了一部长篇小说《刘志丹》,一本《红河激浪》的小说,就可以打出一个大大的"反党集团",就可以完全抹杀一个在历史上确实曾经起过重大作用的陕北革命根据地。到了那可怕的"史无前例"的十年,我们伟大祖国的光辉历史更被涂抹成一片漆黑;我国无产阶级革命战士的第一代、第二代、第三代以至第四代(这里我暂把在解放战争时期参加革命的同志称为第四代），其中多少英烈伟人，通通都被打倒！《诗》云，"中心藏之，何日忘之？"这十年痛苦的历史，是要人们记住好呢还是忘记好呢？我看还是记住好吧！

仍然回头来说这座纪念碑吧。自从它被建成以来，除了解放初期有些少先队员在它面前宣誓入队之外，它是否领受了连木石也不能忍受的寂寞和凄凉？

这座纪念碑，1949 年 10 月 1 日在天安门广场举行开国大典时，好像举行过一个奠基仪式。从此以后，它却只曾大大地风光过一次，那就是 1976 年 4 月 5 日晚上"关门打狗"之前的几天。北京的工人、学生、干部、市民，怀着对江青一伙贼子的无比仇恨，对周总理逝世的无限悲痛，对身系国家安危的邓小平再次被诬陷打倒的无比愤激，一句话，怀着对国家前途的无比忧虑，如江潮汹涌，海浪奔腾，汇聚到天安门广场，在人民英雄纪念碑周围敬献花圈，在它面前用诗、用悼词、用简短的演说和号召来表达全国人民痛苦、悲愤而又十分焦虑的心情。果然人民"在沉默中爆发"了！那时，仿佛人人都变成了屈原，在深广的忧愤中，郑重宣告：以江青为首的反革命一伙才是党和人民的真正死敌！沉默而庄严的人民英雄纪念碑怒吼了！是它，以它无比伟大的精神力量感召和指挥了这一场伟大的战斗，英烈们的在天之灵在民族危难的紧急关头，再一次为中国人民和中国历史立下了伟大的功勋！它就是这次伟大的天安门爱国运动的"总后台"。

现在来华访问的外国贵宾，有的要到人民英雄纪念碑去献花致敬，这是令人欣慰的，我们应该感谢他们。可是，我们中国人自己对这座纪念碑有些什么表示呢？对这点，我颇感惶惑，而且担心：外国人会不会误以为我们修建的是一座专供外宾使用的什么建筑物呢？尤其应该引起我们注意的是，现在同我们订立了友好关系的一个政府的首脑和要员中的绝大多数，已经整整十年了，每年都要几次去参拜"靖国神社"①。而我们对于九一八事变、七七抗战纪念日，倒好多年提也没有去提它了，以至中国现在好多青年都不知道什么叫九一八事变，什么叫七七卢沟桥抗战了。对此，我感到异常的可怕！前面提到的那个政府的绝大部分成员，十年来每年"八·一五"（天皇下令日本侵略亚洲各国的军队向同盟国正式投降的日期）这天，都一定要去向"靖国神社"中的"英灵"们致敬。今年更不像话了，一个政府大员公然在"八·一五"的前一天发表谈话，要求"全体国民为战死者默哀"，因为"他们为了今天我国的和平与繁荣，当国家危急时，为祖国献出了宝贵的生命。""全体国民要向他们奉献出深切感谢的诚意……"要驳斥这些话，可以写出几十本书来，但是我们素来以友好为重，并不愿多提往事。不过，这位高级官员也未免太"失言"了吧！（注意，我这里仅仅用的是"失言"二字，我们忍让的程度

_____

① "靖国神社"，在日本东京，是日本明治维新后由天皇敕造，以奉祀19世纪后半期起在内战和对外侵略战争中死亡者的"英灵"而建的祠庙。历次侵华的头目们均在奉祀之列（据汪向荣同志提供资料缩写，特致感谢）。当时找不到什么叫"靖国神社"的资料，便去请教几乎无所不知的戴文葆先生，戴也一时查不到中文资料，他向社科院的专家再请教，方得此结果。怪得很，我们多么反对对方政府首脑们年来要去敬谒"靖国神社"，但是从中文却找不出关于"靖国神社"的一个字的解释。

恐怕是到了百分之两百了吧!)因为,照这个理论推下去,某国今后要更繁荣,生活水平更高,岂不是还要增加几个"靖国神社"才有可能吗？这不是在宣传和平,更不能说是友好睦邻,而是完全相反！我们天安门的人民英雄纪念碑则完全不同,它所纪念的千千万万英灵,没有一个是侵略者,他们全都是为了拯救祖国和解放人民而献身的英雄。两相对比,我感到有点不寒而栗！为了子孙万代的安宁和幸福,我们必须改变我们对它以及其他类似的英雄烈士墓碑的冷漠态度。

据上海《译报》载,不久前英国《卫报》上有一篇题为《苏联的普通人》的文章,一位英国作者在同苏联妇女谈话后写道:"当我问她们,苏联的新娘在婚假期间为什么要到无名战士墓地上去时,一位妇女解释说,她们觉得纪念那里已倒下去的人是她们的职责。'当你在幸福时,你必须想到那些给我们带来幸福的人。'"我们做过这类工作吗？我们想到过这类事情吗？

去年我曾在某个大会的分组预备会上,用了几分钟时间讲了一点儿上述意见,主要是建议在大会正式开幕前,由主席团派出一个小型代表团,到人民英雄纪念碑前代表全体代表向纪念碑献花、致敬。后也未实现。我现在又把我耿耿于怀二十多年的事情重新郑重地提出来,这就是:今后在适当时机,凡全国党代会,人大、政协全体大会,工青妇、科技、文艺等全国代表大会开幕之前,都要由主席团派出代表,国庆日则要由党中央、人大常委会、国务院、中央军委等派出代表团前往人民英雄纪念碑隆重地高奏国歌,献花致敬,并使之成为定制,子子孙孙不得违反。从前过年过节,老百姓还要先祭祖宗,然后才能吃饭。至于皇帝,每年也要率领文武百官向太庙、天坛、社稷坛之类的地方去致祭,典礼隆重得不得了。我们只不过才有一个全国性的人民英雄纪念碑,怎么能不向这些为了救国救民而抛头颅洒热血的革命先烈们致敬呢?

　　一个民族如果不十分尊重自己优秀的文化传统,不敬仰和怀念自己民族的仁人志士和民族英雄,不发扬自己民族的一切正义、勇敢和对外敌坚强不屈的民族气概,那么,这个民族一定会衰微下去,还谈得上什么民族振兴呢? 这里所说天安门纪念碑的事情,不过是举个例子,全国其他有助于提高我们的民族自尊心和自信心,有助于建立我们民族自豪感和爱国主义情感的事情、实物和遗址等,不知道还有多少,但是大都没有把它们好好保护、建设和利用起来。十年"文化大革命"中,连绍兴的夏禹陵也被破坏了,曲阜的孔林孔庙被毁坏了,杭州的岳飞墓被夷平了,无锡的东林书院被砸了,延安的"四·八"烈士墓被挖了,重庆渣滓洞的烈士碑被凿掉了……看看别人在干什么,我们还是先少建点楼堂高第,节约一点钱出来,为我们光荣的祖先和英雄的烈士们建设一点纪念物吧,为中国的脊梁留下一点纪念物吧,它们将教育我们千秋万代的子孙懂得为什么应该热爱祖国。

（本文原载 1983 年 10 月号《人民文学》月刊）

请君重读"五噫"歌

东汉章帝时(公元 76—88 年在位),有个"著名的"隐逸之士(《后汉书》上称之为"逸民")叫梁鸿,他写过一首诗叫《五噫之歌》,这是他从家乡(今陕西咸阳西北)到京师洛阳,北登邙山,俯视巍峨重叠的宫殿楼阁之后发出的一点感慨。诗云:

陟彼北邙兮,噫!顾盼帝京兮,噫!宫阙崔巍兮,噫!民之劬劳兮,噫!辽辽未央兮,噫!

这里,"辽辽"是指未来、今后、辽远的将来等意;"未央"是指不已、无已、没有个完之意。全句是说这样的豪华奢侈,不知要闹到什么时候才止啊!梁鸿的父亲做过小官,早死,梁鸿幼年贫苦,但总算幸运,得"受业太学,家贫而尚节介,博览无不通,而不为章句。"(《后汉书》七十三卷《逸民列传》)即梁鸿博学淹通而不搞繁琐诡辩与迷信宣传之学。他妻子叫孟光,屡拒他人不嫁,独公开声称"欲得贤如梁伯鸾者"(伯鸾,鸿字)。后来梁鸿与孟光确也成为夫妇。可见中国在宋以前,女子还多少有点公开表示她爱慕什么人的自由,比今天我们大部分的男人和女人以及他们的长官们都要开通得多，我无历史知识，或许《汉书》是在编造历史故事。今天，中国的女人与男人有孟光这样的自由吗？这说明，中国历史就是有不少倒退的地方。

梁鸿还拒不出仕。一次他到首都洛阳去，看得不大顺眼，便淡淡地发了点小牢骚，写出了上面这首含意深远的名诗。其时韩愈的"臣罪当诛兮，天王圣明"的这两句名言还没有发明出来，这就使得梁鸿这位"不为章句"之学的书呆子还敢于腹诽几句。不过，且慢，这么几句不痛不痒的诗，却几乎使他掉了脑袋。不知道是特务的报告还是黑秀才整的黑材料，竟把民间这么一首屁大的小诗密报与汉章帝知道了，于是龙颜大怒，要捉拿梁鸿。这大概是属于"利用诗歌反皇帝，是中国的一大发明"之罪吧！可见文字狱、思想犯这类东西，中国自古以来就搞得很凶，这才真正是中国的一件罪大恶极的、令人痛心的大发明啊！书归正传，皇帝老倌要他的命，梁鸿就只得改名换姓，夫妇二人先逃到今山东境，后又逃至吴地（今苏州一带）定居。梁鸿给人佣工，居陋室，"妻为具食，不敢于鸿前仰视，举案齐眉。"（《后汉书·逸民列传》）（举案（食案），这究竟是不是特别的男尊女卑我不敢说，因为梁鸿做苦工一天累死累活，人格又如此高尚，回家来，妻子以此对他作点特别亲爱的表示呢，一笑！）

皇帝只顾修建自己的宫殿，人民历来就反对。像梁鸿这样多少接近人民的知识分子，就把这种不满记了一点下来。仅仅讲了这么一两句不大中听的话，就要杀人家的头。可见，古代的皇帝也是从来就只要"歌德文学"的,谁要搞"缺德文学",就砍谁的头。

这十年,我们年年讲要压缩基建规模,可是这基建规模总是越压越大,项目也是越压越多,主要是楼堂馆所还是在大建特建,单是《红楼梦》中虚构的"大观园",就已建成了北京、上海和某省某市共三处。如果全国都建成了大观园,那才好看呢:全国人民都成了"林妹妹"、"爱哥哥"了,就是不晓得哪来那么多农奴去养活他们。还有一类怪建筑,是重建戏剧中《苏三起解》关押过苏三的洪洞县监狱之类贻笑世人的"文物"。这些荒唐老爷们撒下的滥污确是有辱国体的,有好多都可上外国人搞的"吉尼斯世界纪录大全"的。这些事情为什么会越来越多呢?因为我们的人民以及干部的文化大多没有跳出《水浒传》《三国演义》与京剧之类东西的圈子。如果最具关键地位的县一级领导机关有那么多人对修桥修路、建设学校等无甚兴趣,而一心只在给自己修公馆、建坟墓、重建《苏三起解》的监狱等上用功夫,那么别说什么建设四个现代化,那就连封建官吏也不如。封建官僚大多读过几句书,他们是绝不会干出重建苏三监狱这类笑话的。如果我们的人民永远在这些小说里转圈子,其实那比孔孟之道可是大大不如了。

至于建设大宾馆,更是完全失控了。长江流域某省会前几年建成了一座大宾馆,据说是借入数以亿元计的美金来建的。后来听说住客只有二三成,于是就把其他几座接待外宾华侨的宾馆关了门,把客人通通赶到这个宾馆来。一位有关方面的同志愤愤地告诉我说,把这笔钱给他支配,就可以改建和新建全省的中小学校了。

首善之区怎样呢?请看今年4月27日《人民日报》记者梅洪如的一篇杰出的调查报告(该文题作《涉外饭店经理的忧虑》。按:此题不切文意):

> 到一九八七年底,北京共有定点涉外饭店、宾馆九十七家,加上另外一百多家具备接待外宾条件的饭店招待所,全市共有涉外客房三点五万间,一年的接待能力为四百零七万人次。然而,一九八七年北京接待入境的游客(包括外国人、外籍华人、华侨、港澳台胞)总共才一百零七万人次,只占全部接待能力的百分之二十六左右。……

> 据了解内情的人透露,特别是一些"首长项目",无论过去或现在,一直没有停止过。目前,北京正在动工兴建的涉外饭店有四十多家,已经批准建设的有六十多家。这一百多家饭店建成后,北京涉外饭店供过于求的矛盾将加倍激化。

这真是,自从盘古开天地,三皇五帝到于今的大怪事。我最近到过贵州一趟,听当地一些新闻文化界同志说,一些地方无衣无食无住的人还不少。这种举国家的财力物力与外汇资金去"大办宾馆"的闹剧为什么没人管呢?为什么管不住呢?难道这也算得上什么新气象吗?我以为一点也算不得,倒是有点丧国败家的气象。

于是,我也仿照梁鸿,依样葫芦地"噫"它几句如下:

四化何艰兮,噫! 涉彼大邦兮,噫! 殿阁如林兮,噫! 脂膏外债兮,噫! 天听何不聪兮,噫!

1988 年 4 月 27 日

邑有流亡愧俸钱

韦应物是唐代著名诗人之一。他的诗大多恬静自然,长于状写自然景物,胸无尘滞,情趣高洁,一般是把他归入田园诗人类型的。但他却是一个长期做官的人,历任苏州、江州(今江西九江地区一带)、滁州这些有名地方的刺史——在不设节度使的地方,这就是唐代最高的地方行政长官了。汉代的郡太守同唐代的州刺史是同级的,入朝可以为卿相,卿相外出可为郡太守、州刺史,是高官了。韦的官声很好,诗作也没有富贵气和圣贤气(即生硬的封建政治伦理说教等)。本文题目的这句诗就是他在做官的时候写的(《寄李儋元锡》),全诗如下:

去年花里逢君别,今日花开已一年。

世事茫茫难自料,春愁黯黯独成眠。

身多疾病思田里,邑有流亡愧俸钱。

闻道欲来相问讯,西楼望月几回圆。

全诗除了这一句外,是一首倦勤思退的咏怀诗,感伤味颇重。但在这种诗中却涌出了"邑有流亡愧俸钱"这样深刻感人的千古名句。如果允许我仿效一下因一句诗便以"红杏尚书"驰誉后世的例子(北宋宋祁曾官至吏部尚书,词作中有"红杏枝头春意闹"名句),那么把韦应物称作"愧俸太守",岂不是更好吗?

这句诗说明在他的辖境之内当时是有流亡现象的。但是韦应物敢于正视现实,他不是在鸟语花香、蜂吟蝶舞中陶醉自己,而是大煞风景地在诗里作起自我批判来。一个不小的官员承认在自己的治下有人饿饭,有人逃荒,并为此而感到愧对俸钱,这是何等的气度和诚挚!千载后人们读到他这句感人的心声时,还不能不对韦应物的这种襟怀坦荡,哀悯黎民的心情肃然起敬。

诗人胸中的纯洁无瑕,在他另一首更有名的《滁州西涧》(从题目就可以知道这时候他正在滁州刺史的任上)七言绝句中更可以看出:"独怜幽草涧边生,上有黄鹂深树鸣。春潮带雨晚来急,野渡无人舟自横。"这又是一幅多么幽静、肃穆、安谧、和谐的自然景象啊,末了一句更深刻地反映了作者旷达无尘的内心世界,这种诗境绝不是一个醉心于功名利禄的人所能体会得出的。

韦应物这句诗的特殊价值,当然主要不在美学方面,而在它那同情人民疾苦的纯真感情这一方面。中国古代某些思想家和政治家都有这种想法,而以孟子表达得最好,他说,"禹思天下有溺者,犹己溺之也;稷思天下有饥者,犹己饥之也。"此后,一切有良心的思想家、政治家、文学家,都继承和发扬了这一善良传统。

作为一个真正全心全意为人民服务的共产主义战士,他应有的光辉和伟大,当然不是也不应该是"邑有流亡愧俸钱"这点精神所能比拟的,像焦裕禄这样的战士就是如此。他到兰考县担任县委书记,一下车就看见大量的流亡和饥馑现象,这使他痛彻肝肠,日日夜夜为安抚灾黎紧张地战斗,置自己的死生于度外(他患有严重的肝癌)。他那时当然无法摆脱那个不能摆脱贫困的所谓"金光大道",而只能紧紧地与人民同生死共患难,奋不顾身地去同大自然作战。果然,一年多后他的生命之火就燃烧尽了,但是一颗灿烂的人民之子的明星却升上了华夏的天空。

如果我们的各级负责人都具有韦应物这种心态的话,我们同人民的关系能愁不会得到极大的改善吗?

(原载丁玲、舒群主编之文学双月刊《中国》1985 年第 1 期)

(作者按:此文将原文的绝大部分啰嗦段落全删去了。)

必须"法言法语",只能法言法语

　　中国长时期不要法律,因此也长期把正规的法律语言讽刺为"法言法语",在被嘲笑与批判之列。这种嘲笑由来已久,我记得好像还在延安时代就开始了。其实现在也还没有完全纠正过来,甚至在判案时与判决书中也还未完全纠正过来。

　　由于不要法律,我们处分人或惩罚人,小至记过,大至杀头,罪名常常讲不大清楚。"文革"中有一条"扩散"罪,那是要被判长期监禁、流放或杀头的。这项大罪,其实只有一项内容,即"有损江青名誉",特指凡从任何方面议论过江青女皇尤其是关于她的上海风流韵事的,包括仅仅说她演过电影的,都一律要以"反革命罪"重处。但被判刑者的罪行究竟是什么,则妙不可言,秘而不宣——"防扩散",因此就有了一种心照不宣的"防扩散罪"。电影演得好,就是艺术家,有什么难以见人之处呢? 但究竟是什么罪,则既不能见之于语言,更不能见之于文字。暴虐至此,古今中外,谁能达其十一? 那时候的所谓"法院"(早已被造反派夺了权并已被"军管"了)如果宣布了这种"罪行",它先就犯了"防扩散"罪,首先就要有一批人头落地。所以为了什么罪判刑,法官也是不能宣布甚至也是根本不知道的。

奇怪的是现在还有一些不符合法治精神与法律规范的语言、概念,仍在随地使用,甚至在庄严的法庭与刑事判决书上也往往未能免去。例如,"坦白"二字,本是很好的字眼,延安审干"抢救"时,以"坦白"二字代替"自首"或"供认",谁被逼"坦白"了,即表示他已承认自己是"特务"了。但这已是胡用了。不过它是用在整风中的一个婉辞,带有一定缓和关系的作用,使审问者与被审问者说话都方便些。可是现在竟正式把它变成刑事罪犯供认罪行的代用语了,岂非天大的笑话?现在更进一步把"坦白"二字用在翻译书和译制影视片中,更叫人哭笑不得——外国人也跟着我们"坦白"了。"坦白"这两个本是极好的字眼,即使转几十个弯,也变不成法律上更不能是刑法上认罪的代用语的。犯罪以后,"投案"就是投案,"自首"就是"自首","认罪"、"服罪"就是认罪、服罪,怎么能扯到道德品质与为人作风上的坦白不坦白的问题上去呢?又如犯人拒不认罪,就说他在人证物证面前拒不认罪就行了,何必说他是"态度极不老实"呢。请问,"极不老实"与刑事犯罪有何关系?还有什么"交代"、"宽大"等都全不对。犯了罪之后是投案、自首、认罪、服从判决的问题,不是什么"交代"不"交代"的问题。而且"交代"一词本系借用又借用的词语,是"群众运动"中斗争人和私刑拷打时的词语,与服罪、认罪一事是风马牛不相及的东西。至于依法应该减刑的,也有特定的刑法语言可用,不是什么宽大不宽大的问题。现在看见电视新闻上,在预审或审判庭上还有贴上"坦白从宽、抗拒从严"的大标语,可笑之至。在正式审判庭上乱贴标语,这是用不正当方法干涉法庭审判的行为,它本身就根本是违法的,这仍然是驱使群众乱批乱斗的遗风,世界各文明国家都不准这么干。根本原因,是我们并不真知道什么是"法治",还是把法律审判当成政治审判来处理。

　　还有,有些名词原来就是极其错误的,例如"五类分子"、"地富反坏右"之类。其荒唐程度,可谓旷古绝今。例如,富农既然是农村的资产阶级(中国的富农大多不够条件,既参加大量劳动,又全力组织领导生产,还是农业中先进生产力的主要代表者,笔者在西北、华北共四个省做过三年的农村调查,对此感觉甚深),依解放后的土地改革法,明文规定对富农与对待地主有原则的不同。可是,神圣的上帝一句话就把富农升为地主,并进一步与"反革命"等同了,即所谓"地、富、反、坏、右"了。即使地主吧,在政权转移到我们手里之后,除了其中的恶霸之外,主要也是一个经济范畴了,他们主要是经济和农村政权改革的对象,而不是刑事惩罚的对象。我们却二者不分,眉毛胡子一把抓。经过没收财产二三十年之后,为什么他们的第二代、第三代还要与"反革命"等同呢?对所谓"右派",开始斗他们那几个月,还在表面上故作姿态,说要作"人民内部矛盾"处理,但后来逐年升级,变成了反革命中最最被仇恨、最绝不予以任何宽恕的"超超级反革命"了。据我二十多年后确知,这确确实实是一个人的意见。这几种人情况根本不同,怎么能把他们"一视非人"呢？我听说在县以下及某些天高皇帝远的单位中,现在还有人开口闭口就这么"地富反坏右"地说下去的。法庭上现在是不这么公开用了,但某些基层的"无产阶级专政"的铁拳还有人喜欢这么说,没有人敢起来反驳。

在坚持使用"法言法语"原则时,我以为有些"小事"也应该注意。例如,有些审讯中,竟有法官也跟着原告、被告或证人"爱人"长"爱人"短的。这就不像话了,妻子就是妻子,丈夫就是丈夫,在法庭上不同于在诗歌小说中,根本没有"爱人"一说。还有"未婚夫""未婚妻"之类,每见之于法庭及法律文件,也根本不对。我们的《婚姻法》中根本没有"订婚"一说,因此根本就没有法律承认的"未婚夫""未婚妻"这种身份的人。

中国过去长时期有一种万能的神明,把自己赖以"唯朕作威,唯朕作福"的命根子——"和尚打伞,无发(法)无天",当做不可一日无此君的通灵宝玉。于是,上有好者,下必甚焉,把一个国家都弄得无法无天了。看来,三五十年也不一定扳得过来。

执法人员如果拿不出法律根据来,就不能糊里糊涂地判定任何人的罪名,因为执法者首先最应该守法,不然为什么要有知法犯法罪加一等之说呢？我们看到美国的一些警匪片,探员明明看见匪徒逃进某所房屋去了,但因未带合法搜查证,就眼看着匪徒逃掉也不敢闯进去搜查,甚至坐待匪徒来袭击自己。据他们自己说,不这样,他们先就犯了法,要坐监。确实是这样的,不如此,普通人民的合法权利就得不到保障(在这里就是人民的住宅不受侵犯权)。所以,他们自然而然地表现的这些,在我们看来是不可理解的东西。这是海外奇谈吗?不,这才是最值得我们羡慕的东西,比电视机什么的宝贵千万倍。

总之,我认为"法言法语"并不坏。不但不坏,而且在执行法律时必须使用"法言法语",不能乱说一气。如果非"法言法语"也可以充满法庭和判决书之类,那才叫有法而不行,还有什么法治可言呢?

上述这些事,是不是咬文嚼字、吹毛求疵呢?不是,决不是。这说明我们离建立健全的法治还很远很远,我们的"法治"思想,在有些执法人员头脑中也不知道是什么东西。中国要实现真正的民主与法治,至少还需要几代人锲而不舍的奋斗。什么事情都预言三年五载根本改变面貌的话,你千万不要相信。

1986 年 9 月

(此文分两天刊登于香港《大公报》,约在 1987 年)

历史无"平反",正气何处来？

——一个极其优良的民族传统

十多年前(1984年前)，罗马天主教廷公开给16至17世纪的意大利物理学家、天文学家伽利略平反。伽利略坚决赞成哥白尼的日心说，反对地心说，又主张地动说，这些都同罗马教廷历来的教义不合，教廷的异端裁判所曾给伽利略以严厉处分。三百四十多年后，连这个教廷也要给科学家平反了。这件事当然只引起人们的一阵笑语，但也说明平反冤假错案这件事，最后是连神也有抵挡不住的趋势。

我一直有一个看法，即：中国历代以来，都很重视冤狱的平反，而且不管这个冤狱有多么大，时间有多么长，也不管它是由哪个皇帝老倌玉裁圣断的，最终都必然会一一加以平反，似乎并未听说有过什么例外。这是中国历史上的一个极其优良的传统，中华民族之所以不被人家消灭，这恐怕也是一个因素，即：民族正气终于要取得胜利。因为，一个民族在发生了某种忠奸倒置的重大冤案之后，整个的民族精神和民族良心都会为此而感到痛苦和窒息，这就必然会造成一个民族民心不振、民气消沉的现象。明末据有今辽东的后金兵力已发展成很难抵抗的力量，但崇祯帝却偏偏要自毁长城，把抵抗后金最坚决、最有成效的袁崇焕、熊廷弼两个重要的军事政治大员虐杀了。在这种政策下，除了全盘毁灭之外，明廷还有第二个可能吗？即使没有李自成攻占北京，明廷也只有灭亡的一条路可走。因为它把抗战派领袖都冤杀了，就形不成一个团结抗敌的政治局面了。

相反，平反了一个大的历史冤狱，就可以使整个民族都能感到某种宽慰和振作。我可以举出人所共知的历史上典型的三大冤案为例，来说明历史大冤案是任何人也不能不予以平反的。

第一个大冤案是关于岳飞的。岳飞是南宋的抗金名将，在当时是功高盖世的。但南宋高宗赵构却伙同亲信权奸秦桧急急把岳飞从抗金的前线诏回杭州处死了（邓广铭教授在他著名的《岳飞传》中，不同意宋高宗是屠杀岳飞的主要罪人的说法，而坚持秦桧才是杀害岳飞的主要罪人。我反复拜读后，觉得邓说并无说服力，此处未敢采用）。岳飞被害于南宋高宗绍兴十年旧历十二月二十九日（时为公元 1142 年春）。南宋本已危如累卵，还要如此自毁长城，可以想见当时整个民族在精神上所受到的打击会有多么严重。正因为如此，宋高宗以下的几代皇帝，为了他们自己的利益，都不得不相继为岳飞多次平反昭雪。

首先是受高宗禅而即帝位的孝宗皇帝（高宗养子），于1162 年继位的一个月后，也即高宗还活着的时候，即下诏为岳飞平反,可见高宗杀岳飞后引起的天怒人怨之严重。诏谕恢复岳飞的"少保、武胜军节度使、武昌郡开国公"等荣衔,并"以礼改葬"。这就是现在所说的在政治上无保留地为岳飞恢复名誉。孝宗即位后的第二年又下诏发还抄没岳飞家的全部财产,其中有一项是发还钱"三千八百二十二贯八百六十三文"。如果这项账目无误的话,倒并不是抄没的钱财不知去向,这可有点叫人感慨系之了。同年,孝宗又给岳飞赐谥为"武穆"。孝宗的下一代皇帝是宁宗。这位宁宗皇帝于1204年诏封岳飞为"鄂王"。这在封建时代属最高的封爵,无可再高了。宁宗之后的理宗于即位后的第二年,即1225年,又下诏改谥岳飞为"忠武"("武穆"改"忠武",在封建名节上是大进一步,详下)。这最后一次的褒扬,发生在岳飞被害的83年之后。宋高宗后的四代皇帝之所以乐于这样不断地为岳飞平反、加封等,并非由于他们特别仁慈,而是如果不这样做,他们偏安江左的局面就会更难于维持了。当然,这更是当时全国军民及臣下共同推动的结果。我以为,这就是中国历史光明面的内容之一,如果没有这一面,我们这个民族恐怕早就被人家彻底征服甚至消灭了。岳飞是人望,消灭人望是最丧失人心的一种自我毁灭,这种损失是补偿不回来的。

其次,再说一个名气不如岳飞而功劳则大大超过岳飞的明代的于谦。明朝的统治共为二百七十余年,就在它开国才七十年,即四分之一王朝时代,也即一般还应该属于鼎盛时期的时候,那个王朝就已经出了一个皇帝朱祁镇,即后来庙号为英宗的东西。实际上那是个百分之百的昏宗和奸宗,同"英"

字可谓水火不相容。从他登位的那一天起,他就是宦官王振手里的工具(王是英宗的发蒙老师)。在他即位后的第十四个年头时,那些在明初被逐出塞外的元蒙及其他部族的皇族和贵族首领们又逐步强大起来,其中特强的瓦剌部落首领叫也先,他已经足以挟持长城外从西到东的各部族首领配合进攻和掠夺明廷的疆土了。这些部落对明廷寇患连年,所过之处掳掠人畜,烧毁一空,就像火山熔岩流过一样,一扫而光。1449 年,明(英宗)正统十四年,也先纠合多部,主力侵犯今山西大同至今河北居庸关外一线,直取京师。明英宗在宦官王振的决策和挟持下,带领 50 万人马出居庸关"御驾亲征"。这一对暴戾庸愚的君臣,以为只要一声"御驾亲征",也先大军就会被吓退了。哪晓得出军才不几天,明军就大多不战自溃,有的一经遭遇战或一遇埋伏,就全军覆没(可敬的是,随行大臣大体上是全部殉难,无人投降)。1449 年的旧历八月十四日,英宗在土木堡(在今河北居庸关外新保安与怀来县间)坐地待俘(宦官王振当即被皇帝随从武士槌毙)。此时朝中混乱,投降派主张首都南迁,时于谦任兵部侍郎,力主抗敌,反对南迁。其实侍郎不过一个副主官而已,而且兵部尚书、侍郎历来均为文官,主管军政而不掌握兵符,即使是军政问题,稍大的也要奏准皇帝后才能执行。于谦更是个真正的文人(杭州人,诗写得不错)。当此生死关头,他投袂而起,得到了朝中多数正派爱国朝臣的拥护。英宗被俘三日之后,即由于谦等朝臣拥立英宗之弟朱祁钰监国,不日后又被正式拥立为新皇帝(此人后来庙号代宗,他的年号则叫景泰。北京超级工艺品"景泰蓝"就是在他当国时大发展起来的）。英宗实际上立即当了汉奸，他到处替敌人赚开边关城门，均未得逞。朝中的文武重任，迅即自然地落到了抗战派领袖于谦的身上。于谦不分日夜调集京中弱兵及外地勤王军队组成京师（北京）九门的保卫军，严阵抗敌。于谦又奏请打击逃跑派，称有敢言南迁者斩。有的大臣以英宗尚在敌手为词，主张妥协，不要得罪了也先。于谦则针锋相对，公开以"社稷为重，君为轻"的理由驳斥他们，这在中国封建时期的大臣中，可以说是极其罕见的民族英雄。在战阵的部署上，于谦反对紧闭京师九门消极待敌的战术，而坚持大军出城外部署，隐蔽设伏等，以集中力量消灭敌人的先锋。于谦也出城亲自部署指挥作战。1449 年旧历十月十一至十五日数日间，在于谦的指挥和鼓舞下，数次挫败了也先的精锐前锋部队于京师的德胜门、西直门等城外，使也先前锋受挫。也先全军便逐步后撤，重新退出塞外，另图卷土重来。英宗则于被俘一周年的时候，由也先把他放回了北京，以太上皇名义闲居，俟机复辟。

英宗弟朱祁钰改元景泰，靠着于谦的长期执政和辅佐，整军经武，这个景泰皇帝也整整坐了七年零三个月的帝位。但朝中腐败势力占优势，再加上也先的不断分化和收买，看来于谦及景泰帝等也过于疏忽，毫无反复辟准备。到景泰的第八年（1457 年）旧历正月十七日黎明前，在原妥协派朝臣首领徐守贞、新的宦官势力代表曹吉祥和武将石亨（破也先时保卫京师九门的主要守将，属骁勇悍将之徒）的勾结下，轻而易举地用一点点兵力便将英宗直接送回宝座上宣布复辟了。复辟后,这位昏庸残忍的英宗,便将于谦及其拥护者全部杀害,并罪及妻孥。"谦既死,籍其家,无余赀,萧然仅书籍耳。而正室锁钥甚固,则皆上赐也。"(清谷应泰《明史记事本末》)谦死后,由亲友殓殡,后又扶归故里杭州安葬。这样,今天杭州西子湖边,就有岳飞和于谦这两位民族英雄的墓葬在那里为河山增色了。

于谦也平反了,但比较晚,也没有岳飞那么隆重和彻底,他是在被害的一百多年后,明神宗万历年间才平反的,诏谥"忠肃"。于谦是被诬以"谋逆"罪名被杀的,今谥以"忠"在名节上就算彻底平反了。明廷之所以不像南宋诸帝平反岳飞得那么彻底,是因为他们还未被逼逃到江南偏安于一隅的程度。要是那样,他们也会像宋高宗的后代皇帝们一样不断为于谦平反的。

第三个例证,是清代的林则徐,这是更为大家所熟知的。林则徐于清道光十九年冬在湖广总督(辖湖北、湖南两省)任上时,奉道光皇帝诏命为钦差大臣驰赴广东"查办海口"(即查禁鸦片)的。林得到两广总督邓廷桢的亲密合作,强令十三行洋商(中国的买办商人)及夷商(外国商人)缴出鸦片,全部予以销毁。道光二十年(1840年)初,林正式被任为两广总督,主持广东防务。6月,英军正式向中国开战,林则徐在广东有严密防备,英军不能速胜,便移师北上,直抵大沽口外。清廷震恐,迁怒林则徐,道光帝立即将林则徐、邓廷桢一起撤职查办,并遣戌(流放)新疆伊犁。林则徐在新疆流放三年多之后,道光帝又逐渐起用他,但决不平反。1850年道光帝死,子咸丰帝继位。咸丰帝继位后，就不断地为林则徐大力平反。同年旧历十一月，林则徐也病逝了。咸丰帝立即下诏，"林则徐着加恩晋太子太傅衔，照总督例赐恤。历任一切处分，悉予开复。"即取消过去对林的一切处分。林本有太子太保虚衔，今改赠太子太傅衔，还是虚的，但荣衔就大致无可再加了。第二年即1850年旧历四月，咸丰帝又特颁御制祭文，称林为"文武兼资，遍寄九州之重任；忠清共见，洵为一代之良臣。"又说"综生平之不避嫌怨，宜恩施之备极哀荣。"同时又颁赐了"御碑文"，中称"赐谥文忠，象生平之节概。"对林则徐的平反，可以说是很彻底的了。

中国历史上所有这些对前朝皇帝所造成的大冤案的平反，并不表示后面的皇帝都更高明宽厚，而只是为了自己切身的利益不得不如此。但只要他们这样做了，就是明哲的，是同全民族的利益相一致的。因此，我们也应该赞美他们的正确行动。他们不是说，林则徐有大罪，不过罪名太大了，减轻点吧！

有一点很有趣：岳飞、于谦、林则徐平反后分别追谥为"忠武""忠肃""文忠"，都有个"忠"字（岳飞则是特别改"武穆"为"忠武"的），现在人们往往不加重视，但在封建时代，这个"忠"字可是做臣下的第一个最高道德标准了。他们指的当然是忠于君，忠于朝廷。我们现在来看他们三人的伟绩，他们当然也忠于君，但根本的是忠于民族，忠于国家，忠于人民，也就是于谦引用孟子说过的"社稷为重，君为轻"的意思。

写到这里，我忽然想起一件有趣的事情。1979年国庆30

周年时曾在北京举行过一次大型的学术讨论会。有一次我离开本组跑到另一个大组去旁听,适逢师哲老同志在发言,他讲得很妙,他说:"苏联的冤案实在太多、太严重了,尤其是对红军将领和军官的摧残太严重了,斯大林逝世后不管谁上台,都不能不平反这些大冤案,不然就谁都站不住脚,不要说'黑(赫)鲁晓夫'上台,就是'红鲁晓夫'上台,也不得不平反那些冤假错案。"(大意)他的发言十分生动,引得大家大笑。我在此就借花献佛,把这个故事请来作为本文的结束。如果说苏联平反是错的,那就等于说中国的岳飞、于谦、林则徐等也不应该平反,道理是一样的。

（注：此文取自 1996 年本人在甘肃出版的小册《牵牛花蔓》中，未注明是否在刊物中发表过，至今未查明。）

从"劣币驱逐良币"的
规律说起

—— 不是谈货币学问题

一

很多年前的货币学上有一条定律,叫做什么"劣币驱逐良币律"。就是说,凡金属货币在市场上流通时,成色低的、分量不足的,必然会在流通市场上挤掉成色高的、分量足的。这道理很简单,因为它们在市场上的购买力相等,而良币却要多用些金属或贵金属,自然劣币就会把良币挤出市场,良币也会自然而然地退出流通领域——或者被人暂时收藏起来,或者自己也被人改铸成劣币,一百块银元,就可能变成一百零五块了。这当然是指使用金属或贵金属铸币时代的事情,近几十年不大听人说起这事,书上一般好像也不谈这件事了。

两年以来,我用这个话题在几次小会和中会上对近两年我国社会上出现的虽非主流但却又决不能听其自流的出版、报刊和文化艺术上的某些现象发表过几次意见,希望有关方面能注意改善这个状况，不要完全不管，放弃引导。

在科学文化艺术史上，从长远来说，当然不存在什么"劣币驱逐良币"的事情，真正经得起历史——长则几千年，短则几十年——考验而被保存下来的，总是最好的或接近最好的作品。古今中外，概莫能外。以我国近代的文学艺术来说，不管有多少五花八门的东西出现过，真正能经得起考验而留存下来的，绝不是那些乱七八糟似乎一时占领了市场的东西，而仍然是鲁迅、郭沫若、茅盾、巴金、老舍、曹禺、赵树理等人的作品；20 至 30 年代期间，尽管有多少《毛毛雨》《桃花江》之类的东西风靡一时，而保存下来具有研究价值的音乐作品，仍然是赵元任、萧友梅、刘天华、黄自、黎锦晖、华彦钧（瞎子阿炳）和左翼的聂耳、冼星海、张寒晖，以至不知作者为谁（或许仅仅是我不知道）的《苏武牧羊》《满江红》这些艺术品。历史是一个孔格很大的网筛，也是一副网眼很大的渔网，能够留在筛上或网内的，绝不会是细砂碎石或小鱼小虾，而只能是可以称得上"大块"的文章，或者可以称得上艺术品的艺术品。如果历史上偶尔有点浅薄无聊的东西留下来，那是偶然的例外，而且这些东西也只能引起有识者的非笑，还不如不留下来为好。清王士禛在他编选的《唐人万首绝句选》①一书的序言（他自称为"凡例"）中讲了这么一段话："唐绝句有最可笑者，如'人主人臣是亲家'，如'蜜蜂为主各磨牙'，如'若教过客都来吃，

---

① 《唐人万首绝句选》为清代王士禛（1634—1711）75 岁去官退居山东故乡后选编，其"凡例"中称："每欲删定宋洪［迈］氏《万首绝句》，以其浩瀚，辄尔中辍，后二十年始成。"

采尽商山枳壳花',如'两人对坐无言语,尽日唯闻落子声',如'今朝有酒今朝醉,明日愁来明日愁',当日如何下笔,后世如何竟传,殆不可晓。"(这个例子太有趣,原谅我最近在另一个地方也引用了)这里,王士祯就把低级庸俗,毫无思想性艺术性的东西之被偶然保留下来,当做一场笑话。但是,像"两人对坐"那两句,固然没有多少诗意,但恐怕也还不能说是已经庸俗到了不可容忍的地步,较之年来我们某些一再被人喝彩的艺术表演,恐怕还要算是上上大吉的作品了。

但是,只求一时占领市场,博得廉价彩声的文学艺术或其他作品,在某一个特定的短时期内却是可以表现出"劣币驱逐良币"的现象的。例如,1905年俄国第一次资产阶级民主革命失败以后,在文学上就曾经出现过一段宣传消极、迷惘、失望以至带有色情倾向的作品盛行的时期;1927年我国第一次大革命失败以后,以上海为代表的文学艺术作品,也有过黄色的、颓废的、"侠义"的、歌场舞榭的文化艺术泛滥一时的现象。不过,这回它始终遭遇着我党领导下的左翼进步文化运动的抵抗、揭露和进攻,因此它们没有能表现为压倒一切的力量,并终于被打败了而已。所以,庸俗、浅薄、颓废、迷惘、腐朽的文化在一个短时间内能够压过真正的、严肃的、进步的文化的现象,在历史上是屡见不鲜的,虽然最后它们终归要失败,要湮灭。我们是马克思主义者,我们只要警惕到这种可能,并及时地给予正确而缓和的疏导,使这一现象不要在我国发生,就不可怕了。

二

粉碎"四人帮"以后,我国是处在一个变化非常激烈的时期,这个时期同文化艺术有特别关联的地方有以下一些:一是十年以上的文化专制,使中国在文化上已近于一片荒漠的景象,要求思想解放,摆脱文化钳制,渴望出现各种科学、文化、艺术作品的潮流势不可挡。二是长期摧残文化教育、科学艺术和反道德教育的结果,造成了一些人特别是一小部分青少年文化修养下降,知识浅陋,道德水准下降,审美能力荡然等现象。三是大量熟练的作家、艺术家和表演艺术家们,由于自然规律的,或由于被迫害而死亡、残老、荒疏的原因,相继退出了或实际上退出了文坛和艺坛,从而使文坛和艺坛严重地减弱了一部分吸引力,这在客观上为某些质量低下的"艺术品"的冒出,创造了便利条件。四是出现了一大批中青年作家和艺术家,并出现了大量的好作品,这在中短篇小说、话剧(还有某些歌剧、舞剧)、报告文学等方面,似乎表现得特别明显,电影方面也出现了一批相当好的作品。我以为这最后一点是打倒"四人帮"后在文艺创作上的主流,有好多作品不仅胜过解放前的 30 年,也胜过"文革"前 17 年。这是一个极好的现象,这些作品比某些"九斤老太"敏感得多,开明得多,而且有的作品才华横溢,前途未可限量。

以上是我所能体会到的这四年来在理论、宣传、学术研究、文化创作等方面较之过去特别活跃的总背景。

但是,在创新的前进过程中,就难免会发生一些不大理想或很不理想的现象。有某些创作家和艺术家,由于他们的知识根底和生活根底过于薄弱,艺术方面缺乏严格的训练,因此相当缺乏艺术上的辨别能力,往往把"创新"领会错了,看了几部不伦不类的、低级的以至黄色的外国电影之后,就把那上面的某些消极或根本没有艺术价值的东西,当成了当代欧美代表性的艺术。又由于某些国家和地区,经济上发展比我们快一些,便产生了一种凡外来的东西皆好的不正确想法。同时,又由于我们的某些中青年文艺工作者不熟悉我国几千年来和近几十年来的优秀文化艺术传统,往往误以为"四人帮"的那套东西就是代表中国的东西。在这些背景之下,便产生了双重的不大正确的心理:中国的新老东西都不好或者都没有味道,而外国的以至一切大陆以外的东西则都好或比较好。唐人司空图有诗说:"汉人尽学胡儿语,却向城头骂汉人",我们绝大多数的同志当然并没有如此,但对少数同志却是需要十分警惕的。

这是一种"饥不择食"的现象,不能过多地责备中青年人,而且责任也不应由他们来负,至少主要不应由他们来负。这是历史背景造成他们如此的。

三

有两年了吧,我所听到的对书籍、报刊、艺术作品和艺术表演等方面的意见,大多集中在以下一些方面:如表现残忍凶暴、打斗屠杀、荒诞不经、类似旧时神魔武侠的东西太多;有的则是庸俗浅薄,完全拒绝思想性和教育性的内容①,而且还以此自炫,也有一些人支持,说是思想"很解放";某些题材互相模仿,以至不惜采用相同的公式与脱离生活实际的东西,也不算太个别。这当中特别值得一提的,是那种表面上似乎一点不涉及政治,不鼓励人们努力建设社会主义,不管是否有助于建立社会善良风俗,更一点也不考虑是否有助于帮助青年建立积极向上的人生观,而完全以无思想性、无政治内容为号召,竞相输入、传播、表演的一大批所谓音乐。我根本不去谈这些东西的政治方面,即平常说的政治标准如何这个问题,仅就这些东西的词曲两个方面来说,大多毫无艺术性可言。再退一万步说,只要有一点娱乐性能有助于人们休息的,我也不敢菲薄它半句。可惜的是,好像都没有。它的曲子、节奏、旋律等一样也不讲究,"唱"的时候,既不像唱,又不像哭,既不像讲话,也不像朗诵,只觉得它是一种低沉、灰暗,既无希望,似乎也无所谓失望,既无所爱,似乎也无所憎的,浑浑噩噩的,无可奈何的情绪。请看下面这首风行一时,有的名家也不惜反复演唱的"名歌"的歌词吧:

天 黑 黑

天黑黑,要落雨,阿公仔举锄头要掘芋,掘啊掘,掘啊掘,掘着一尾旋鰡鼓,依哟嘎都真正趣味。

天黑黑,要落雨,阿公仔举锄头要掘芋,掘啊掘,掘啊掘,掘着一尾旋鰡鼓,依哟嘎都真正趣味。

---

① 此处在形式上还是老框框式的提法,未改动,以保真实。

阿公仔要煮咸,阿妈要煮淡,俩人相打弄破鼎。

依哟嘎都嘟咚叱咚仓哇哈哈。

　　阿公仔要煮咸,阿妈要煮淡,阿公仔要煮咸,阿妈要煮淡,俩人相打弄破鼎。依哟嘎都嘟咚叱咚仓哇哈哈。

　　在电视和广播上反复听到的,似乎没有这么长,也把方言变成了半普通话,一听半懂,但内容同这里从印刷品上引来的方言歌词完全一样。有同志可能会说你这完全是一副僵化了的脑袋,民谣尤其是童谣,往往都是随口诌成,谁说一定要有什么意思呀!对于这种责备,我不拟辩解,自甘僵化就是。

　　这类东西,既不能登大雅之堂,个人随便哼哼也产生不了什么乐趣。可是一个时期以来,竟然有点风靡全国,造成无人敢对它褒贬半句的形势。部分青年一时热烈欢迎这种东西,是这部分青年精神苦闷和空虚的表现,这是可以理解的,也是可以原谅的,不能怪他们。问题是,我们的某些艺术家,为什么也热衷于把这些灰暗的东西竞相拿出来送予青年呢?这就不能不说我们的某些艺术家多少也有点责任了。当然,主要的责任还是领导者不敢引导,不去引导。人家已经明确地说是"某某征服了大陆",满台乱跳乱叫能叫艺术吗?而我们的一些缺乏歌唱才能和并不缺乏歌唱才能的那么多"新秀"、"中秀"竟然争相学样,甚且青出于蓝,而有才能、有责任感的老声乐家就只好拒绝登台,以保持自己应该保持的艺术尊严和节操。这件事我多谈了两句,因为这件事最为典型。我再郑重说一句,我这里根本没有去谈什么政治标准,那更经不得吹弹的,我所说的不好的东西,是仅就其艺术性,甚至缺乏最起码的娱乐性而言。

四

要知道,优秀的文化艺术固然有强大的感染力,但瘟疫也有强大的感染力。今天某些低级庸俗的东西之所以能乘虚而入,大有盛极一时之概,正好说明我们某些摹仿者和接受者,是十分缺乏免疫力的。

我还听到过有些同志至今在为这些东西辩护,他们不同意这些东西会给社会带来消极的影响,他们说,是社会风俗颓丧在先,而不是这些东西引起了社会风俗的颓丧。这当然有道理,我基本上也是这样看的。但是,既然林彪、江青反革命集团搞的十年浩劫已经造成了社会风俗的严重颓丧,那么,我们今天任何一个严肃的报刊、出版和文化艺术工作者的首要任务,就应该去做力挽狂澜的工作,而绝不应该再去火上加油。这样,就有可能会在一个短时期内产生"劣币驱逐良币"的现象,而且在不少的场合下已经产生过这样的现象了。例如,一本武侠小说竟在全国到处印,以至达到四五百万本之多,压倒目前最畅销的任何一种现代长篇小说;表演艺术水平很高或较高的进步或古典歌曲,只有稀稀拉拉的掌声,甚至要被嘘,而什么一条小泥鳅之类则获得一片掌声,连唱几遍不止——尽管听众并不知道唱的是什么东西。这样地去占领市场,难道还不是典型的"劣币驱逐良币"的现象吗?

我诚恳地希望我们任何一个严肃的、懂得自己的社会责任的宣传和文化艺术工作者,对于一切无思想性,无艺术性,蔑视道德标准,无助于培养和提高人们的精神境界,无助于培养人们的审美感情与提高审美能力之类的文化艺术,都不要去搞它。要分辨这类东西的是非,我以为并不是一件太困难的事,只要有一颗对社会、对人民、对青年、对子孙后代负责的善良的心就大体上能办到。至于进一步的要求,当然也是很重要的,但不是这篇东西担负得了的,这里无法讲了。

1980 年 9 月

(本文原载《读书》杂志 1981 年第 9 期)

[附]来信照登

编者同志:贵刊今年第 9 期载拙作《从"劣币驱逐良币"的规律说起》一文中,有一矛盾之处,敬请代为登出此项说明为感。文中谈及《毛毛雨》《桃花江》这些黄色歌曲是很不好的,但在提到现代仍值得研究的音乐艺术家名单中,又有黎锦晖先生的名字。黎先生确曾创作过大量比较健康、愉快、活泼的儿童及少年音乐,当时普及全国城乡,其代表作《小小画家》更是大家都知道的。总的说来,这个作曲家一生的作品仍以好的、较好的占绝大多数,其作品在现代音乐史上确应占有一定地位。但笔者也知道他后来作过一些很不好的歌曲,黎本人也成了一个争论人物。经反复考虑,觉得这个作曲家恐怕还是功大过小,因此应把他列入在音乐史上有过重要贡献的人物之列。但我当时过于粗疏,未查资料,所举《毛毛雨》《桃花江》也正是黎的作品,以致发生此种不应有的矛盾。事实是,这两首歌曲确实很不好,而黎先生一生的音乐遗产确有很多又是值得研究借鉴以至值得学习的作品,原则上二者都能成立。但笔者未把这二者的关系弄清楚,致产生此种明显矛盾,今特说明事实,并向读者致歉。

严　秀

1981 年 9 月 11 日

（*本件原载于《读书》杂志 1981 年第 10 期*）

"深入浅出"及其他

　　30 年代前半期,我在内地一个县城里曾经看见上海的某个报刊上登载过这么一首格言诗:

　　　深入浅出是通俗,浅入浅出叫庸俗,

　　　深入深出犹可为,浅入深出最可恶。

　　解放初期和最近,我曾在几个场合介绍过这首诗,听者都颇为动容,有的听者也同我一样,听了一次就记住了一辈子。这诗虽然直接是对文章风格而发,但我觉得它的意义远远超过文风问题,对世道人心、为学做人都大有好处,因此我就把我过去讲过的,写成这篇文字。

一

　　"深入浅出是通俗",可谓天经地义。什么著作都有这个问题。例如列宁的《帝国主义论》,毛主席的《论持久战》《〈共产党人〉发刊词》等,可以这样说。但马克思、恩格斯的多数作品,却并不具有明显的"浅出"特点,我看也是事实。不过他们的有些作品,如《费尔巴哈与德国古典哲学的终结》

《家庭、私有制和国家的起源》等，我以为还是做到了"深入浅出"的。当然，总的说来，马、恩也未能完全摆脱他们民族的风习，他们，尤其是马克思并没有在"浅出"上多用功夫。马、恩两人的风习也不尽相同，恩格斯还是相当注意"浅出"问题的，马克思则似乎没有考虑过这个问题。法国民族的风习则似乎有所不同，读他们 18 世纪以来一些启蒙思想家的著作，就要好懂一些，他们的表达形式是注意到了"浅出"的。我们中国古代的文章，像《诗经》中的一部分，《孟子》、司马迁的《史记》等书，为什么那么吸引人，影响那么大呢？因为它们都能做到"深入浅出"。在一定意义上，我认为《老子》一书也大多是很"深入浅出"的，这并不是故作惊人之论，想想看，那么一点篇幅，表达了那么多深刻的思想内容，除了什么"道可道，非常道；名可名，非常名"，"玄之又玄，众妙之门"一类难解的东西之外，其余可说大部分并不很难懂，实在很不容易。本着这个观点，我们去看中国文学史上的作家们，特别能够传世的，引人爱读的多半也离不开这"深入浅出"四字，人人都知道汉末"建安七子"们的诗好，像他们的太上领袖曹操的诗，"白骨露于野，千里无鸡鸣"，"老骥伏枥，志在千里；烈士暮年，壮心不已"就多么深入浅出，陶渊明的"采菊东篱下，悠然见南山"，李白的"桃花潭水深千尺，不及汪伦送我情"，杜甫的"朱门酒肉臭，路有冻死骨"，王维的"劝君更尽一杯酒，西出阳关无故人"，刘禹锡的"旧时王谢堂前燕，飞入寻常百姓家"，白居易的"离离原上草，一岁一枯荣，野火烧不尽，春风吹又生"，杜牧的"商女不知亡国恨，隔江犹唱后庭花"，李商隐的"夕阳无限好,只是近黄昏",以及毛泽东同志的"天高云淡,望断南飞雁,不到长城非好汉,屈指行程二万"等,都不是"做"出来的,而是顺口流出来的。当然,我不懂文学评论,这里不过是顺手把它们拉出来做我"深入浅出"论的例子罢了,并不是说他们的成功,仅仅在于深入浅出这一点上。《世说新语》这部笔记小说,一千几百年来脍炙人口,是因为它"辞近旨远"、"言约意丰",但为什么能做到这两点呢? 也是十分得力于形象的比喻和深入浅出的表现方法。

我以为近代的鲁迅,也可以说是能够做到深入浅出的一个典范,虽然他有的作品如《野草》中的多数,也不能这样说。过去和现在都有些读者说,鲁迅的作品不好懂。我说,这是因为他们一不明白当时的时代背景;二是各方面的文化基础知识太差;三是同鲁迅的感情不相通,或者没有注意去沟通。但是就鲁迅思想的深度、广度和它的犀利程度所达到的高峰,同它的部分文章的表达形式的浅明简易两相比较来说,它在深入浅出的程度上,恐怕可算得古今第一。

二

"浅入浅出叫庸俗"。我们常常对某种理论、文章与艺术作品,产生庸俗之感。但何谓庸俗,往往难于言传。这"浅入浅出"四字就可以说把这类东西的主要特点抓住了。这种东西,历史上留下来的例证,是不如深入浅出那么容易找的。原因是:大江东去,浪淘尽,千年庸俗! 历史上浅入浅出的学术与艺术作品,就是这样被时代的潮流冲刷掉了,这是一件痛快事。但历史上的庸俗东西也还是保留了一些,例如,司马迁的《史记》在五帝本纪一类文章中就还保留了很多胡说八道的东西。王充算是个大思想家了,但在他著名的《论衡》中反复论"骨相"决定论的那部分,简直是麻衣神相的经典著作。清代王士祯在他的《唐人万首绝句选》一书的"凡例"(其实即序言)中说:"唐人绝句有最可笑者,如'人主人臣是一家',如'蜜蜂为主各磨牙',如'若教过客都来吃,采尽商山枳壳花',如'两人对坐无言语,尽日唯闻落子声',如'今朝有酒今朝醉,明日愁来明日愁',当日如何下笔,后世如何竟传,殆不可晓。"可见古人对于庸俗的东西,也是很不恭敬的。

我以为我国历史上有三次也即三大批有名的庸俗不堪的作品出现过,作为鉴戒,不妨提它们一下。一是两汉时期的"谶纬"①作品,以及用"谶纬"神学堂而皇之地来编造历史、解释儒家经典的大量著作。这些东西在隋代以前已经被淘汰殆尽,隋炀帝又下令要彻底摧毁这些东西(大约是有人制造这类东西来预言他的灭亡吧!)。这类东西前后的总产量,字数要以若干亿计,现在却只能在古书中找到它们的片断了。

---

① 汉代流行的一种穿着学术外衣的迷信,为统治阶级上层特别为皇家所重视,用编造的鬼话来附会到儒家的学说上去。"谶"是巫师或方士所编的一种隐语或预言,假托是上帝(这是中国书上的"上帝",不是指西方基督教的"上帝")传下来的预示吉凶的符验或征兆。"纬"是对儒家的"经"而言,是方士化的儒生附会儒家的经典而编造的通俗书籍。谶纬的中心思想,是阴阳五行,灾异祯祥。这种以书卷形式传播的东西,起源于古代所谓"河图洛书"的神话传说,在西汉后期得到皇家的大力支持,特别为具有皇帝欲望的人所喜爱,并使西汉的经学转入谶纬化,对当时政治发生重大作用,为封建统治、争权谋位,作愚弄人心的欺骗。

它们荒诞、烦琐,而又过于浅薄庸俗,以致它同佛教经典及其诠释著作的烦琐的唯心哲学比较,都显得过于低级,因此中国的士大夫和知识分子,保存和传授了佛教经典,而把土生土长的"谶纬"之学基本上挤掉和抛弃了。此中的一个重要消息就是:太低级庸俗的东西,纵可以极一时之盛,但在历史的长河中,它是没有竞争能力的。第二大宗庸俗产品,就是明代到清代最后几年还普遍流行的八股文,这东西流行了五百年,每个读书人从幼年到考生员、考举人、考进士以前都作过千百篇以上。这种文章的总数,五百年加起来,恐怕在中国有史以来的文章总篇数中,要占第一。奇怪的是没有几篇流传下来,至今我们要找个标本来欣赏一下也很困难,无它,就是因为言之无物,庸俗浅薄,被淘汰了。

还有第三大宗,是现代的作品。这就是林彪、康生、江青等执掌大权时,十多年间下令制造出来的种种吹捧他们这批反革命分子的,吹捧"史无前例"的,吹捧"四大"①、"造反夺权"、"全面专政"的,宣传新神学的,种种作品,数量之多,更是达到了"史无前例"的程度。这些东西欺骗人的功能,竟是那么的可怜,以至一旦失去了它们存在的政治条件后,转眼间就几乎灰飞烟灭,留下的只是一场笑话——不,更重要的是我们民族的一场大灾难。

上述这三大宗作品,其灭亡的重要原因之一,就是它们本

---

① 指十年内乱中危害极大的"大鸣、大放、大字报、大辩论",但实际上存在的"大"远不止此,其中比较显著的如大焚与大武斗、大破坏、大迫害等,那才是更真实、更本质的东西。

身过于浅薄庸俗了。现在我们是否又面临着一次新的浅薄庸俗大竞赛的挑战呢？这不是危言耸听，而是一个相当现实的问题。现在我们也有某些号称"艺术"或什么的东西，正在竞相摆脱社会解放的政治理想，摆脱鼓励人民建设社会主义的政治热情，摆脱优秀的民族传统，摆脱高尚的建设社会主义所需要的道德情操，摆脱五四以来特别是自有左翼文艺运动以来，文艺要为广大的劳动人民（当然包括知识分子）服务，为推翻三大敌人服务，为抵制和批判封建主义和腐朽的资产阶级意识形态服务，为更好地实现社会主义服务的崇高目标，而走在一条令人惶惑不解的道路上。请注意，我说的是"某些"，即是支流，而非主流，不过这个支流的消极能量却是相当大就是了。我认为一切有识之士，和有自尊心与独立见解的文化艺术工作者，都不能不考虑一个问题：艺术当然不应该是象牙之塔里面的东西，它应该容易被广大群众所接受，但这绝不是说我们就应该把庸俗浅薄的，不能鼓励人们积极向上的，毫无正确思想内容的东西，日日夜夜地灌输给他们。庸俗浅薄的东西，不管它们多么"新"，同样也必然是没有生命力的。必须明确地划分："拿来主义"同"东施效颦"是根本不同的两回事。我有幸在 1980 年 9 月参加一个文化方面的代表团去日本访问，临回国前一天的上午，我们在宾馆接待了许多前来送别的日本朋友，其中有一位德间康快先生，他是一系列新闻、出版、电影和其他餐馆、旅馆的投资者和主办人，他头天晚上才作为日本电影代表团团长从中国飞回日本，第二天上午他仍然热情地来为我们送别。他纵谈世界文化，大讲苏联、美国、西班牙、葡萄牙等国如何如何，批评的都不轻，又讲了日本和中国，他的原话大意是"我们日本善于模仿，善于学习，但是缺乏独创性，不如你们"（按：后面这句话过于客气，我以为情况并非如此），"只有你们中国，富于独创性，这点最可贵，现在又打开大门向世界先进文化学习，你们将来一定会成为世界上最文明的国家!"他的整个谈话精神，着眼点都在一个国家应该创造世界上先进的，但同时又必须有自己独特创造的文明这一点上。这位德间先生对于我国虽然有些过誉，但是一切真正对中国友好的人士，从来没有一个赞成我们把西方某些低级庸俗、浅薄无聊的东西狼吞虎咽地一把抓过来当宝贝的。我希望我们一切学术、理论和文化艺术工作者，绝不要陷入盲目性中，我们应该毫不动摇地反对盲目排外、闭关自守；但是也绝不要竞相去输入一些庸俗浅薄、低级无聊，无助于建设高尚、文雅、积极向上的社会主义精神文明的东西。

我们应该严肃而又十分谨慎地面对这个问题：我们绝不应该在中国历史上第四次造成这种粗制滥造、昙花一现的庸俗浅薄的"文化"大泛滥。如果那样，我们就会变成历史的罪人，留给后人的，将不是什么辉煌的、有独创性的、优秀的社会主义的中国文化，而只能是一场笑话。

因此，我们凡在著书立说，握管行文，创造艺术，研究科学时，最好都能有意识地注意到这点，尽可能少犯这个浅入浅出即庸俗化和无思想内容的毛病。当然，这不是法律，谁要大犯特犯也没人管得住，现在不是就有一批同志乐此不疲吗，不过你的成品恐怕就难逃历史上八股文的命运了。

三

第三句叫："深入深出犹可为"，这里包括还有希望，或还有发展前途以至大有可为等意思。可以说，大凡站得住脚的学术著作，很多都是这样写的。因此，一般地说，这不能说是一个太大的毛病。不过，科学成果的表达方法，还是有一个是否注意尽可能使别人容易理解的问题。自然科学如数学、天文学、物理学，其中的有些内容可能难于生动通俗，但社会科学部分，多数恐怕是可以争取用尽可能通俗生动的形式，来表达深刻的内容的。但是，愿意作这种努力的人似乎不很多。我觉得，郭沫若、范文澜、顾颉刚等几位著名学者的科学著作，多年来是比较注意这个问题，努力避免"深出"的。

至于最后一句"浅入深出最可恶"，这可以说是人同此心的。这句话讽刺得很好，像一幅令人发笑的漫画。这是指那种本无内容，也无深意，更无创新，但却故作高深，故弄玄虚，大摆迷魂阵，用以欺世盗名，愚弄外行，借以谋利的东西。还有，是由于学问根底太浅，而又不够朴素老实，往往把一个麻雀当成凤凰来吹，借以文饰其浅陋，或企图借此增长其高深的。年来，我看到过某些已发表或未发表的社会科学论著，犯这个毛病的似乎不算太少。一部分学殖不够深而又急于一举成名的作者，往往喜欢这么小题大做，浅题深做，一件简单的事情，要弯它九十九个弯，用上几十个谁也难于说出它的真正科学含义的词汇，等到你得知它的大意时，人已被弄得头晕脑涨了。到头来才知道东西并不多，也不怎么新奇。作者原本是想以此引人注意,结果适得其反,真正严肃地去注意了它的人,往往有些摇头。这就多少犯了"装腔作势,借以吓人"的毛病。而有些同志却往往被这种汹汹的来势所迷惑,不但不去帮助这些同志改善作风,反而一味盲目片面地捧场,名为扶助新生力量,实则无意中助长了不良风气。青年人需要循循善诱的引导者,但是也需要直言不讳的净友。

"浅入深出"是当今的第一个大病,它同"浅入浅出"一样,也是一种庸俗,不过是更加矫饰了的庸俗,其令人厌恶的程度大大超过了"浅入浅出"。我以为这是著书立说,处世做人的第一大忌。一得之愚,不敢隐秘,不管什么人若能终身以此为戒定必受益无穷。

四

是否只有著作、讲话、艺术创作等才有前面讲的那些问题呢? 远远不是。一个人的待人接物、立身行事、一举一动都有这个问题。用这几句格言来律己,有助于提高一个人的精神境界,陶冶一个人的率真和坦诚的性格,减少低级趣味的虚伪矫饰作风。用这几句格言来观人,也可以大致摸清对方是一个什么性格和品质的人。

我以为在我们著书立说、讲话作文、观人律己、处世待人等方面,对这四句话如能择善而从,时时以上述这首格言诗作为座右铭,我敢说,对任何人都会只有百利而无一弊的。

临末,想以以下四句话了结全文:

"深入浅出"者,令人亲而近之;

"深入深出"者,令人远而敬之;

"浅入浅出"者,令人视而轻之;

"浅入深出"者,令人厌而弃之。

取舍如何,正是:君子自便,老少无欺。

1980 年 12 月下旬初稿于广州旅次

(本文原载《读书》杂志 1981 年第 10 期)

明白如话　永远的写作之门

　　七十多年前,五四时期白话文运动的一个先驱者胡适先生,好像曾经提出过一个口号,叫做写文章应该"明白如话"(可能记错,也许是别人提的,旅中无法查证)。这当然是很对的。但是,要把文章写得"明白如话",却是很难很难的。应该说,胡适本人在这个问题上是言行一致的。他的文章,大致达到了"明白如话"的境界。胡适名气之所以特别大,部分原因不能不说是得力于他文章的通俗、流畅、自然,因而易于传播的缘故。

　　五四后坚持这个优良传统的作家和学者不算少。依我看,作家中的茅盾、冰心、夏衍、邹韬奋、陶行知、夏丏尊、丰子恺、叶圣陶、朱自清、沈从文、老舍、巴金等著名前辈,都是这方面的杰出代表。当然,胡适更是著名代表,他们的文章影响之大,原因之一,我以为也是由于他们的文章不摆架子,不故作高深,基本上都具有"明白如话"的特点的缘故。

　　从本世纪 20 年代后期起,左翼作家崛起,领导了时代潮流,历史功勋很大。但是由于很多左翼作家的革命活动任务都很重,其中有些同志的文字修养往往还不够高,再加上这些作家都读过一些社会科学方面的翻译作品,其中大部分又是从日本转译过来的,因此,在行文的时候,不顺畅、不自然之处就颇为难读,有的人甚至不大注意语法,这就为他们作品的广泛传播增加了障碍。

30 年代上半期,有一个关于语文通俗化的问题在上海的刊物上展开过讨论,发起的一方是我很尊敬的一些进步文化界前辈,批评的问题和对象之一,就是胡适的"明白如话"论,说那是"改良主义"的。因为"明白如话"还不就是话,写文章应该直接写出大众讲出的"话",而不是经过文人改造过的"如话"。实事求是地说,这个要求是不现实的,办不到的。真照那样写文章,北京人写北京话,上海人写上海话,四川人写四川话,广东人写广东话,谁看得懂呢? 一般人都接受不了。"出口成章"的人究竟难找得很,即使有,也不过是比较有条理和废话少一点而已。我听过的讲话人中,周扬在这方面确实是特别好的,但要发表,还是得修改或大修改。至于我所知道的两位被视为"文章泰斗"的大人物,其中一位录音下来多半是不知所云,另一位好得多,但是啰嗦重复和废话还是很不少,两人的"话"都不能成为文章①。

这十几年来,一切都有了长足的进步。可惜在文学和人文科学方面的大小著作中,却有相当大的一部分拼命在走

---

① 此处指陈伯达、胡乔木。

"浅入深出"的死路。有些文章并无深义,却满纸都是怪名词、怪概念、怪逻辑,往往使人望而生畏,读不下去(我不是反对新名词术语,因为它们是理应不断增加的)。我有一个笨想法:凡是能变复杂事物为简要的是科学,凡是把简要事物变为复杂繁难的,就叫反科学。总之,"深入浅出"是永远都应该提倡的,而"浅入深出"则是永远都应该反对的。

把文章写得"明白如话",绝不是浅薄而是难能可贵,表示你理解的深透,同时也表示你尊重读者,表示你运用文字的能力已有走向炉火纯青的希望。

(原载《文汇报》1994 年 3 月 13 日)

应该编一本《看不懂集》，
才是最好的写作教科书

　　这几年有好些文章实在叫人看不懂,好像在变魔术,它不是想要解决什么理论或实际问题。这类文章从内容到形式,从词汇到语法,从思想"构架"到种种结论,从头到尾,不知所云。有的则是把大家本来都懂得的东西,换了另外一套系统、构架、层次、观念等来写,一下子变成了大家都不懂的"新理论""新体系",化易为难,化简为繁,化清为混,化理为玄。而且争奇斗胜,愈出愈奇。有些报刊编辑也专喜此道,借以唬人。据云,非如此不足以表现"观念更新"云云。老子曰:"玄之又玄,众妙之门。"对此应该如何确解,我不知道,从字面上看,而今算是亲眼得见这种盛况了,可是却令人死不瞑目。
　　大家感到看不懂的,并不是指最新的自然科学、工程技术、管理科学等类新东西而言,而是指某些社会科学、文学艺术的一般性论著。论理,一些搞了几十年这方面工作的人,对这类一般性文章总不至于一点也不能懂吧? 然而不然,确实一点也不懂。我本人当然不能作为例证,因为我确实无知。

无奈,久而久之,在接触了很多老中青的理论、文艺及新闻出版工作者之后,他们也都说看不懂,确实不知道有些文章在说什么,莫测高深,但一点也不心悦诚服,并为此而感到十分忧虑。但人们又不敢表示意见,怕被人说是顽固僵化。一个很年轻的女编辑鼓励我写,说大家都不愿出面说话,就是怕人家说他落后、不理解新事物,人人都不敢出来讲话,这种坏风气不是会越来越厉害吗?她还说,总应该有人站出来说几句真话。"站出来",我谈不到,但是随便讲几句不计利害的空话是可以的。如果你真是"石破天惊逗秋雨"的振聋发聩的思想理论,我就是顽石也会点头的,我自信还没有修炼到那么刀枪不入、油盐不进的冥顽程度。当然,也可能有人根据这篇东西而断定我正是那种人,那也无可奈何,只好听之任之了。

几个星期以前,我在一次座谈会上遇见两位鼎鼎大名的理论家,谈起这个问题,他们也都说有很多文章他们真的看不懂。一位说,有的年轻人忽然从哪位外国人那里弄来一点东西,我未研究过,虽觉于理欠通,对他也不敢发言。另一位说,他问过一些年轻人为什么要这么做,他们说,如果用你们那套语言、论证方式,一下子就被你们打垮了。现在用我的这一套,就是要你看不懂,你们想打也无从下手。我看这倒像是真话:摆一个八阵图在那里,叫你进也进不来,出也出不去,只好在一旁自叹无用。

最近几天,一个二十岁多一点的小青年对我说(在场共四人),你们这些老头一点也不懂行情,这叫"各领风骚三五天",这是现在有些人奉行的主义:你怪么,我比你更怪;你叫人看不懂么，我比你还要叫人看不懂。她还说，实际上绝大多数年轻人是反对这种作风的。她的这一席话算给我们几个老年人开了眼界，知道中国现在有一种叫做"各领风骚三五天"的主义。

今天下午我参加了一个著名的理论家和学者从事理论工作50周年的庆祝会，这位学者在最后发言时忽然讲了这么一段话（大意）：我经常收到一些青年作者的来稿，我也认真看了，感到他们有些人确实很用功，涉猎的材料也不少，可是看完以后往往不是味道，我感到他们自己已经从他们的著作中异化出来了，他们成了自己作品的俘虏，受了自己作品的支配，是自己作品的奴仆而不是自己作品的主人，摆脱不开了，我有点苦恼，提意见也很难。他的这些话比较含蓄，但是它的含义是谁都明白的：就是要叫你看不懂。

刻意求深，浅入深出，动不动就来一套新体系、新构架、新理论、新系统，一大套谁也不懂的思维方式、论证方式、颠来倒去满纸都是自制的名词术语（是新内容的当然要自己制造，但很多是抛弃人人能懂的名词术语而换用新创的一套谁也不懂的名词术语来"以证其艰深"），把人引入五里雾中，而往往又并没有什么可观的内容。

上述三个理论家，在全部已有的知识中他们知道的当然也不过是沧海之一粟，但是他们多方面的基本修养在中国总可算是第一流的吧，他们都敬谢不敏，自觉对之一窍不通的论著，恐怕就很少有人能懂得了。这种超时代、超现实、超理性、超科学的篇章难道是写给"外星人"看的吗？

今年 11 月 15 日的《文艺报》上,有美学家高尔泰的一篇文章叫做《当代文艺的主旋律》,其中有这么几句:"体验不到的东西,就无从起什么作用。对于不起作用的东西,我们也就无法测定它在历史进步的阶梯上处于什么等级。"这话不但适用于一切文学艺术,我看更适合于其他的社会科学。我也有此意,但写不出来,因此转录几句呈奉于一切写文章的大雅之前。

编一本《看不懂集》当然不会实现,这不合于中国人的恕道。但是编一本《反"看不懂"文集》却是可能的,也是必要的,这对改变不良的学风,改变反科学、反实践、反理性、尚浮华的学风会起不可磨灭的作用。当然,《反〈反"看不懂"〉文集》也应该出书,而且根据已有资料推断,这种文章,比《反"看不懂"文集》的文章大概起码可以多十倍以上。

(注:此文发表在《文汇报》1986 年 12 月)

有些名家文章实在太难懂了

去年 8 月 31 日的《杂文报》上,看见友人陈泽群同志的一篇文章,题作《一句顶一句》,是提倡文章要写得明白易懂,以有一句算一句为好,至于"一句顶一万句",那是林彪的鬼话。难得的,是陈在文中公开提出胡风先生的文章晦涩难懂,直到临终前为文仍是如此,并无改善。

我佩服陈老师的胆量,敢讲真话。因为我几十年来就深有此种感觉,不过不敢说。除胡先生外,我以为还有两位文化先进的文章,也给了我同样的感觉,此点下面再说。

打倒江青反革命集团以后,我曾经为了反对故作高深、提倡写明白易懂的文章,写过 3 篇东西了。第一篇叫《"深入浅出"及其他》,登在《读书》杂志上;第二篇叫《编一本〈看不懂集〉如何》,登在 80 年代后半期的《文汇报》上;今年春又写了一篇《谈谈"明白如话"》,也是登在同一报上。文章一篇比一篇短,最后一篇只有几百字,此点聊可自慰。现在看了陈泽群同志的文章,又鼓起了我再写此文的勇气。

远在抗日战争以前,我就觉得胡风先生的文章十分难懂,抗战后又增加了侯外庐、冯雪峰两大名家，也给了我同样的感觉。

从50年代中期起，我开始做出版编辑工作，接触这三位前辈名家作品的机会就多起来。对侯外庐先生的学术大著作，觉得太难懂了，名词既怪，语法也奇，难办得很。我请教史枚同志来研究该怎么办。史说，没有办法了，侯先生还算是听朋友劝告的，有一点自知之明，所以解放后他的一本本书稿，大都是经过他的好友外交部的徐永煐润色过的。徐不仅英语特好（他参加某一特要著作的英译本的定稿工作），中文也很好，侯相信他。我没有见过这位可敬的老同志，至今40年过去了，我还清楚地记得他的名字。侯稿虽然因此而有所改善，但全书面目及文字，究竟不可能大动，因此印出来的侯著还是相当难懂，主要是文字表达上太艰涩了。如果我们再看看胡适的《国语文学史》《中国哲学史大纲》《胡适文存》（共三辑）、梁启超的《清代学术概论》等，就大为不同了，所以梁、胡的学术著作就比较容易流行。

冯雪峰同志尽管在文学运动上贡献很大，但他的文章也很难懂，语法别扭，名词术语也很不合群，有些地方要读几遍才能略窥其大意。至于胡风先生，1955年批判他时，我曾自动地把他的全部著作找来拜读过，实在困难得很，有时像读佛经一样。名词、术语、语法、句式、逻辑、推论与结论等，大都艰涩难懂。当然，程度太低是我的主观原因，但为什么在胡风先生被一些朋友推崇得无以复加的今天，像陈泽群这样教了多年现代文学的教授也感到十分难懂呢，未必是出于成见吧？

对侯、冯、胡三位文化界前辈，我是尊敬的，尤其对侯老，他学养深厚，兼通中外，著作也很重要，奈何不易读懂，实在可惜。

学术著作而不显艰深，能引人入胜的，我觉得前有胡适、梁启超，后有郭沫若、吴晗，不管他们的观点如何，在表达方式上却都是可以师法的。

（原载《杂文报》1994 年 1 月）

林放文章老更成[*]

　　林放(赵超构的笔名)同志是位工作四五十年的老报人了,现已年过 70。我虽然久已闻名,但一直无缘拜识。1969 年至 1973 年我们下放到上海奉贤县海边荒滩上的上海新闻出版"五七干校",我在挑水时,经常看见一个瘦小的老人也在挑水。一担水连桶据说有一百二十多斤重,我奇怪这老头子怎么竟没有被压扁。问问别人,才知道他就是大名鼎鼎的赵超构。

　　"文革"前,他一直在《新民晚报》上写文章,我因平日看报很少,所以对他的文章竟一无所知。今年春夏,我因侍候病人,在上海住了三四个月,看不成书报,这才开始看几乎家家都有的《新民晚报》,也就开始看林放的文章了,我发现它能使我看得下去。不仅如此,我因觉得该报还经常发表不少几百字的好文章,也就冒昧地先替他们接洽好一家出版社,答应先出版由该报自选的 1982 年短文选集。报馆先就把林放去年在该报所写的 114 篇短文全部送给了我。这真是不看犹可,一看就使我不得不佩服:一个爱党爱国的、热爱社会主义的、赤胆忠心为人民而又敢于直言极谏的、观察敏锐而有时又带点菩萨心肠的正直而可爱的老知识分子就矗立在我面前了。这叫"反动学术权威"吗？这样的权威对我们国家是越多越好啊！

他现在的这支笔是在烈火中炼出来的。经过十年的苦难，有些人说是"看穿"了，一概不管，理由据说是管了没"好处"。我看林放也是"看穿"派：脑袋只有一个，生命只有一条，但是国家民族、人民和党以及社会主义的利益和命运却是永久的。为了真理，为了党和人民的利益，丢掉个人，什么也不怕，这不也是一种革命的"看穿"派吗？于是，林放老人的热血沸腾了，他真正焕发了革命的青春，举起了他那支不同凡响的笔，代表人民利益大声疾呼，为保卫社会主义的利益全力呐喊，为宣传爱国思想和提高民族自尊心而奋笔疾书，为建设社会主义精神文明而振臂高呼，为党风、社会风气、财政经济状况的好转而日日夜夜地辛勤写作。他不愧是青年们的良师益友，也不愧是党的诤友，他的文章不但充满了人民性，也充满了党性，虽然听说他现在还不是一个党员。这样，林放的例子就再一次证明，一个彻底的爱国者，无私的人民的忠诚朋友，终归会同党融为一体的。

林放的文章都很短，没有多余的字句。例如，当东邻某些有势力的人物大搞参拜"靖国神社"（其中一部分是供奉重要侵略者灵位的一种特殊祠庙）的时候，大建什么"满洲国"建国纪念碑的时候，硬把侵略中国造成中国几千万人死亡说成"进入"中国的时候，林放以大无畏的爱国者精神，接连写了四五篇文章，大义凛然地斥责了侵略者，伸张了中国人民的志气,摸了一下老虎的屁股,天也没有塌下来。当这两三年有些报刊对我们的留学生或交流学者,作了某些不合分寸的和无助于民族自尊心的提高的宣传时,他接连写了四五篇文章来批评这种现象,提供了几服上等的清凉剂。当发现有些在十年造反中作恶多端的人物已混进党内并占据了一定的领导岗位时,他又及时写了文章提醒大家:《江东子弟今犹在》。他还写了寓意深刻的《少写些〈伯夷〉颂》,提出为什么不多歌颂一点几十年埋头苦干在国内卓有成绩的各方面的优秀专家,而却互相竞赛似的去大力歌颂耻食周粟的伯夷叔齐呢。他的文章接触的社会问题非常广泛,眼光是敏锐的,可以说没有一篇是清闲消遣之作。至于文笔老练,清新流利,生动活泼,思想深度等,我认为也都达到了相当高的水平,这些我就只能一笔带过了,因为,我的推荐主要是强调他的文章的有益的社会政治意义这一方面。

孔老夫子说他自己是"七十而从心所欲,不逾矩"。他这个"矩",有好的,也有很不好的。赵老夫子也已年过七旬,看他去年的文章,似乎也有点"从心所欲,不逾矩"的味道了。不过,他的这个"矩"是社会主义之矩,坚持四项基本原则之矩,坚持社会主义两个文明建设之矩,等等,据我看,全是对的。看来,林放的"余热"尚多,有待开发,祝他笔健如恒,写出更多更好的文章来。

1983 年 6 月于上海

(原载《人民日报》1983 年 9 月 27 日。末段
当然是为求得发表而不能不说的"普通话"。)

如此罕见佳作,为何通通退稿?

——介绍张林岚《月下小品》 自费出版经过的怪事

上海《新民晚报》的老报人张林岚(笔名"一张")的小品文集《月下小品》,终于在 1987 年 12 月由张自费在上海学林出版社出版了,第一次的印数是 26,400 册。这个数字恐怕是近几年一切散文、杂文作家所不敢奢望的吧!书名是一般的,既无"艳",又无"尸";既无"谍",又无"侠";作者名"一张",更叫人莫名其妙。

可是,这本书在三年中被三处颇有名声的出版社退了稿,说是书店不要,肯定赔钱。可是这本书却同我颇有关系,因此,当它如此之多地被印出来后,我简直惊呆了,我是欲哭无泪,我的惊喜恐怕超过了作者!

1983 年我在上海陪侍病人住了一阵,天天看见《新民晚报》上有个叫"一张"的,在一个叫《月下小品》的专栏里写一篇二三百字的小品评论,重点似乎是艺术方面的,但也广及社会生活、风习道德等多方面的问题,言约意丰,通俗易懂,知识性又强,每多独到见解,毫无八股味、书呆味和训人味。骎骎乎有直逼《世说新语》之势。我每篇必读,赞赏不置。一问,才知道作者是张林岚,我们1973年至1978年同在上海一家出版社的一间"牛棚"性质的小房子里,大名人徐铸成也在里面,任务是抄录一部日本人编的笑话百出的汉语大辞典的"词目"。我们坐在对面。

1983年我建议他将这些《月下小品》编成书籍出版,并自愿替他编选。前后我也编选了几个月(字太小,很难认),并先写好了一篇序,叫做《这里的月下小景很美》(写于1986年6月),承《文艺报》的帮助,先把这序发表了,想借此取得出版机会。可是,在1985年至1987年的几年中,不管如何苦口推荐,并先发表了序文,还是从南到北有三家名出版社均无条件退了稿。林岚同志很谦虚,对此书出版与否似乎不太注意。但我很难过,对作者十分过意不去,便建议他找上海学林出版社自费出版,我相信这本书绝不会变成卖不出去的废品,作者同意这么办了。回我一信说,上海本市即包销一万。最后,第一次印刷就是上述的26,400本。

这是怎么一回事呢?这里面反映出了些什么问题呢?我只把经过如实写出如上,不作多言。

(注:此文是否已发表过,弄不太清了)

王羲之进得了现在的
"新碑林"吗?

　　看了牧惠在天津《今晚报》(1997年1月16日)的一篇短文,名《宝玉题匾》,于是我也接过来再续貂几句。牧文以贾宝玉自题卧室匾额"绛芸轩"为由头,实际上谈的全是他在某地看到的一处新碑刻群的事,字写得不像字,牧惠叫它"惨不忍睹",可谓深刻已极。我现在续貂的正是这个东西,可能更惨。

　　凡在美景名胜之处,如能遇见几幅很好的书法刻石,确实能使人增加不少雅兴。湖山之胜,也要人来点缀一番才会令人更加神往的。记得康有为在他的《广艺舟双楫》(论述书法问题的随笔专著)一书中,曾提到他在北京前门地区看见过一块招牌(记不清是不是"六必居"三字了),他叹为佳作,据说是奸相严嵩写的,也就没有人去赞美它了。书中,康又提到他曾在安徽安庆枞阳门额上看见刻有"枞阳门"三字,更加称道不已,终生不能忘记,但始终以不知书者之名为憾(以上是"反右"后无事看闲书时看来的,距今已四十几年了,记忆未必准确）。说来惭愧，我自己也有一次这样的体验。1982 年夏，我因长时间患高血压，不得不请假休息一个月。经老友介绍，我到了四川乐山大佛寺；为了清静，即又转到旁边的乌尤寺（在四面环水的乌尤山岛上）去住。一天，大佛寺管委会驻乌尤寺的管委黄培均同志陪同游览此山，忽见一小阜上有一秀雅民居，门口悬一"……大佛寺公安派出所"牌子，我忽然眼睛一亮，驻足下来，盛赞一个派出所的牌子竟有此等书法出现，连说太好了，太好了，并问黄培均先生（约五十来岁），这是谁写的，可为此山增色不少呀。黄忙说不敢，不敢，献丑了。我问他用什么办法写的，他说，只能直接用油漆写。跟着，我们就到了他的极其僻静的、一半是山洞的工作室去参观，满目琳琅，如入仙境，他天天就在此作书为乐。一个大佛寺管委会委员，是什么"级"呢？至多"相当于"县里的"副科级"吧（其实它是县文化局属下一小单位）。但他的书法却不是什么副科级所能限制得了的。黄先生的书法，在真正的专家看来，可能算不上特出妙品，但在我的眼中，它已经能给人以超凡脱俗的感觉了。可见一件好的书法，不管放在哪里都能使环境增辉的。可是就是这个人在我离开乌尤寺的当天下午，就被寺中一群小工在坏头子的带领下造了反，他的工作室被彻底捣毁，作品被全部撕碎，人被毒打，同"文革"时一模一样，致使黄的心脏病或脑溢血暴发，当场死亡。他的尸体就停放在我刚离开半天的床上（此事绝对确实，是他们的管委会主任写信详细告诉我的）。这时已经是 1982 年夏天了，可是有的地方竟然在光天化日之下继续进行毁灭性的"文化大革命"！

打死黄培均,没有任何理由,就是铲除知识分子的烈火还在继续燃烧而已。

话说回来。十几年来好像有不少地方都搞了所谓"新碑林"的"景点",几年间恐怕出了几百上千个书法家,大约要超过历史上有名书法家的总和了,这又是一个"大跃进"呀!这些"新碑林"似乎大多是民办的,捐资者可谓热心有余但于书法可能不甚了解,或者虽懂得些书法,但迫于世风也不得不同流合污,书法也竟以官为本位,官越大,那"新碑林"对它也就越看重!按官品论书法等第,公平交易。至于他的"书法"究竟如何,则不在考虑之列。1982年我也在中原某地被硬送去参观过一个所谓"新碑林",我的天,那叫什么呀!碑的形制已不堪入目,"书法"更多令人叫苦不迭,介绍者则费力而又滔滔不绝地介绍各个碑刻上的官阶、官名,而无一字涉及书法,真叫人目不忍睹,耳不忍闻!这里看来是依官职大小分了甲乙丙区陈列的,如何看得下去啊!看了两三分钟后,我只好借口腹痛,请求停止瞻仰,立即离去。

类此的"新碑林",好像没有一个是在国内留下了丝毫影响的。根本的原因就在于:它不是艺术陈列所,而是一个官品陈列所。我还看过一个更奇特的"新碑林",这就是离毛泽东韶山故居不远的他的"滴水洞"别墅,在入口处的山岩上也有很多名人的宝书石刻。这更奇了,在这里敢弄这玩意儿,岂不有点佛头着粪的味道吗?难道你的诗、你的书法可以同这里的主人比试比试吗?如果不是自我感觉过于良好,恐怕是不会在这地方留下墨宝的吧!

从现在一些"新碑林"的标准来看,我看王羲之、虞世南、欧阳询、颜真卿、柳公权、苏东坡、赵孟頫、郑板桥、何绍基、邓石如、林散之等人,恐怕大都挤不进去的,因为他们中有些人的官品远远不够。像郑板桥,一个"县级干部"而已,即使硬被挤进去了,恐怕至多也不过被开恩放在"丙区"便算不错了;邓石如,似乎并未做过官;至于解放后才特别出名的林散之,比邓石如更不如,他连官府的门也未进过,终身一布衣,这些人恐怕连预选时就要被刷下去了。

　　"官本位"是最丑陋的一种本位;"官本位文化"更是最丑陋不堪的一种东西。原上海辞海编辑所副总编辑陈落同志最近逝世了,听说他在30年代上半期在清华大学读书时,就任过清华的党支部书记,这回在他逝世后的"简历"通知上,一个括号内注明他是("按副局级待遇"!)我确知此人是一个最最讨厌官派、官势、官风、官腔的人,我非常了解他。而今你这样抬举他,赏了他一个准虚官品,这同《官场现形记》中的"候补道"恐怕也差不多,他在地下受得了吗? 日本还活着的前首相,最近报载现在尚有八个之多,如果一律都按"原首相待遇",日本政府受得了吗? 日本的财政负担受得了吗? 美国现存的曾经当过国务卿的人,我初步算算,大约至少也还有六七个之多,如果也仍要按国务卿待遇,美国纳税人受得了吗?

　　"官本位"是比封建制还要封建制的最腐败最落后的东西。不彻底在实际上和人心上破除在一切方面的"官本位"制的做法和影响,中国能够真正现代化吗? 我们当然应当坚决反对"拜金主义",我看"拜官主义"还要更坏,更加根深蒂固;此主义不但未见反过,而且还在日益昌明呢!拜金、拜官,究竟谁更危险呢,我看是难分高下。要说渊源根底,那就是拜官主义更可怕;要说性质,也是拜金主义的资本主义臭味多一些,而拜官主义则很少资本主义味,而纯粹是封建主义的千年遗祸。如果改不掉"拜官主义"这个东西,还有什么真正的现代化可说呢?

中国实行了一千几百年的"科举制",弊病固多,但总比"官本位"好一点吧!

(原载广州《共鸣》1997 年第 5 期)

如此文章谁识得

《儒林外史》上有个马二先生,好像是在杭州城内专以选注刊刻"时文"谋生的。所谓时文,即八股文,是明代应科举考试时的一种内容空洞、形式必须一律的、不知所云的文章。马二先生现在忽然复活了,睁眼一看,不禁欣喜欲狂:今天可选之时文可谓遍地开花矣。唯文章诘屈聱牙之处,则远非六七百年前流寓杭州时所能及其万一。但马二先生一复活就学了一手乖巧:越不懂越要选,于是,谁也不懂之时文,就红遍全国了。

忽一日,马二先生见有一文名《书法审美学会宽容》(载《瞭望》2000年第9期),深觉此文题目不知何意,内容更是奥妙无穷,越是看不懂越有兴趣,此盖马二先生历年选文之标准也。

兹摘录如下:

书法领域的另一个终结时代(!)已经降临。这是艺术观念和艺术标准都在发生重大转变的新时期,也是在心态上最容易陷入焦虑、彷徨的十字路口。游离家园的失落感和抛弃旧垒的冲动欲形成的强烈的精神对峙,使人们一方面经历了世纪末文化凋零的痛楚,另一方面又尝受到了由新的艺术曙光催生的兴奋。前者表现为一种迫不得已,然而又非进行不可的文化批判;后者经过美学的升华可以转复为一种新的艺术形态的建构。无疑,现实付(赋?——引者注)予的双重使命既给当今的艺术家带来了历史的荣耀感,同时也造成了巨大的精神困惑。而如何面对日益沉沦的旧传统和负载这种旧传统的前辈书家,则成了目前艺术反思中最迫切的带有中介性的问题。这是一项相当艰巨的工作,对它的正确把握,意味着对历史轨迹理性的梳理,并进而架起一座沟通现在与过去的桥梁,达到艺术整合的目的……

所以,在对前辈书家进行终结性(!)艺术审视的时候,首先考虑的应该是维系他们艺术生命的文化氛围,在此基础上建立一个系统分明的艺术坐标,并确定其位置。这样,他们的艺术观念和艺术实践的来龙去脉便会一目了然。我们的价值判断也就自然而然地体现在历史描述之中了,这才是真正的艺术定位。

全文大都是这样的好文章。抄起来很苦很苦,但也很有意思。不吃点苦把这类文章抄录一点下来,便没有"立此存照"的资料。它们在说些什么,为什么能凑成一段评论中国书法的文字,而且是终结性的,我自然全不懂,不知道读者中有没有人懂得的。但我可以肯定作者自己也绝对不知道他在说些什么。

其实,此文中偶尔也有几句是人们能够懂得的文字。例如,他在有人把沈尹默先生的书法贬得一塌糊涂时,辩护说:"最能体现先生创作个性的那些行书作品,既有晋人飘逸的风姿,也有唐人严谨的家法,更有北碑刚劲的底蕴,但它们又绝对不是其复制品,而是在分析、选择、嫁接基础上的再创造。"你是否同意这些评价是另一问题,但这几句话的意思一般人总是可以懂得的,而且明白扼要,是很好的文字。至于其中的"嫁接"二字究竟是什么意思,用词是否妥帖,我还是不大理解。总之,作者是懂得书法的,但为什么要写出那么多叫人一字也无法理解的文章呢? 身怀珠玉,何必以炮弹形式出之呢?

看了上面的这些引文,你就会觉得,这篇文章似乎是用两种文字写成的:一种是你没有学过的外星人文字,完全不知其意;一种是中文,可以理解的。中国人写中国文章,如果其中的主要部分都像外星人文字,恐怕不是办法。

此文文末注明作者郑先生为"山东大学文学院副院长,副教授",我一下子感到毛骨悚然了:叫孩子们去学这种"文学"吗?

我要说明的是,我还发现一篇也是某个文学院院长或副院长的文章,全文中竟无一段是能使人读懂的,可惜剪报一时找不着了。其实现在这种文章俯拾皆是,专发这种文章的报刊也有,叫小青年学这种坏榜样如何得了?

鲁迅先生喊出过一句口号,叫"救救孩子!"我看现在从各方面说来，主要已经不是这个问题，而是首先要"救救大人"的问题了。如果不先把大人从昏乱中救出来，"救救孩子"也就无从谈起了。

2000 年 3 月 5 日

（注：此文发表的地方漏记了）

颂官忙于救火的记者
是怎样训练出来的

　　《论语》上记载了一则孔子的故事,说:"厩焚。子退曰:伤人乎? 不问马。"可见孔子以"仁"为核心的学说,并不全是虚伪的。依我看,这"仁"也并没有那么可恨,用大白话讲,不就是时时事事都要"目中有人"吗? 有啥可怕呢? 理论化一点,不就是说要有点人道主义精神吗? 1973—1976 四年"批孔"时,有些人(可惜有些学者也在内)硬要把"仁"说得比法西斯还坏,那当然是为了迎合政治的需要,不去说它了。

　　《孟子》上也详细记载了一件事,是说孟子听说齐宣王在堂上看见堂下有人牵牛去屠杀(看来那王宫简陋得可怜),要用牛血来浸钟,宣王叫把牛放了,说他不忍看见牛恐惧的样子,另外用羊来代替吧。孟子称赞了这件事情,其中很著名的是以下几句:"君子之于禽兽也,见其生,不忍见其死;闻其声,不忍食其肉。是以君子远庖厨也。"鲁迅早就指出过,这是虚伪的。我觉得不管是齐宣王还是孟子,也不管他们都确有其虚伪的一面,但这总比公开提倡残暴要好得多吧,何况孟子还说过一句很好的话,叫做"不嗜杀人者能一之"。这就是说,不醉心于杀人的统治者便有可能统一天下,这话恐怕还是很对的。

闲言表过不提。且说1993年夏天,北京东四隆福百货大楼后院起火,火势甚烈。市长李其炎很快即赶到现场,指挥抢救。市长一到,立刻问:"有人员伤亡吗?"回答说:"没有。"市长忙说:"那就好,那就好。"不管怎么说,市长的这个态度是很得体的——共产党的市长不首先关心人民的疾苦和生命安全,还应该关心什么呢?正在此时,有一位记者却忙于向市长提出一个问题,大意是问,李市长在大火发生后深更半夜赶来亲自指挥抢救有什么感想(恕我不明写出全部对话与记者姓名,这是不得不照顾面子的问题,当然也怕打官司当被告)。市长当即正色作答:"这是什么时候了,还提出这种问题!"一个钉子碰了回去,而且看来是真心的,因为市长的脸色也变了。如果要去回答这个记者的问题,市长就得先赞美自己一番。用一句广东话来说,记者在此时此地而提此种诹问,就叫"表错了情"!这里的一问一答,正好表现了两个很不同的东西:"官"的回答是民本位,而"民"的提问却是官本位。在熊熊的大火面前,这两种思想被照得清清楚楚,记者急于要写的是他的捧官新闻,这是我们多年教育的结果啊!痛不痛心?

(原载《上海滩》1994年第6期,此处有较大删节)

这是"临时休战"啊！

——五十年前《大公报》名记者朱启平向全世界发出的第一声警报

今年 7 月 7 日是标志中国人民全面抗战开始的卢沟桥抗战 60 周年,8 月 15 日又是日本投降的 52 周年。恰在此际前夕,我收到了《大公报》名记者朱启平的《朱启平新闻通讯选》一书,是该书编者吕德润兄惠赠的,感谢之至。这种书一般印数少,往往被认为时过境迁,人们不大注意它。但朱的通讯集却不然。现在印出来的基本上都是有长久保存价值的,同范长江的新闻通讯差不多:新闻而要不成为过眼云烟,我以为关键只在两个字:眼光。朱启平的新闻通讯之所以值得长久保存,关键似乎就在这两个字。

朱启平,本来是非常出名的,可是多年来这个人从社会上消失了,现在又出他的书,我一猜就着:1957 年当"右派"了。我过去把朱看做《大公报》继范长江之后又一个特出记者,不同的是,范专报国内大局,而朱则专报国际大局,特别是第二次世界大战时期对日本作战方面的。这本书中有一篇十分引人注目的长篇通讯,叫《日本投降是临时休战》,一看题目就令人触目惊心！这是一个智者 52 年前在日本刚宣布投降后的仔细观察。以后五十多年的历史证明，作者观察的很多方面都被后来的历史所完全验证了。解放后，大约有三十多年吧，对于日本的侵略呀，中国人民的八年抗战呀，3500 万中国军民的牺牲呀，等等，对不起，好像都不曾在中国发生过似的。对于什么叫九一八，什么叫一二八，什么叫七七卢沟桥抗战，什么叫南京大屠杀，历史新时期以前长时间已经在报刊上销声匿迹，中国好像已经没有这么一段历史了（电影界很好，是例外）。我们对日本的"拥战分子们"（1994 年日本诺贝尔文学奖获得者大江健三郎对日本至今仍然肯定侵华战争及"大东亚圣战"的人们的称呼）的活动也似乎很不清楚。举个例子吧，现在我们的各种文章都众口一词地说，战后，日本首相第一个去靖国神社参拜的是 1985 年的在任首相中曾根康弘。其实不对。中日建交后，第一个去参拜的在任首相是 1974 年的三木武夫（继田中角荣之后任首相的），比中曾根要早 11 年呢。这件事是用刀刻在我的心上的（因为没有剪存资料，我也不敢保证百分之百准确）。三木可能是以个人身份去的，但这无关实质。大约一年多或两年前吧，日本现任首相桥本龙太郎似乎说过，我不知道首相去参拜时用个人名义与公职名义有多大差别？这倒是一句真话。他去了（1996 年），只是签名时没有加上"日本国首相"的头衔罢了——但他已声明过，这同加上头衔是没有区别的（三木之前是否先已有过在任首相去参拜靖国神社的，我不清楚）。

这种参拜，性质是争取保守与右翼选民的选票，争取执政或继续执政。一句话,是对保守与右翼力量的一种政治表态。

这就把事情同朱启平的文章连起来了。朱文是说日本并未真正认输,当时的心理状态是不得不暂时停战,一切留待以后再说。朱于 1945 年 8 月 28 日起,在日本采访了 12 天,之后,即写出了《日本投降是临时休战》的要文(连载于《大公报》1945 年 10 月 2—4 日)。

朱在这篇报道中说,"日本的人民被六七十年侵略的成功陶醉了,因此许多人和统治阶级一般认为侵略是理所当然"。他们硬说,"日本的武士道精神永远可以战胜美国的优势武器,大和民族还是比世界上其他民族更优秀。目前的失败投降是一时挫折,将来尽有翻身之日"!

更为可怕的是,"他们这态度,显然引到一个结论,万一他们再起,第一个当是找中国寻衅复仇"。因为,他们特别看不起中国人,认为中国理所当然地应该成为他们的殖民地或领土。

以下再引几段十分具体的材料,让大家提高一下警惕:

一、国民一心支持战争,被打败是意外。朱于 1945 年 8 月 28 日随首批美舰入东京湾,有 13 名日本领航员分登各舰领航。朱与其中之一对谈(领航员均使用英语),对方告诉朱说,"这场大战从日本方面而论……人民大体上也一心一意拥护战争,没有反对……日本人知道战争的发展对他们不利,但是还相信可以获得最后胜利的。这次投降对人民是意外。"

二、送烟与日本战败军官,军官将烟当场丢弃。
"我在各地看见无数军人,大概是刚刚退伍的,他们
那副敌忾神气,说来几乎不能令人相信的。某次我
乘火车,旁边是个年轻军官,我请他抽,他万分不得
已地接过烟,点上火,抽两口,便狠狠地把烟丢出窗
外……这类军人我后来到处遇到,表现的神情或有
不同,基本的态度总是一致的。"

三、在横滨火车站上被乘客包围,对峙半小时之
久。朱等一行8月31日在横滨火车站,"我们立
在一处候车,不久发现我们被包围在日人圈内,离我
们约四五尺,四周都站着日人,一个个木然不动,向
我们怒目注视。这四五尺之地像是两军对峙的中间
阵地。满眼的仇恨呀!……我终生不会忘了这半
小时。"

四、废墟上插的木牌上仍是"皇军万岁"。"我
后来到东京……被炸的屋基上有的立着木牌,大书
'皇军万岁'"。

五、在议会贵族院中,虚设天皇御座,一切人均
要对之鞠躬。朱等去参观贵族院见小讲台后另设一
高台,深幕重幔,上面安放一御座,象征天皇之席。
议员在台上、台下发言,均要先向空空的御座鞠躬,
讲完后再鞠躬。"我注意四周,看见任何人出入议
场时,也是如此鞠躬。"而这个战后第一次开会的议
会上院于9月4日开会的第一天所通过的第一个决

议,就是"向阵亡将士致敬决议"。

朱启平的结论是:"日本投降了。可是日本政府及大部分日本人都认为这是临时休战,忍辱负重,以图再起。"

过去我们总是从公式出发,认为德日的老百姓全都是要革命的,因而他们也是反战的,战胜德日之道,就在于"两边一挟,中间一拱",这一拱即指德日人民必然起来造反,然后同盟各国就取得胜利了。可是这"一拱",纯属空想,根本落空!

就在今年纪念卢沟桥事变60周年时,一位日本教授姬田光义在日本《世界》杂志7月号上,在题为《日中战争是一场什么样的战争》一文中也指出:"如今,公然否认'南京大屠杀''731部队''随军慰安妇'等历史史实的论调依然很流行。"不是少数人否认,而是"很流行"。但是有一件事情,恐怕是日本的大量普通人否定不了的吧:你们至今还在中国吉林东南部山区敦化等县境内埋藏有数以百万计的毒气炸弹(数目还未能确定,说法自百万枚至四五百万枚的估计不等),至今未由日方取走一枚。难道是中国自己制造、埋藏到地下去陷害你们的吗?为什么这种善后工作日本政府至今也一弹不销呢?

话说回来,日本要重新军国主义化,以至于能够重新发动大规模侵略战争,就需要把日本全国的政治、经济、军事、文化思想等方面完全完成战时体制化,而且必须使全国人民、尤其是青年都要处在一种狂热对外侵略的精神状态中,方才有可能办到。即使都准备好了,那么,打谁呢?打中国吗?可没有

1931 年或 1937 年那么好办了。

朱启平的新闻报告中,临末也讲了这么几句:"日本无论怎样秘密准备,(也)不能卷土重来,万一可能,也只自取灭亡,势将万劫不复。"

(原载《杂文报》1997 年 8 月 8 日)

假如换个打法……

今年在亚洲有很多纪念第二次世界大战结束 50 周年,也即日本战败投降 50 周年纪念日的文章。在日本,这只能叫"终战",好像是天皇吹哨子叫了一声"暂停"一样,只好不打了,留待下回分解吧。这就是日本不少人的真正想法。近若干年忽然在日本流行一种畅销小说,无以名之,名之为"假如换个打法"丛书大概不会错吧!这些作品生龙活虎地描写在另一种打法下,日本当年会如何地大获全胜,个把个亚洲哪够征服的,连中近东、美国等全都被"解放"了,哪里还会弄到要大叫"一亿玉碎"的地步呢!当然,这些小说多是为了赚钱,它的作者倒不一定都是军国主义分子,但如果仅以追求利润来解释这类奇书的热潮,那就不对了。从根本上说来,它们都是在特定的思想政治背景与气氛之下产生出来的东西:它们都可惜日本打败了!据说,若干年后,日本有跃升为世界第一经济大国的可能(不过我是不相信的,它缺乏对各种人才的吸引力与凝聚力,与美国大为不同),在这个可能面前,有些人会产生这种日本一贯的"八纮一宇"混一天下的梦想,是自然不过的。

可惜,我们对日本的情况历来不大了解。经过几十年闭关锁国之后,这种情况是更加严重了。这几十年,斗争的锋芒先是对美,后是对苏,至于日本,对不起,似乎都不大记得了。十年前,我为了查"靖国神社"的可靠资料,竟是转托交游广泛的戴文葆,再转了几手才从一个日本问题专家处从日文资料查得的。今年我为了查战后任日本首相时间最长的佐藤荣作,是否同他的胞兄、先于他当过多年首相的岸信介(甲级战犯,判刑20年,美国把他老早就放了出来,后来当了首相)一样,也是一名战犯,查了多种大型辞书与专门性辞书,都查不到此人,深觉懔栗。今年的近两三个月算是在介绍一些抗日及反法西斯的影视了,可是,就在8月末,我们一个极重要的电视台,把八路军出发后在平型关打败日本板垣(板垣征四郎)师团的第一仗始终多次地念作"板桓"。这个"板垣"是侵华最凶恶的前几名战犯之一,战后东京审判,他是正式被处绞刑的日本七大首要战犯之一。照这样下去,我怕"板桓"真有一天又会重新"进入"中国来呢……杀死了你们几十万人的司令官的名字,你们的国家电视台也始终把他错到底,日本人怎么会不轻视你呢?

韩国方面比我们要好得多,战后他们一直不忘记1910—1945年日本直接统治他们的那35年,同时他们在战后也没有割断同日本的联系,对日本的了解比我们重视得多。因此,对战后50年日本一直毫无认罪表现一事,他们的警惕性也一直比我们高得多。今年8月17日汉城《东亚日报》载有汉城大学教授朴宇熙的一篇文章，题目即是十分引人注目的《日本的本质没有改变》，文章中讲了下面一些话："我们对日本的真面目和其本质还是不了解"的，"从日本的企业、国民到日本政府，其形态和意识只是从表面上略微有些变化，本质上则同以前根本没有什么两样"；"日本这个国家认为它只要有了力量，就理所当然地要侵犯别人，因此可以肯定无论现在还是将来日本都将以力量为基础来对待我们。"这些话未必字字都对，但它的精神却值得一切曾被日本侵略过的亚洲国家和人民高度重视。

但是，在亚洲，抱着同上述看法完全相反的观点的要人并不是没有，而且他们还在不断地扩大宣传。中国人可万万不能上他们的当。对中国人来说，恐怕很有必要多注意一下朴宇熙先生语重心长的话才好。

去年得到诺贝尔文学奖的日本大江健三郎先生，在7月28日答法国《世界报》记者问时说："即使是今天，仍然有很多日本人对过去发动的侵略行动看成是解放亚洲的战争。"但"我们也不应对那些拥战分子的言论过分重视，他们尽管声音大一点，可是也属少数分子。"

看来，恐怕只有把朴宇熙教授提出的警告同大江先生的话联系起来理解，才是比较妥当的办法，对中国人说来，尤其应该如此。不过，韩国人的话恐怕更是忘记不得的！

三十几年前，邓拓同志写过一篇著名的《专治健忘症》。哲人已逝，哲理长新。那文章说的是专治内病。其实，外患也同样需用那个药方治疗。所以那是内外全科兼治的一帖好药方。今当某方磨刀霍霍（防务预算现今已是仅次于美俄的世界第三位，连同退伍军人费用，照西方常规，已是第二位了）、霸气汹汹之际，谨录邓拓前辈这篇文章的题目作为大家的警钟吧！

（原载《文汇报》1995 年 9 月 21 日。又，本文原题为《请听听一位韩国学者的呼声吧！》）

"终战"五十周年的
高潮是:"反不战!"

　　自从 1972 年田中角荣首相访华以来,我们讲了二十几年
"前事不忘,后事之师"的话,希望对方在历史上碰了大钉子
之后,能够彻底猛省,改弦更张,以求恢复同亚洲特别是与东
南亚各国人民的正常友好关系。现在第二次世界大战结束
50 年了。这战后 50 年,对于日本应该叫做"后事"了吧,可是
对于日本的不少人来说,"师"在哪里呢?那里有那么些大大
小小的政治、文化、新闻、教育等各界人士,至今仍然坚持侵略
思想,而且在这几年尤其是去年(编者按:指 1995 年)表现得
特别狂烈,不仅不认罪,反而有很多人公开声明他们是亚洲的
解放者,今天亚洲各国的独立和发展,都得归功于他们的"解
放"!这就特别提醒了亚洲各国人民,不但被侵略的"前事"
不能忘,这 50 年来的"后事"更千万忘记不得!据路透社东
京 1995 年 8 月 30 日电,日本现在的军费如连同退伍军人费
用在内(欧美多是算在军费中的),已经高居世界第二位,如
不算退伍军人费用,也仅次于美俄两国,而居世界第三位!这

难道不是"后事"么,你如果把它忘记了,怕不怕那面恐怖的太阳旗又遍燃你的全部国土呢!

去年以来,日本相当一部分人耀武扬威,公开歌颂军国主义侵略"圣战"的汹汹攻势是明显地加强了。本来,日本社会党的首相村山富市先生,为求平安地度过"二战"结束50周年的"麻烦"日子,一直在出面推动日本国会通过一项"不战"决议,借以缓和一下亚洲各国人民的情绪。可是事情的发展却完全是它的反面。在日本,这一年来真正涌现的,反倒是"拥战派"分子们空前规模的拥战示威运动。"拥战派"或"拥战分子"这个词,是日本去年获得诺贝尔文学奖的大江健三郎先生创造的,不是外国人加给他们的。他在1995年8月15日战败50周年纪念之前的多次谈话中,都用这个名词来称呼那些为日本侵略行为辩护的人们——"拥战派"或"拥战分子"。我以为这个词很恰当,可以省去很多说明。

哪里知道,就在村山首相提出这个不甚明确的"不战"决议建议的同时,今年以来,在日本国内闹得满城风雨的,却是在日本各地掀起了一场反对"不战"决议的狂潮恶浪,反"不战"团体纷纷成立,到处通过反"不战"及"慰灵"(即向战死者致敬)决议,形成了一个全国性的示威运动。

单说"8·15"这一天,日本一个极右翼的,坚持日本过去进行的是自卫与解放战争的"终战50周年国民委员会",发宣言称,迄至"8·15"的当日,日本全国已有47个都道府县的地方议会,都通过了感谢"战殁英灵"的慰灵决议(见《参考消息》报8月15日东京专电。按:日本的地方行政区域东京称都,此外为北海道,大阪府、京都府,其他均为县[市归县属])。而在"8·15"前不久的6月9日通过的一个正式的"国会决议",则根本不知道是一个什么东西,既无"不战"字样,当然更未承认侵略战争及其责任问题。因此,它除了引起世人的疑虑之外,也为日本今天相当多的政治人物画出了一幅自画像。

中国有一句很好的老话,叫做"即以其人之道,还治其人之身"。我们唯一的办法就只有把我们民族遭受凌辱、屠杀和几十万、几百万、几千万(中国就是三千五百万!)同胞被杀害的历史,孙而子、子而孙地告诉后人,可是解放后我们并没有这样做呀,我们高叫的只有一句:中日友好万岁!

世界上两个最大最残暴的侵略者,对他们半个多世纪以前犯下的战争罪行,抱着两种截然不同的态度:德国是承认自己过去的战争罪行的;日本则根本不承认自己的战争罪行,不但不承认,反而要人家感谢他们的"解放"。

战后的日本,本来是有一部比较好的"和平宪法"的,这部《日本国宪法》(1946年11月3日公布,1947年5月3日施行)其中以第九条"放弃战争"而闻名世界。这宪法在开头的序言部分就声明,日本国"……决心消除因政府的行为再次发生战争惨祸"。难道这不是明明白白地说明日本过去进行的所谓"膺惩支那"(即惩罚中国)和所谓的"大东亚圣战"等,都是"因(日本)政府的行为"而"发生的惨祸"吗?这个宪法的第二章其实就只有第九条这个著名条款,全文是:

第九条　日本国民真诚希求基于正义与秩序的国际和

平,永远放弃以国权发动的战争,以武力威胁或武力行使作为解决国际争端的手段。

为达前项目的,不保持海陆空军及其他战争力量,不承认国家的交战权。

日本的拥战派分子们无非是要想根本推翻这个和平宪法重振"雄风"罢了。现在这一条名义上还存在,中国人当然希望它不会被抛弃。有它比没有它总要好一些。

（原载广州《共鸣》1996年第4期。原题为《前事不忘,后事更忘不得》,文内有不少删节。）

（按:此宪法全文在中国知之者极少,本人也是最近才第一次看到全文。见蒋立峰主编:《日本政治概论》,东方出版社1995年4月版。）

德国人东飞劝日本

在今年日本战败 50 周年前夕,德国前总统魏茨泽克和前总理施密特,不远万里都到日本和韩国等处访问过,可谓用心良苦。他们都对日本发表过一些劝告以至警告性的谈话。这些有远见的德国政治家,用心是极好的,令人钦佩。可是,这对日本那些坚持对侵略战争不道歉、不认罪、不悔过,并且至今还在公开歌颂"大东亚圣战"的人们来说,恐怕是不会有任何效果的。因为 50 年来他们不少人大体如此,而且日甚一日。

战后的德国,在对待侵略战争的责任问题上,历来的表现就同日本大为不同。在战后初期任了十四五年西德总理的阿登纳,虽然于反纳粹方面不够积极,但他没有说过原谅纳粹罪行的话;而且他本人曾两次被纳粹监禁过,也是个幸免于难的人。到了社会民主党主席勃兰特任西德总理时,在希特勒执政时期,他本来就是一个在国际上很活跃的反法西斯战士,因此,他在任时就明确地推行反纳粹的政策。1971 年他去访问波兰时,便特地到奥斯维辛纳粹死亡营去凭吊死难者的遗址,并在纪念碑前自然地下跪。现任德国总理科尔，早就在德国境内的达豪纳粹死亡营的纪念碑前下过跪，今年5月他访问波兰时，又在奥斯维辛死亡营纪念碑前自然地下跪。这两位总理的表现，无疑地为他们的国家和民族赢得了很大的声誉。

今年，德国前总统魏茨泽克在8月上旬日本投降的前夕特意访问了日本，同日本村山富市首相谈了话，8月8日还在日本《东京新闻》上发表了一篇饱含深意的题作《德国和战后50年》的专文，讲了很多语重心长非常重要的话。他说：在日本，"宗教基础、天皇制和国家制度几乎完整无缺地继续下来。""为了公正地判断战争中的罪行，不能对历史的真相视而不见。""不是真诚的道歉就不会有效……""以德国的经验来说，赔偿损失和给予补偿的行动具有特殊的意义，有时它比口头表态更有效而且更重要。"

德国人在实际行动上的态度也是相当明确的。例如，他们已经制定了法律，规定凡有人敢于公开否定希特勒曾经消灭犹太人的罪行者，均属刑事犯罪，而且确实也已经有人为此而被判过徒刑了。

日本呢？70年代后即在全国各地大建"大东亚圣战"的忠魂碑（我1981年即在奈良市郊鉴真和尚纪念碑近旁看见另有一座奈良市刻有当地全部战死者姓名的忠魂碑，我只得招呼大家回头就走），这若干年日本又在大量出版一种小说，假设太平洋战争当年如果采取另一种战略战术，日本就能够大获全胜，连美国的一部分也要被它"解放"了。这叫"终战不终"，在思想上根本不承认"终"，是多么危险的思想教育啊！

日本在战后还把一个甲级战犯岸信介（被东京国际法庭判处20年徒刑）提前释放，长期任总理，终身任自民党的最高顾问，像战前西园寺公望权威元老那样的神气，这又是何等的怪事！即以田中角荣先生来说，1972年在美国"越顶外交"的迫使下，他同中国建立了邦交，这当然是很友好的事情，但他到中国来完成此事时，却只轻松地说了一声过去给中国造成了些"麻烦"，这恐怕是国际外交史上空前绝后的怪事吧！田中的继任者三木武夫（他也曾为中日建交奔走过），是战后公开以首相身份前往拜谒"靖国神社"的第一人，以后这种现象就一发而不可收拾了。素以鹰派首领著称的桥本龙太郎，今年"8·15"时就以耀武扬威的姿态去拜谒了"靖国神社"。这位未来总理的激烈竞争者本身就是"日本遗属会"会长。何谓"遗属"，即"大东亚圣战"战死者的"遗属"之谓也。

　　日本以后会不会多少改变一点态度呢？会不会真正表现出一点悔罪的表示和行动呢？积一百多年之经验，我们除了走自强不息这一条道路外，中国人可千万做不得这种梦！

　　　　　　　　　　　（原载《南方周末》1995年10月5日）

扶桑十日志殷勤

　　这是我不得不追忆出来的一篇访日回忆,32 年前的事了。1980 年 10 月我就把此事写出来了,大约七八千字,投遍全国的刊物,无一登出,原稿早已不存。我现在九十多岁了,还是不得不把此事尽可能地回忆一点出来,原因是中日两大民族之间不堪的往事太多了,而我的这些回忆,都是些颇为相反的东西。然而正是这些东西,可以温暖中日两个民族的心。而且当时我已非常明确地感到,日本有不少明达之士,是在有意识地治疗这两个民族之间的历史创伤,而且在做法上是非常令人感动的。但这是 32 年前的事了,在地理、交通这些方面的回忆可能有些错误;但是,在人事往来交际上,我保证是没有错误的。

　　1980 年 9 月,日中文化交流协会邀请中国派一个出版代表团赴日本访问,日程是 10 天。文化领导部门派出了代表团连翻译共 7 人,指定我任团长(我当时在人民出版社工作),团员有四川人民出版社社长、新华书店副总经理等。去之前,日中文化交流协会秘书长村冈久平先生先来中国谈了一些具体事务。村冈先生回国前,中国的官方叫我去介绍了一下简单情况,其余我一无所知。我心里倒也不怎么怕,一个小民间代表团,小心一点、大方一点就行了。这些事情中国叫"不卑不亢"。上级这时也是与世隔绝了几十年,又能说出个什么名堂呢?

一

好像是 9 月 1 日晚九时飞离北京的。晚 11 时左右抵东京机场。大约出机场二十来分钟,车子就拐弯,在一个郊区小礼堂似的地方停下来,我们被引入一个中型迎宾室,哪知欢迎的主人已济济一堂,除了各大出版社的代表之外,还有一些报刊的代表,自由地发表欢迎词性质的讲话。我特别记得的是,一妇女刊物的代表却是一位男士。最后,我起来诚恳地致谢词。当时我定下的原则是既不失礼,又不失格,但要亲切。十二字诀。以后 10 天,均本此办理。

车一下,便是新大谷饭店,七楼右手若干房间。我住在顶头一间,很阔气。后来,从头到尾引导我们全部活动的村冈久平先生对我说,你住的那间房间就是 1976 年 10 月上旬徐景贤住的房间(徐任上海市革委会副主任,"四人帮"在上海市的头号代理人。1976 年 10 月初拘捕"四人帮"时,徐正带了一个中国文化代表团访问日本,表面上也是由日中文化交流协会负责招待。他又含含糊糊的对我说,"据我听说,他当时已不可能到任何其他地方去了")。

到后不久,我发现电视机上有一处开关上贴有"pay"字样,我立即到各房招呼:小心,这里碰不得,要付费的,我们一个钱也没有,不要闹笑话。

就在初到的当晚,我尽量争取一点时间与两个男翻译礼貌性的闲聊了一阵,孰知大有好处。一位男翻译是从四川才回日本不久的,他说他在四川参加过什么"运动",我就说,那几年我们很困难,你也跟着吃苦啦!另一个,二十多岁,他说才从上海虹口鲁迅中学回日本不到两年,我只得说,你也跟着我们吃苦啦。他说,现在读大学,我问他什么大学。他说,北里大学。我无意中说,你是不是学医的?他说,你怎么知道?我说,北里柴三即,世界知名的大医学家,欧美医学家长期无法弄清的黄热病,是北里研究出病因和治法的呀。从此以后,我们就同这两位主要翻译的关系十分自然友好了。

到日本的第二天晚上,东京的多数出版业者联合在新大谷饭店的一个漂亮大厅里开了一个大型的招待会,到了出版、发行、印刷、报刊各界代表,看来恐有近一百多人,喝日本清酒,一种大约十几度的白酒。我喝了二三杯后,那位从上海回国、专替我做翻译的日本青年竟然每次都先预备好了同样一杯清水交与我。我那晚喝了十几二十杯,大约十七八杯是清水。

我们整整八九天是参观访问。主人无不十分有礼,有问必答。在东京访问了几家大出版公司(当时仍有一些大出版公司是不同中国来往的,从头到尾未参加这次交流活动),一个大的书籍门市部,一个大的现代化的印刷厂在小城市诏津,在海边,距东京很近。在这些访问中,都是对方的几位主要负责人同时出席接待我们，十分令人感动。日中文化交流协会会长，白发苍苍的老作家井上靖老人几乎光临了一切宴会，令人感动。这当中可述之事甚多，现在选择几件访问中的零星事情，也即平常所说的"花絮"来说一下，更可见出日方普通人民、社会上层中相当一部分精英分子，是如何认真要同中国交好的。

二

东京有一家后起但是资金特别雄厚的出版公司，名"讲谈社"，这次对中国出版代表团的邀请可能是主要出资的一方。现在只说它的主要资方某君（名字已记不清楚了，甚歉。他的主业听说是建筑业），他又开了一家大书店门市部，名叫"七重天"，大概是七层楼。一天，先定议程是参观这家门市部，到时，董事长总经理均在门口相迎，对方如此礼貌，大出我们意外，我们只能极尽感谢而已。一个上午，这位董事长竟全程陪同我们参观。全部七层，纤尘不染，静若无人。他特别带领我们参观了两处地方，一处是中国译书区，一处是建筑工程书籍区。中国译书或研究中国的书籍区去了两次。第二次补去，我们正不知道是何原因。主人拿起几本有关周恩来的书，对我们夸赞。大出我们意外的是：他夸奖周、邓（邓颖超）二人始终相爱、同偕到老，说此点在日本特别受尊敬。我们唯不断点头，极尽礼貌。因此论有些出我们意外，故我们一时不能说出什么来。

我们事先不知道在这里参观是一整天。中午在该门市部一宽敞中型大厅吃饭休息,总经理陪同。此时我静静细听,原来隐隐约约但又清清楚楚的有一种乐曲在播送,就是在中国常听见的几句,即:"啦嗦咪嗦啦多嗦,多莱咪啦多嗦咪,嗦啦嗦多,嗦啦多多啦啦嗦嗦咪莱多,莱咪啦嗦多"这几句在中国确是很熟,大家都记得。我十分肯定并得到大家证实后,就对总经理说,太感谢了,太感谢了,感谢你们安排得如此周到,好像今天贵门市部一直在轻轻地播送这几句中国乐曲。总经理一听特别高兴起来,他们这个无比周到的友情布置,终于被客人发现了!于是说,这是董事长安排的,事先要我去打听,听说邓小平访日时,下榻处也终日是放出轻微的音乐,就是这几句曲子,因此今天我们就弄来放了。我们大家当然又从内心出发,反复表示感谢。此后,我们又有机会遇见这位董事长,他又单独为此事反而感谢了我一番。我们临走前一天,他又派人专门送了大瓶清酒来。播送乐曲一事令我感到,日本人做事为何如此周到仔细,事情可以由小见大,我感到这个民族应该对人类作出很大的贡献。

三

在东京,我们又遇见了德间康快先生,这位先生为人豪爽,纵谈天下事。他似乎原是《朝日新闻》记者,因热心工会运动,接近左派,被除名了。渐渐地,他自己创办了《东京新闻》,又开了一小型出版社名"德间书店",书店下似即是一自设餐所,均办得有声有色,声誉鹊起。一个晚上,以他的名义请我们去他的餐所吃饭(其时,他正在中国访问),并参观编辑部。编辑部在二楼,是一个开间,深度约有相当于宽度的二倍。有几张小办公桌,十分精干。在楼下吃饭恐有二三小时,全体男女员工约十余人全部陪同。吃的菜品种较多,量也较大,其中有"生鱼"一味,每人一盘,四厚片,片厚在三分之二厘米左右。我团能略食者,只翻译一人,我则碍于情面,不得不吃,好像也吃了两厚片。于是,主人们大悦,"颂声大作",说在日本能吃此生鱼者,也可称"生鱼王"了。席间,主人男女有十数人之多,竞相唱歌,主人一起合唱拉网小调等。此次可谓完全不拘形迹,尽欢而散。那晚,我表面上虽坐在那里跟着做种种娱乐表演,但我实际上的全部时间均用在仔细观察对方人员今晚为何会如此欢快。这是真情? 还是带有勉强的性质? 我的结论是:应该说大致是真情。那时距日降已 35年,那晚日方多数人不到 35 岁,看来,他们所受的战前那种鄙视中国的教育大概要少得多,不大像有多么深刻鄙视中国的味道。所以,我觉得中日两大民族之间,不那么自然的感情关系,我们应该着重地去弥补,尽其在我,好事多记一下,报刊上登一下,在中国,则是不要把歌颂中日友好的记述,都看成是一种政治上的亲日表现。

这位店主德间康快先生在我们快离开宾馆去机场回国的一个多小时前,忽然一人急急赶来宾馆为我们送行,称他刚从欧洲或中国回来,下飞机不久,立即赶来送我们。他个性爽快,纵谈天下事,滔滔不绝,约 30 分钟,我记得两大要点:主要是说中国大有希望,会强大起来,多有人怀疑他的估计,但他说自己坚信不疑;二是大批评西班牙、葡萄牙两国,说他们懒散,只知享受,不愿劳动。他说,他跑遍世界,看见日中两大民族是最勤劳的。因此,他特别坚信日中两个民族最有前途。这位德间先生心直口快,非常诚心主张日中友好,令人感激。

此外,主人还安排我们参加了一些小节目,如欣赏"茶道";在东京闹市一单开间小店二楼吃中国式小蒸笼荞麦面条等。还安排我们游览了一个公园、神田区旧书店街与东京的内山书店拜会新主人——内山完造先生的公子等。因时间短促,我怕回忆错误,就不谈了。还安排我们去了一处额上有"雷神庙"特大匾额的民间小工艺品市场参观,其大无比,摊位恐有数百家之多,安排十分严整,秩序绝佳,全场无人喧哗,无垃圾,无大小废物,我们参观时说话也是极其小声(而我们现在的大医院的病房关门就非碰得震天动地不可。北京某特大医院,外国人20世纪初建成的病房,开门关门的设计就无法发声,要碰也无法碰;而现在则是"嘭嘭嘭"震耳欲聋,院内人员进出病房,往往甚于常人)。

在东京某一晚,去银座大街散步。一同行者要替国内某君之半导体收音机购一零件,遂由翻译就近引至一七层楼比较老牌的商店。七楼出电梯后,我即见多为家庭日用品,尤其是碗盏杯盘类,几乎件件是艺术品,造型有古陶器碎片等,我即在此区流连忘返。忽见一处卖小册、文具区,并卖万国小旗,柜台上插一小旗作为卖货标志的,正是一面五星红旗。我请大家都来看了,都很激动。我和这位售货员交谈了几句,问她这旗插了多久了,她说,记不得了,好像一直都是插的这杆小旗。那位买无线电零件的同志腰中有点日元,我说,买一张,做个纪念,并借机对售货员说了声"谢谢!"这插旗当然是好奇性居多,但这也足见中国在一部分常人中的地位。

四

访问日本古都奈良时,有一位三十来岁的中年男子,衣着整齐,开着一辆中巴在汽车站等候我们。声明他是奈良市政府的办公室主任之类的职员,说他是奉市长之命前来迎接我们的,并明确说,市长今天要外出参加县长竞选(日本有很多有名城市是县辖市)。我们觉得太奇怪,这不是完全打破了官方礼仪的一种高度友情活动了吗? 车子一开,又到了郊外颇远的一家老式二层楼,单开间无特别标志的家庭饭店门前。由村冈久平秘书长带领我们到二楼吃饭。具体情况记不清了,反正礼仪繁多,记得还要到楼上的一头先要做一些礼仪似的,还要翻阅几厚本文献,在纪念册上签名等。村冈秘书长告诉我们,这是一家已有多年历史的小饭店,每天只接待一次贵宾。

接着就更奇怪了。我们参观了奈良的一些古迹名胜,三大寺都去拜谒了。这里只说东大寺,是奈良最著名的大寺。那天前前后后有十来批人参观,仍是十分清静,未闻人语。东大寺中有一处最古、最高的钟楼,纯木建筑。为了保护,平常是上了锁的。我们那天去参观时,看见此钟楼也是上了锁的。奇怪的是,上述那位办公室或秘书长夫人也带着孩子来参观了,村冈先生要我们再看看,又带着我们转了几处地方,然后说,管理人说,现在人少了,钟楼开了,可以上去看看。这时,按时间算,上午已不会有人来参观了。我们上去了,纯木建筑,很暗。上了两层,我对同伴们说,我们心领了吧,我们不是文物专家,真出点什么事情很不好,还是下去吧。下来后好像还有特别的签名。

这时,村冈先生才轻轻地对我们说,刚才这位夫人是办公室主任太太,今天是星期天,正好她也带着孩子来玩了。我说很幸运,大家心领神会,看来不大像偶然似的。

五

在京都参观了两天。我只说其中一次赴远郊岚山看周总理诗碑的点滴情况。

这里有一小河,浅清见底,河面相当宽,我觉得是一奇景。总理诗碑是在临山一面微斜的林地里,离江边很近。村冈久平秘书长带领我们前进。大家一下就肃然起来,一片崇敬之心油然而生。未到十来米,我已看见那块诗碑在左手路旁。哪知将到时,村冈先生仍在领我们直走。我忽然看见正对面有一树,树前有一日式木牌,上书"华国锋总理御手植……"。我立刻大声说:"总理诗碑到了,总理诗碑到了",立即抢到前面,向诗碑转弯去。村冈先生未加干预,同行诸人也均转向总理诗碑。我故意在诗碑处逗留较久,让主人及翻译反复拍照。然后我巧妙地引大家返身回走,未到华国锋植树处。同行诸人无异议。村冈先生也未有他议。领队的村冈先生十分老练,未有丝毫勉强。我们那时还不知道华在抓"四人帮"中的作用啊。不过,即使知道,我还是抢先领着大家去总理诗碑的。

　　我们在此间吃了一次"汤豆腐",恐怕是一奇观。"汤豆腐"打出幌子市招纯然与中国古时相同。这里是一大片松林,林木十分整齐,高数丈,疏密相等。林间有空地一片,地面均是利用树桩做的自然座位。然后是在大片松林中有一排房屋,约五开间,当中又打出"汤豆腐"市招。主人邀请我们去吃汤豆腐了。进中门,正中半围"坐",中有一中等电热锅,有几个服务人员从后面端出豆腐桶,由他们用勺舀出豆腐放入锅中,然后再分与诸人小半碗,略施佐料,因全是水,吃两个半碗后,均不敢再吃了。此外,还吃了或没有吃什么,好像没有似的,已记不清了。全部珍品就是这一很嫩的汤豆腐,有点像中国的豆腐脑似的。这天就是我们这一"桌"(当然不会有早晚宴)。想想看,这个派头,这两碗"汤豆腐"要值多少钱? 这些招待费均出自邀请单位。因此,我们除感谢之外,还感到相当抱歉。

　　在拜谒周总理诗碑后的途中,我曾口占小诗一首,今录之以志当时的某些感觉:

　　1980 年 9 月应邀往访日本岚山风景区敬谒周总理诗碑途中口占《岚山九月》一小诗(诗中"汤豆腐"指独沽一味嫩豆腐的巨幅幌招)。

　　　岚山九月美于画,
　　　林深水浅鸟低飞。
　　　道旁幌出汤豆腐,
　　　微风细雨谒诗碑。

六

我们在京都参观后,乘小火车直赴著名的温泉旅游胜地箱根。我们好像是乘一种电动小火车去的。这种车车头顶上有一个小小的四面都是玻璃的座间,可一路看风景。我们这个非官方的小小民间访问团,受到如此客气的招待,自然很是感谢。

先住入一宾馆。即分头在室内的一浴箱(约二尺来高,边宽也约二尺的黑色木桶),吩咐我们浴后穿和服照欢迎照片。这是个难题,我们全不懂。大家会商怎么办。要我拿主意。我出的主意是要直接请教村冈久平先生,他不会乱来的。乱来就要成为一个外交"事件"了。请教结果,村冈说,这是一种非常礼遇,没问题。次日上午出游,登山,多巨石,行走困难,多半路折返,我们也折返。午饭后不久离宾馆。出门后,单独叫我在上车处站立,忽然,由二人拉开一张相当大的五星红旗立在我身后,然后照了几张照片(此项照片我尚保存)。我们都很诧异:我们是一个小小的民间访问团,如何能当得起这样高的礼遇呢?

回到东京后,主人反复邀请我们看大相扑、棒球与欣享茶道。对前二者,我们设法推辞了,说大相扑在电视上已看过,棒球则看不懂,茶道推不掉,享受了一次。一切行礼如仪,但茶是茶叶粉,用一种刷子在杯里涮制的,我沾了一下,喝不下去,只好到时放下了,其他人也有未喝的。日本有一个好处,吃与不吃,由自己决定,主人绝不劝导。

七

反过来,我提出我们可否参观一下日本博物馆和国会图书馆。均办到了。图书馆参观令我们十分感动。先由一女专家介绍全馆概况,约 20 分钟。继由一专家介绍从如何找书到如何把书送到读者手中(关于书的保护、防虫、防潮等,第一位已经讲了)。然后是参观藏书室。这事大出意外。藏书室每间相当大,很矮,内部无任何修饰,书架也不排场,也未见到有取书、上书的四轮梯,看起来设备很简单。参观完后,主人忽说,馆长(或副馆长)请大家喝茶。我们应邀前往一室,一老人热情相接,桌上略设茶点。老人云,听说贵国正要建设一座大国家图书馆,我有几点小意见贡献与贵国,望能带往北京云云。意见中,我大致还记得有几个要点:一是重在科学、实用,不宜过分用力在外观的雄伟华丽上。二是内部图书如何防火、防潮、防虫,如何通风换气,这要设计周密,要现代化,不要再用过去一二百年的老方法了。三是内部的一切设计要科学化、合理化、简易化,着重实用,方便管理。并举刚才我们参观过的藏书室为例说,你们看这个藏书室太简单了一点吧?是很简单,但一切为了实用。房层很矮,为了节省空间;书架不仅不高,而且较低;每架均是五层,最底层离地还有约 30 厘米空间。他说,这些是因为图书管理员一般均为女性,根据日本女性的普通身高,要使她们一抬头、一俯首就能看到架上的全部图书,一览无余,上下书时,无论是最高层或最底层,也不太吃力,而且书架下可以全室空气流通,便于清洁、消毒工作……等等。我们一听，茅塞顿开，全属常识，但非常合理有用。我们恭致谢意后告别。回京后，没有人叫我们去问一字，更没有要我们写一字，我也就没有把这些意见向上面报告。我们高层要的东西，历来就是：巍峨雄伟，富丽堂皇，外观第一，根本不可能推翻原设想去考虑这些东西。但是一个外国老人却为我们想得这么周到，主动建言，怎么能教人不感动欲泣呢？

随便写几件事已很长了。我在 92 周岁时写此，留待自刊。我听说，以后的情况变化较大。不过，我总觉得日方有一部分人是比较明智的，这一部分人士在实际中表明了对华友好倾向，是出于真意。我只有一个希望：中日永远和好。同时还感到中国应向日本学习的地方实在太多了：人人极其自爱；工作极端负责；事事求其最好；公共利益高于一切。这几项是给我印象最深刻的。我们正是在这些地方落后于他们太多太多了。

（补忆于 2011 年 6 月）

一盏明灯与五十万座地堡

今天(1997年4月9日)可算看见一条真正的稀世珍闻了。恐怕也可以算做有史以来屈指可数的世界珍闻吧。这是关于阿尔巴尼亚那盏最明最明的明灯的故事。据外电报道(《参考消息》4月8日路透社阿尔巴尼亚电),现在这个小小的国家里,还存有50万座钢筋混凝土大地堡;在有些耕地上,还布满尚未清理的种种大铁三角刺之类(用以防止外敌伞兵降落)。这些地堡现在毫无用处了(其实从来就没有过任何用处),都荒败着。附近有农家的,便用来养鸡、养蘑菇、堆废物。在海边的,也有人把它们改为小酒店、小客店等,还有贫苦至极的人家搬进去住的,全家都挤在一个小小的黑地狱里,好处是不要房租。

据报道,这些地堡建成于1968—1975年间。其时,伟大的明灯霍查同志退出了华沙条约(其实,他早已在60年代初与中国同步同苏联彻底闹翻了)。按时间算,这段时间全部在中国"文革"中后期大搞"大三线"、"小三线"建设,也即把社会财富大量往地下灌的时期。阿尔巴尼亚是在"文革"后期同中国主动闹翻的,他们骂起中国来,比谁都厉害(听内行人说,是因为 1972 年中国同美国改善了关系,不跟霍查的指挥棒走,霍查就认为中国太右,是比"苏修"更坏的"叛徒";另外,对"明灯"只限于欧洲的"封赠"也不满)。据介绍,碉堡周围壁厚 30 厘米,顶部更厚,可抗重磅炸弹。里边宽 5 米,高2.5 米。我的天,这要多少材料才能建成一个碉堡呀!这个欧洲的也是全世界除中国之外的最红最红的社会主义明灯——霍查同志的阿尔巴尼亚或阿尔巴尼亚的霍查同志,是怎么弄到这么多钢筋水泥的呢? 霍查又没有东西去同人家交换,这些原材料是从天上掉下来的吗? 这倒是一个耐人寻味而又不难回答的问题,尤其是对于中国人。

照《世界知识年鉴》(1988 年世界知识出版社出版)的介绍,阿尔巴尼亚在 1984 年有 290 万人,那么建成这些地堡的1975 年已是 10 年前的事了,假定该国人口是在不断增加,那么,1975 年,阿尔巴尼亚人口恐怕还不到 250 万吧? 照此推算,全国人民大约每 5 个人就要分担筑成一个地堡的任务。如果秦始皇这位伟大得不得了的先皇还活着,他一定会去取经的,并必然大加称赞:后生可畏,朕不及多多矣!

如果霍查先生不去搞这个玩意儿,而把这么庞大无比的人力(我不说财力、物力,因为不知道他在财力、物力上有什么来源),都用来建设楼堂馆所,兼及于民居建设的话,我想阿尔巴尼亚每家人恐怕都有可能得到一座小小的楼房了。因为,一个大地堡所用的钢筋水泥,用来建造三五所小民居楼恐怕还有多余的吧。如果那样做了,霍查便可以成为古今第一完人,全人类永远景仰的伟大英雄了。因为全世界至今还没有任何一个国家和地区,是已经解决了全民住房问题的。

霍查为什么要倾全国之力,在一个小国内大筑其新长城呢? 50万个地堡用来吓唬谁呢? 除了吓唬本国的老百姓外,谁也吓唬不了。这种设防,是把全世界一切国家都看成敌人(那个时期霍查先生就是这么做的,不是理论推测),"苏修"及其东欧"走狗"是敌人,南斯拉夫铁托这个"匪帮"是敌人,西欧各国和美国当然更是敌人,此外,土耳其、希腊这些"小帝国主义"也是敌人。至于中国,本来是"兄弟",1972年后也成了更可恨的敌人。奇怪的是,不知为什么,这些敌人都非要首先占领阿尔巴尼亚这块地方不可。自古以来,不论是小的局部战争,或是更大范围的巴尔干战争,全欧洲的战争,以致真正的世界大战,从未听说过阿尔巴尼亚这片地方是兵家必争之地,是首先必须倾全力去占领的决定性的战略地区。那么,在这个贫瘠、狭小又非战略必争之地的小小地区,去建造50万个大地堡来干啥呢? 它的真正作用,除了震慑本国的老百姓之外,任何一个外国军事专家对此种愚昧荒诞行为,恐怕连笑话他一声都不感兴趣。

伟大的霍查同志干出此等荒唐事,看来不是偶然的。不制造出这种疯狂的紧张局势,他就找不出借口来把周围的老同事们都消灭个干净。后来,杀到只剩下霍查、谢胡、巴卢库这个桃园三结义了。但是,不行,于是先杀巴卢库(巴到中国来取过"文革"经的)。最后,他同谢胡合跳"二人转"也不行,又出乎一切人的意料之外,把谢胡也杀了(有一说法是霍查在一次会议上亲手杀害谢胡的,似不可信)。于是,就不得不把权力留给一个小阿利雅了。可惜,这个小阿利雅统治不久,民变蜂起,阿利雅本人也被请进监狱里去了。

遍观世界,独裁恐怖与荒谬绝伦必然是联系在一起的;独裁恐怖到了极点,荒谬绝伦也就必然会做到极点;反之,荒谬绝伦做到了极点,独裁恐怖也就必然会达到极点。世界的古今历史都已证明了这两者是一而二、二而一的东西,这是个双胞胎,这是个定理。持此以观察世事,恐怕不会有错的。

（原载广州《共鸣》月刊 1997 年第 4 期）

从美国等如何对待
回归战俘想起的

"大不韪",是中国历来的常用成语,解放后就自然消失了。为什么呢?查辞典"韪"即"是"、"对"之意,"大不韪"即"大不对"之意。解放前有一句常用成语,叫"冒天下之大不韪",解放后这个词在中国自然就消失了。

以上闲言不得不讲,不然下文就可能全看不懂了。

一

凡打战,即会有战俘,或俘对方,或本方人员被俘。中国历史上是如何对待敌方被俘人员的,有个著名的例子,即战国时期秦赵在今山西的"长平之战"后,秦将白起坑赵军四十余万人于长平(即使有夸大,坑四万余人也不得了)。

近现代国际间的战争,对战俘的处理法,事属专门,我不清楚。但有个印象,好像是绝对不能虐待对方的战俘;对归还本国的被俘人员,似也绝对不能虐待。近代欧洲好像没有本国军队在丧失作战条件下也不准被俘的法规和道德规范,或只要被俘就是祖国叛徒的法律。中国则不同，皇权时代，军队在失去抵抗条件之后，似乎是只能全死。这事，最典型的是公元前数十年汉武帝派将军李陵率五千步卒去远征匈奴，毫无后方供应与支援，令李陵率孤军与对方骑兵作战。大胜之后，又被匈奴多路骑兵包围。陵部残余刀箭俱尽，力竭被俘。汉武帝觉得这丢了他的面子，为此，杀尽了李陵的全家老小。不仅如此，还把为李陵说了几句公道话的史官司马迁也极端残忍地处了"腐刑"（即去势。男人被"去势"，侮辱甚于死刑）。此事在长期君主专制时代，涉及皇权，百姓臣工何敢申论。对此司马迁在《报任安书》中，说的极其凄惨，虽不详，但对李陵事有极扼要的介绍，云："……李陵提步卒不满五千，深践戎马之地，足历王庭（按：指匈奴王庭），垂饵虎口，横挑强胡，仰亿万之师，与单于连战十有余日，所杀过当，虏救死扶伤不给。旃裘之君长咸震怖，乃悉征其左右贤王，举引弓之人，一国共攻而围之。（陵）转斗千里，矢尽道穷，救兵不至，士卒死伤如积。然陵一呼劳军，士无不起，……更张空弮（音宣，即弩弓，时已无箭），冒白刃，北向争死敌者。"数句已极言李陵死战之惨烈，因此，司马迁才敢在武帝前替李陵讲几句公道话：谓李陵"能得人之死力，虽古之名将，不能过也。身虽陷败，彼观（即观彼）其意，且欲得其当而报于汉。事已无可奈何，其所催败，功亦足以暴（即曝）于天下矣！"

后人当然有不满汉武帝之行而同情李陵的人，又写出了一份《李陵答苏武书》，虽是伪托，但情词更为凄婉，不过文风纯是两晋南北朝时的骈文风格，苏轼已定为后人伪作。但此文辞之哀婉感人,记事逼真,还是很杰出的。该文写李陵被俘后的生活云:"胡地玄冰,边土惨裂,但闻悲风萧条之声。凉秋九月,塞外草衰,夜不能寐,侧耳远听,胡笳互动,牧马悲鸣,吟啸成群,边声四起,晨坐听之,不觉泪下,嗟乎子卿,陵独何心,能不悲哉!"这样的想象力,现在就令人泣下。

此文描写李陵作战经过,更是绘声绘色,大有助于人们对李陵之被冤辱表示难以接受。要知道我们土地革命时期西路军的全体将士,抗美援朝时期的被俘的一些将士,也就是这么个情况的。该文云:"昔先帝授陵步卒五千,出征绝域,五将失道,陵独遇战,而裹万里之粮,帅徒步之师,出天汉之外,入强胡之域,以五千之众,对十万之军;策疲乏之兵,当新羁之马,然犹斩将搴旗,强逾斩其枭帅,使三军之士,视死如归。……匈奴既败,举国兴师,更练新兵,强逾十万,单于临阵,亲自合围。……疲兵再战,一以当千。……死伤积野,余不满百。而皆扶病,不任干戈。然陵振臂一呼,创病皆起。……当此时也,天地为陵震怒,战士为陵饮血。单于谓陵不可复得,便欲引退。而贼臣教之(贼臣,指此前降匈奴的汉将某),便得再战,故陵不免耳。"这段话当然是后人的合理想象,并非当时的目击详情。但"五将失道,陵独遇战",确是历史事实。在这种情况下,还去苛责李陵,恐怕就太不公道了。

二

再说个美军大量被俘的历史事实。这是世界著名的。事情发生在1942年5月,美军在菲律宾最后的临时最高司令官

温奈特将军(少将),在总司令麦克阿瑟上将本人奉命于当年
3月撤离后,温奈特奉命统领美国驻菲全军。日军进攻,最
后,美军处于毫无抵抗能力的状态。在此情况下,温奈特下令
全军停止抵抗,即常说的投降。以后是日军押解美军的残酷
著名的"巴丹半岛死亡行军"。美国有一著名电影详细报道
此事,我电视台已播放过多次。温奈特及美军数千人,被日军
运至我东北沈阳郊区集中营做苦工。日降时,美事先已组织
好一空降队,立即飞降此处,解救了美军战俘,并找到了被单
独关押的温奈特将军。温奈特立即伸出双臂准备就擒。哪知
那位军官立即对他致敬行礼,并立即宣布一总统命令(时罗
斯福去世数月,总统已是杜鲁门了),内容我记不得了,大致
是感谢他保存了多少千个美国青年的生命,予以嘉奖,好像还
立即宣布他为中将(作为电影,具体细节当然是创作的,但根
本的史实,则是真实的,这影片在全世界长期播放)。事实如
何呢? 1945 年 9 月 2 日,麦克阿瑟将军在东京湾密苏里号战
舰上接受日方投降时,这位将军就站在麦克阿瑟旁边,参加这
一荣典。有一次我对儿子偶然谈及此事,我被告知:麦克阿瑟
签字时分别用了 5 支金笔,当场分赠五位将军,其中一支或第
一支可能就是送给这位将军。这可不是电影,这是当场的纪
录片。这一历史事实,在中国的书中也有一点点记载。1984
年出版的《第二次世界大战百科辞典》上有"温奈特"条,"温
奈特……(1883—1953)……太平洋战争爆发后,指挥北吕宋
部队抵御日军入侵。1942 年 3 月麦克阿瑟调离后,负责指挥
留守部队,在巴丹和雷吉尔多地区与日军激战,同年 5 月率部

投降,被囚禁至 1945 年日本投降后获释。应麦克阿瑟之邀,参加在密苏里号战舰上举行的受降仪式。同年被任命为美国东部防区司令,晋升上将。……"事情很清楚,他得到的荣誉之高和升迁速度之快,十分令人吃惊。但这是真实的史实。为了什么呢? 就为了他不怕自己将会获得任何重罪,而保存了数以千计的美国青年的生命,这说明一个国家的文明程度,是决不能仅以物质财富来计算的。应该想想:美国为什么会成为美国呢?

像温奈特将军的这样一件重大行动,是卖国呢,还是爱国? 是精神文明呢,还是精神卑下? 我想,即使在当前的中国,还是统一不起来的。因为,在不以民命为第一的思想体系中,无缘无故地多死几十万、几百万人之类,不过是不值一提或不准提的小事罢了,据说,只有坏人,才会对这类"小事"借题目来"反党、反社会主义"。等于汉奸,夫复何言!

三

现代社会应当如何对待敌方战俘,已有国际法的明白规定。据《辞海》简介:战俘……在战争或武装冲突中落于敌人权力之下的武装部队人员、民兵、志愿部队人员、游击队员,包括战斗员和非战斗员。按 1949 年关于战俘待遇的《日内瓦公约》,战俘在拘留国所受待遇应由拘留国负责;对战俘应给予人道待遇;战俘应享受人身权利及给予健康状况所需的医药照顾;在实际战事停止后,战俘应即释放并遣返本国。

这并未涉及被遣回国的本国战俘。这是国际法管不着的事情。但这明显地是一个国家的文明程度问题。应该怎么对待才对呢？当然应该像美国对待温奈特少将那么对待才对。他们历尽了艰危，受尽了苦难，全都是为了国家的，这就绝对不能再把他们当做叛徒、敌特、又重新给予他们以更大的苦难了。这是一个国家有没有起码的文明程度的问题，也是一个国家是否把自己的青年、卫国的武士、受尽了人间苦难的同胞当人看的问题。应当十分明确地立法，被俘战士归来，应当受到抚慰、医疗以至于晋级提升的待遇。这已有美国这个特大的先例在了。美国决未因此而促使武装部队从此不忠于国家，而是使武装部队更忠于自己的国家，人民也没有争着去当美奸。

　　这个如何对待回国的本国被俘人员问题，是一个实实在在的对一个国家文明程度的检验表。这要求社会上十分正确地对待回来的战俘：安慰他，照顾他，感激他，同情他；而绝不是轻视他，侮辱他以至于迫害他。能不能为此立一个国内法呢？我认为，有什么不可以呢？如果有了这样一个国内法，我认为只会加强我们武装部队的英勇情绪，使他们更加无后顾之忧。这样做肯定会大大提高我们在世界上的道义地位。

　　我以为这个问题并不神秘，可以公开讨论而且应该讨论。这个问题是一个已经走上了真正文明轨道，或者还处于半野蛮、半开化状态的明显标志之一的问题。一个现代文明国家，首先要保护人民的生命，而不能只是一味片面地要求人民无条件地、甚至无谓地放弃自己的生命来报效国家。

　　孟子说，"君之视臣如草芥，则臣视君如寇仇"。一个人民只能乖乖听话的国家,连对自己的死活也无一句发言权,那绝不会是一个现代国家,也绝不会是一个真正文明的国家,也绝不可能是一个真正稳定的国家。只有视人民生命高于一切的国家,才有可能成为一个真正物质上特别是道义上强大的国家。

1990 年 3 月

看电影《紫日》有感

　　我在电视上看了两次电影《紫日》。是写日本战败最后几天,在我东北黑龙江战场上的事情的。看那内容应该是从1945年8月9日苏联对日宣战后的某日起,至1945年8月15日本天皇广播命令日军停止抵抗止,时间共约两三天。人物只有三个:一个苏军女战士因故与队伍离散,单独一人在大草原上茫无出路;一个不到20岁的中国农村男青年,因故一人迷失在大草原里;另一个是因故迷失在大草原里的十三四岁的日本女学生。整个电影就写这三人两三天在草原上寻出路的故事。最后,是这位日本女学生在一处发现不远有日军活动,便飞奔前往。对方因不明情况,机枪齐发,把这个女孩打死了。"紫日",是说太阳快沉没下去了。全世界一部电影只有一个人、两个人、三个人出现的情况当然不少,但那多是与自然界斗争的求生的问题,像《紫日》这样完全以三人生命随时可以互相消灭为主题的,那就难写难演得多了。

　　这一电影全没有一般抗日电影那么多可怕的屠杀和火光,但是仍然写出了日本侵略者的残忍、顽强和后事的未必简单。用意深,表现手法很独特。紫日,紫日,今天下去了,明天不会又升起来吗?我看编者特别是导演者冯小刚未必没有这个意思。导演意思与手法如此高超,我看是解放后迄今的杰作。

以上只是一个抽象要略。要把《紫日》说出个名堂来,恐非几千字不可,而且也不是我的水平所能讲清的。

我是想借此谈谈我们的抗日电影之类的问题。

我觉得解放后我们的抗日电影,尤其是近一二十年的抗日电影,不大像艺术,而多是一种很不够水平的漫画,是一个可以胡写八写,胡演八演的自由大广场。不说别的,光是对日的一次小包围歼灭战,我方所用的迫击炮、手榴弹、步枪、短枪,发射的炮弹、枪弹,恐怕比八路军、新四军一年所用的总量还多。说句老实话,我们那时如果把子弹用得像影视中比撒黄豆、绿豆还多,我们还会是那样的困难吗?抗战中期与抗战胜利初期我有两次来往于陕北、山西、河北、山东四省抗日根据地之间,我没看见或听说哪个基层民兵队或县抗日民兵大队有过这么多的子弹。我见过区里、县里有的干部挎着一只驳壳枪,问他们子弹呢?回答说:没有,空枪,吓吓人的。

抗日战争是很艰苦的,要流血的,不是现在过年放爆竹。

最根本的,还是我们的抗日电影把敌人太漫画化了。敌人既然如此愚昧,如此猥琐,如此胆小,如此……那么,为什么打了八年还打不走呢?反过来岂不是说我们自己太没有用了吗?把敌人太漫画化了,实际上也就把自己同样地漫画化了。现在的小年轻会问:你们怎么把这些比木头还笨的敌人也打不走?！把敌人写得如猪如鼠,反过来就是在讽刺我们自己。当然,这也不能怪我们这些作者,而是几十年来,我们只准他们如此;不然,就叫"美化敌人"。此点,至"样板戏"而达到了顶点。

所有这些电影都是把敌人讽刺挖苦得不像样子。编导演者们应该是知道的,当然,我没有研究过日本。但是,自上世纪30年代初以来,我也喜欢看一切日本游记和一切分析日本民族特点的文章小册。这个民族长期以来培育出一个特点:特别自尊、自傲,大和民族高于一切,一切优点、美点他们都具备了。事实上,他们也很能自持、自重、自尊、自强、自励。但是,我们的抗日电影,几十年,特别是近二三十年来,只知一味尽情地丑化日本人。

例如,以残暴这事而言,在1937年日本侵华战争以后,他们是并不完全讳言他们的残暴的。所以,抗日战争初期的不少日军在华的暴行记述与照片都是他们自己公布的。

他们最忌讳的是:懦弱、愚昧、自私、猥琐。而我们的电视和电影恰恰专门在这些地方做文章。例如,日本兵在华北的"扫荡",在华中的"清乡",对我抗日根据地极其残暴,但有些电视却专门编造些莫名其妙的东西,例如,两个日本兵在村庄里合捕一只母鸡,弄来弄去半天抓不着,于是被我们预设的埋伏俘获了。类此的情形,日本应是最反感的。

这是把神圣的民族自卫战争完全庸俗化,也是把对方完全漫画化了。

我们说确有些日本人太缺乏自省精神,同样的,我们自己则应该说是更缺乏自省与自励精神。而是喜欢去闭门制造一些低级小笑料。自己提不高,骂人也显得没见识,没变化,小家子气。

一部最好的电影《勿忘我》被忘了！

——关于"反右"题材电影的印象

几部同"反右派"直接有关的电影已经放映过去好久了，现在再回过头去审视一下这些影片，会比在放映高潮时看得更加清楚多了。

这几部影片，有名的是《巴山夜雨》《天云山传奇》《牧马人》三部，《雁南飞》没有什么人捧场，至于《勿忘我》，则几乎没有人知道。最后一部，我本来也不知道，是偶然从电视中看到的。但是，上述各影片的艺术水平及其艺术感染力，却不一定同它们的知名度成正比。下面就谈谈看。

一

"众所周知"，有人看了这些影片以后很不高兴，责问说："难道右派都是这样好吗?"说影片美化了"右派"，甚至说这是"右派""翻天"，应予反击，等等。这种批评是根本不懂得总结历史经验为何物，他们无条件地维护自己积极执行过的一切错误政策，而置总结历史经验于不顾。

"反右派"运动这个政治上的氢弹爆炸，多年来已是国内外公认的解放后我们全盘工作发生一面倒向的变化的一个大转折点。跟着来的就是人民公社、"大跃进"、大炼钢铁等运动的顺利进行了。难道应该教教中国人都"忘记"这件事情吗？请回答这个问题吧：为了不使我们的国家民族重新沦入悲惨境地，是忘记这类惨祸好呢，还是深刻地记取这些惨痛教训好？

上述这些影片有没有"美化'右派'"的地方呢？我看没有（当然，既然有那么好几十万知识分子被划为"右派"，谁也不能担保其中没有道德作风不好的人）。就说《天云山传奇》吧，它受一些人的攻击是最厉害的。其实，那影片中的"右派"罗群，不过服从监督，老老实实劳动改造罢了，也没有"好"到哪里去，何"美化"之有？二十多年间遭遇比罗群惨得多、表现比罗群好得多、贡献比罗群大得多的人，比比皆是，这谈得上什么"美化'右派'"呢？

二

先说说《巴山夜雨》吧。其实那电影的基本情节是站不住脚的，是缺乏历史真实性的，而且在客观上完全把"文革"的残酷性掩藏起来了。电影上那些事情在"文革"时期都是绝不可能发生的。一个诗人老"右派"在"文革"时期又被加码成为"反革命"要犯，他在被男女两个造反派奉命从四川武装押解（怕引起人注意，手铐被临时取下来了）送往武汉或宜

昌的船上,竟然发生了以下一连串的怪事:

一、全船职工,自船长起到大副、二副、三副、轮机、水手、厨工不知怎么地好像都吃了豹子胆似地一致同情这个犯人,并且公然非法地在途中不是码头的荒僻山边秘密靠岸,把这个人放到了深山里去了。如果在那个时期发生了这种事情,全船职工还能不被弄成"现行反革命"吗?

二、押解"犯人"的两个造反派,那个女的初时凶得很,可是听了这个犯人半夜同她在甲板上对她的一番教育后(船上的管理人员为了安全是任何时候都不允许有这种情况的),一下大彻大悟,下决心宁愿自己牺牲也要秘密放走这个犯人。事也太巧,那个男解差更加热心于此事,还暗中监视着这个女解差。结果两人终于沟通了,共同说服船长等放走了这个"要犯"(影片中还有男解差把手铐投入江中的一个大特写镜头)。这么一来,这两个解差岂不立刻又变成"现行反革命"吗,他们怎么交差呢? 做戏当然是做戏,但总不能把"戏"做到使看戏的人感到连"戏"也根本不像的程度。

三、这位被押解的诗人"要犯",竟可以深夜长时间一个人悠然地在三峡舟中的甲板上散步,诗意倒是够诗意了,可是两个解差会不怕他跳水自杀吗? 奇怪的是,这位诗人"要犯"对这个女解差进行教育也是在这个场合下进行的,那诗意就更浓了——一对情侣在那里充分享受罗曼蒂克的滋味。"文革"的暴虐到哪里去了呢? 影片中几乎全是这类说不通的地方。全剧像个童话。

因此,这部戏的基本情节是极不合理的。它根本没有反映当时残酷的历史真实,而且在无意中大大地美化了当时的历史真实。现在二三十岁的人和以后的人看了会觉得奇怪:你们把"文革"说得那么可怕,但是这有什么可怕呢,不是相当自由吗?此外,如果中国人民都有那么高的觉悟,有那么大的权力和自由,"文革"这场灾祸还会产生并被顺利地坚持十年之久吗?

艺术家当然有权而且必须有虚构才能写出艺术作品。但这种虚构是为了更集中地反映社会历史现象。像阿 Q、九斤老太、祥林嫂这样的人物,可能是虚构的,但在那个时代却是可能的,而且是必然的,历史上早已经有千百万个祥林嫂和九斤老太存在过了。而一艘押送"文革"犯人的轮船,从押差到全船工作人员,素不相识,一下子会在两天一夜之间干出这么一个统一的联合释放要犯的行动,则是根本没有这个可能的。如果"文革"时期也允许这种事情自由发生的话,那就确实发生了一个问题:"文革"有什么可怕呢?而且,还有一个违反史实的剧情:什么时期会把"右派"往更中心的大城市遣送的?

这部电影的基本安排和决定性的情节只能是编者的善良愿望,希望人道主义即使在那个疯狂暴虐的时代也是在统治着全社会的。可是事实上,当时是没有半点儿这种可能啊(贺龙元帅不是当着周总理的面从总理家中逮走的吗)!光凭一点善良的人道主义愿望是战胜不了兽道主义的。这部电影把"文革"时期的恐怖情景淡化到了几近于无甚至完全相反的程度了,可是当时的历史真实却完全不是这样的,也不可能是这样的。

三

再说《天云山传奇》。片中被打下去劳改的青年地质勘探队长、老"右派"、老党员罗群的事并没有什么稀奇,遍地都是,比他惨的、打下去后贡献比他大的人还很多。奇怪的是,原在他队里工作的女大学生冯晴岚,却可以冒死到了他那冰天雪地、不蔽风雨的荒郊独屋去与他同居,她用教小学的收入来维持两人的生活(好像还抚养了别人的一个孤女),直到她本人因病而死。电影为我们制造了冯晴岚这么一个圣洁的灵魂,用意是极好的。作者希望人总应该有点是非之心,有点正义感,有点人性才好,冯晴岚就是编导者手下的理想人物。那年头,已婚夫妇不被动员强迫同"右派"离婚,已经是最大的仁慈了。当然,天下总有十分善良而杰出的女性,但是,当时中国允许"非法同居"吗? 何况男方是个"右派"? 因此,这比《西游记》还《西游记》。这同当时"反右"后的残酷面貌是绝对相反的。"天云山"主要是要创造出一个圣洁的灵魂,来同兽性对立,把一点善良、正义、勇敢和为真理而甘愿自我牺牲的希望寄托在一个可敬的女性身上。这一点使它得到了广大观众的肯定。但是这事却经不起推敲,一推敲就会发现它违反历史的真实性,整个戏是基本上违反当时的现实,缺乏存在的前提。这些戏不但不是在美化什么"右派",相反地,是把"反右派"这个残酷的运动写得太轻松了,轻松得像一首牧歌加情歌似的。须知,"反右派"斗争远不是这么温良恭俭的啊!

冯晴岚公开去与一个罪犯男人同居,是哪个人间天上的行为呀!

当然,人们还是应该从冯晴岚的身上学到一点做人的道德的,而《天云山传奇》的积极之处也在这里。即使纯粹是凭良好愿望假想出来的人和事吧,能够宽慰宽慰一下人心也是好的,因为人心实在被斫伤得太厉害了。

四

关于《牧马人》《雁南飞》,我就不想多说了。《牧马人》所做的爱国教育当然是十分重要的,情节也很理想。资本家父亲回国要他出国去接受遗产一事,是这个戏的戏眼。看后,总觉得它的政治教育性大大超过了艺术上的感人性。它是当时按旧框框来填写新内容的简单办法——不过,那个男主角实在演得太好了。

《雁南飞》写医学院毕业班的一对恋人,男方突然被打成"右派",被发配到内蒙古劳动改造。他苦恋着原来的爱人。作为一个监督劳动的"右派分子",他当然也不可能在内蒙恋爱结婚。在打倒江青反革命集团以后,爱情的力量促使他仍然回校来看望一下原来的但现在已婚的女友。他们都本着中国人的老传统,"发乎情,止乎礼义",见了一两次面,只有掩饰不住的眼光仍然在继续着他们旧日的感情。男的只能回蒙古包去同一个爱着他的似乎有着同一身份的蒙古族女性成了家。这部电影没有惊奇变幻的大场面,但它的感人程度,比前面三部要深刻得多,合理得多,因为它留有一点余味,使人叹息嘘唏。前三部则均已一览无余,圆满结束,而且根本上是把悲剧当正剧写了。所以,相对说来,《雁南飞》在韵味上就要浓厚一些。

以上几剧,尤其是《巴山夜雨》《天云山传奇》《牧马人》三戏,当时是受到艺术界老前辈们的热烈赞扬的,这些老前辈是我永远颂扬的对象,但我同他们的意见当时就很相反。不过,我的意见当时是绝对无处会发表的。原因很简单:他们是"社会主义现实主义"的早期接受者,后来又是中国的毛泽东文艺思想绝对忠诚的执行者,尽管他们被打倒甚至被监禁了十来年,其实,他们头脑中的文艺思想,倒是绝对合乎上世纪30年代以来苏、中双方的官方文艺思想的要求的;我同他们其实是一样的,不过我是晚辈,我受的影响比他们短得多,而且又不像他们是执行者的缘故。因此,我的"异端"思想就比他们容易产生得多。

五

最后,谈谈电影《勿忘我》。这部电影的名字太不引人注意,知道它的人也很少。剧名的由来大概是由于剧中提到有一种野草名叫"勿忘我"之故。我是在一次偶然的机会中看了这片子的播放的,而且越看越吸引人。以我个人的浅见,这部电影的感人性、真实性、艺术处理的深度等方面,不仅在同类影片中是属于最好的,就是在打倒江青反革命集团的八年以来的全部影片中,也可能是属于最好一类的。《人到中年》《大桥下面》等都很感人,以我个人的偏爱则更喜欢《勿忘我》。听说这电影是根据小说改编的,好的基础当然首先是小说作者奠定的。

此戏描写一个学医的大学生被定为"右派"以后,发配去农村劳改,后来换了个名字,叫"摘帽右派",但仍然留在农村中劳动,兼给农民治病。他住在村外一间茅草棚里,打柴、挑水、种地、做饭、补衣、看书、著书(总结他中西医结合治疗经验的书。但这事也作为"阶级斗争"新动向,并作为现行反革命活动受了处理),这些淡淡的描写并不怎么震撼人、刺激人,但它却可以把人们逐渐带入沉思:我们自己培养了人才,然后我们自己又断然地把他们毁掉,然后再把他们赶出社会之外,然后再把他们彻底忘掉,像被开除了"人籍"一样,让他们像鲁滨逊一样地"生活",然后再不时地给他们一通通严重的专政措施……为什么要这样做呢?究竟为了什么目的呢?这对国家、民族、人民有什么好处呢?影片中并没有向观众直接提出过这些问题,但它却用艺术的力量逼得人们不能不提出这些问题。

"文革"来了,一个十几岁的女孩忽然来到该地插队落户。她的父母是"高干",都已被迫害而死,她也跟着成了孤儿和"可以教育好的子女"(这就是说从大前提上已经肯定他们不是好人了)。她已成为不可接触的"贱民阶级",失去了生活的信心,想要自杀。这时,这位"右派"医生叔叔不能不出面帮助她、鼓励她,使她又重新鼓起生活的勇气。同时这位"右派"叔叔又异常严格地教她学习各种科学知识和外语。女孩对这位"右派"叔叔老师的感情自然就越来越好了,由于父母被迫害、冤死,老同志和知识分子几乎全已被作为"黑九类"打倒了,她悟到了中国的土地上究竟在干着什么事情,几年来残酷的现实教育了她,她已经不可能相信这位"右派"叔叔是什么反党反社会主义的罪人了。她逐渐萌发出要同这位"右派"叔叔终身共同生活的决心,讲话也就亲热随便了。这位"右派"叔叔察觉到了这种很不妙的变化,只好一本正经地把课程越抓越紧,不同她说一句题外的话。一次,女孩又同这位"右派"叔叔亲热地说起"你我"如何如何之类的话来,这位当时被普遍骂为"不齿于人类的狗屎堆"的"右派"叔叔严肃地对女孩说:"要懂得礼貌啊,要叫叔叔或老师才对。"看到这里,我自然地落下了眼泪:一个多么高尚的灵魂啊,这不是真善美的极致在一个人身上的自然流露吗?而且这是很真实的,像这样的人全国才一个吗?其实,这位"右派"叔叔并不是一个无情物,这个女孩多次向他明确表示愿终身陪伴他的愿望时,他也曾一个人在荒郊野外痛受矛盾苦恼的折磨,但他每次都下决心绝不能给这女孩带来终身的痛苦,坚持装傻,只会一本正经。打倒江青反革命集团了,女孩的态度也更明确地公开表明了。但他考虑到自己是个"摘帽右派",对他的管制如故,他受到的待遇并无丝毫改善,于是,他就动员女孩去考大学,认为这样既可以培养女孩,又可使二人分开。谁都得逃避这个不可估量的危险前景。女孩考上了大学,在她临离村的前一天下午硬塞给了这位"右派"叔叔作为定情的信物。当晚,女孩睡不着,在大雨中找个借口离开房东老大娘去看他。可是,房中却没有人了。女孩以为他外出诊病去了,便点上灯等他,后来睡着了。实际上,这位"右派"叔叔老师料定女孩晚上会来找他,就冒雨出门躲避了,后半夜才回来。他回来时,老远看见房内有灯,知道女孩在房内,就狠心不进门了。女孩睡到天亮才醒,只好匆匆去搭火车,临走忽然看见桌上有一封预留的信,是这位"右派"叔叔留给她的,鼓励她努力读书,追求美好前途,祝她幸福之类。女孩不得不饱含无限痛苦乘火车走了,这位"右派"叔叔这时却像发狂似地不顾一切翻山越岭地站在高山上去送别火车,两个人就这样在无限的痛苦中没有见面就分别了。

戏结束了,就是这样地结束了,就是这样令人痛苦不堪地结束了。但是,戏中主人公的形象和这个动人心魄的故事却在我的心中永远不能结束。我只看过一次电视,可是它的全部情节甚至细节却像刀刻一样永远铭刻在我心中。而且,这位男演员非常杰出,以后我就非常注意他,后来见他演过一次郁达夫,他的演出天生是诗意的、伤感的。

对这部电影,我以为可以不必多加评论了。编导者抓住了一个善良人的本质,重现了在那两场长时间的历史大痛苦中的一场令人回肠荡气的感人悲剧。电影"美化"了这个"右派"没有呢? 我看一点也没有,因为他本来就是一个品质非常好的青年学生,正因为没有美化他,所以才特别感动人。电影里的这个老"右派"并没有任何惊人的、光辉的事迹和语言。可以说,凡有那样经历的任何一个正派人,在那种情况下都会像他那样做的。因此,就并无特别之处。电影告诉我们,我们曾经把几十万(据说只有几十万!)比他好或不一定像他那样好的人定为十恶不赦的祖国和人民的凶恶敌人，而且还坚决地不准为其中的任何一个人平反。多么不幸啊，我们民族的命运！这个电影逼真、细腻，避开了表面的一切残忍现象，没有任何夸张地、入木三分地反映了这两个时期悲惨而残酷的历史真实。同时影片也给我们呈现了两个令人信服的、没有丝毫人为痕迹的、普普通通的善良而圣洁的灵魂。虽然他们的命运都是悲惨的，但就是这些人表现了完美的人性，他们保持了我们最需要的善良、同情、热爱真理、自我牺牲和在长期的不幸面前坚韧不屈的勇气和毅力。

戏中"叔叔"的痛苦至少是三重的：大学毕业时被定为"右派"，已经劳改了20年；总结中西医结合治疗经验被加码为现行反革命；违心而又矫情地谢绝了一个从内心深处爱着自己、实际上自己也从内心深处爱着的年轻女性的最真挚纯洁的爱。——他这辈子怎么活下去呢？只有天知道了（那时还没有"改正"一说）。这个女孩的痛苦，至少也是三重的：父母无端被迫害而死，她也成了戴帽的"可以教育好的子女"；眼看着"右派"叔叔的悲惨遭遇；一个实际上爱着自己的人被迫不得不拒绝对她长期的真挚的爱！这些都不是神话，不是挖空心思构思出来的传奇，而是实实在在的千百万件悲剧中的一件。他们之间还做到了哀而不伤、怨而不怒，这就使他们的悲剧更加感人，更加令人难以自抑。

我认为，解剖一些公认为好或很好的作品，比批评一些公认为乱七八糟的东西更重要。因为前者是艺术探讨，比较起来不那么容易做；后者则往往是属于政治或对公认的道德准则的评论,相对的比前者要容易些。我是本此微意来写此文的,我从《勿忘我》中受到了极大的感动,它帮助我净化了自己的灵魂。

1984 年 7 月

　　2009 年按:此文曾在《新民晚报》发表过,原题为《曲终人不见,江上此峰青》,题目十分做作。如今是从已出版的《牵牛花蔓》小册中取出的。又,此文在此次成集时,文字上的修改甚多,内容则并无改动。

杂花生树小集

一 "长亭外,古道边"
为何人人喜欢

　　上世纪 80 年代,好像有一个什么电影,其中有"长亭外,
古道边,芳草碧连天。……"这首歌,一下在全国青少年中像
发现了一个新大陆似的:原来歌词有这么美的呀! 歌曲有这
么动人的呀! 多年间全国流行,视同奇迹。其实,这是上世纪
20 年代、30 年代直到解放前,全国中小学生人人会唱的一首
歌,词曲好像都是李叔同(弘一法师)作的。

　　为什么会如此惊异呢? 原来解放后推崇的都是政治歌、
口号歌,离不开歌颂、斗争、打倒、向前冲等。革命歌曲几乎又
全是节奏强烈,不大讲究旋律,更不讲究优美旋律的,说那没
有战斗性。

　　但绝大多数人对音乐的要求,特别在中国,总是要求音乐
要悠扬婉转的多,而不喜欢总是口号性的歌词,所以一听到
"长亭外,古道边,……"简直就如沐春风似的,发现了一个新
世界,感到人的灵魂一下轻松下来了:原来歌也可以这么唱

的呀!

"文革"后,优美的抒情歌曲可以合法地流传了。一开始自然是"牧羊姑娘"("在那遥远的地方,……")、"康定情歌"("跑马溜溜的山上,……")这几首。十多年前,一下传开了《好一朵茉莉花》,一下牵动了国人的心,后来居上,其中"我有心摘一朵花(儿)来戴,又怕旁人来笑话……"胜过千古名诗与一切竹枝词。

因此,歌词必须是诗,最好的诗,才能吸引人,感染人。歌词最要避免的,一般是两种情况:一是标语口号化;二是抒情论理化。前者很明白,这里不去谈,但后者很值得谈一下,因为常常误认为这是很好的艺术。

抒情论理化指什么呢?内容是不讲阶级斗争了,但还是用直接灌输、注射某种思想、认识的方法,即讲大道理的方法来教育人。这样,就不管你政治有多么正确,目的有多么高尚,效果还是会很小的,远不如一句"好一朵茉莉花""让我们荡起双桨""小小竹排江中游"。例如,一种从头到尾都是"我爱你……""我歌颂你……""我赞美你……"等等。是不是办法呢?恐怕要注意到是否是标语口号的另一种表现形式。大家都如此,那就不管你有多么优秀的曲谱,多么优秀的歌唱家,都是没有大用的,因为你这基本上还是口号化的变形。抽象的直陈一般是难以感动人的——"桃花潭水深千尺,不及汪伦送我情",汪伦不知是谁,可是李白的这两句诗却要永世流传下去。

解放前,像样的抒情歌曲好像在中国就不多,为大家所熟知的是《夜半歌声》《黄河颂》（词作者田汉、光未然；曲作者均是冼星海），这已是大家公认的了。但30年代初，还有一首叫《玉门出塞》的抒情歌曲（若干年前在广州《同舟共进》上讨论过它，我也写了文章，大家都对过去不唱的这首歌表示了很大的好感），歌词是罗家伦作的："左公柳拂玉门晓，塞上春光好。天山溶雪灌田畴，大漠飞沙悬落照。沙中水草堆，好似仙人岛。过瓜田碧玉丛丛，望马群白浪滔滔。……"这虽然还未达到汉唐诗文的极致，但给人留下的印象也就够深了（此外，还有一首赵元任词曲的《教我如何不想他》，因太阳春白雪了，理解的人很少，我也不理解，不谈。上述《玉门出塞》的作曲者名李维宁，抗战前上海音乐学院教授，此学院未停办，汪伪时期李出任院长）。

解放后我们有没有很好的歌词作者呢？有。一个歌词作者说，"一条大河波浪宽，风吹稻花香两岸，我家就在岸上住，……"在战场上听这首歌，更叫人落泪。我相信凡是这位诗人的歌词，十之八九我都是能辨别出来的，因为他一出手就不落俗套，他从不用简单的直接表达法，更绝不叫口号。

我们以口号为第一的时间太长了，要摆脱这个毛病，难得很。用口号来作为歌颂手段，其实仍是在继续着的，不过变了装束，这在艺术上乃是一条死路，那叫换汤不换药。《诗经》上祝贺男女婚嫁的诗云："桃之夭夭，灼灼其华（花）。之子于归，宜其室家"。"桃之夭夭，其叶蓁蓁。之子于归，宜其家人。"它没有半个夸赞婚庆的浓烈字眼，没有婚纱一件50万元，婚宴每席5万元的描写，但是婚庆的气氛全出来了，而且是千古不朽的。

　　口号,并不是只有政治形态这一种,改变了装束的口号,其实还是口号化的一种表现,而且相当多。我们能否从旧时的某些口号艺术中完全解脱出来呢？我们可不要把政治口号变成"艺术口号"。

2005 年 7 月 30 日

二 才华不宜大爆炸

若干年来有些影视中往往有一个很奇怪的现象,就是戏中的重要角色,竟然不分敌我正反,全都成了清一色的诗人、画家或者兼而有之,或者至少是诗赋书画金石的鉴赏家了。不管是我方的老中青文武人员,还是敌人方面的官僚党棍、特务屠夫,不知怎么的在面对面地斗智斗胆时,都要大发诗兴,猛斗"诗"才,双方都非背诵出一大堆影射对方的甚至等于自报家门的古诗词不可。一场残酷的你死我活的斗争,就这样被一场十分不协调的"斗诗会"代替了,可笑之至。

但是,按照剧中人物的身份和经历来说,他们是不可能长于此道的。我方人员是除了会背诵诗词外,大多对天文地理、琴棋书画也无所不通。敌方人员呢? 明明是特务屠夫或杀人军官,不知怎么一下子也都那么风雅起来了,也是诗词歌赋、水墨丹青无所不能。有一个电影写一个杀人不眨眼的特务头子,在指挥诱捕我方地下工作人员时,竟是一个手不停挥的丹青妙手兼京戏旦角的业余潜修者,他手下的一个听差则天天在办公室里替他操琴(有趣的是,这个人又是一个地下党员),真是一个难得的以艺术为第一生命的高雅人物啊! 特务工作嘛,不过是"行有余力,则以杀人"的业余嗜好罢了。

这种表现法是根本叫人无法理解的。依据"斗诗"时的情态和所斗诗句的内容,双方都等于已经自报家门了,还有什么秘密工作可言?

作为我方的一员,打入对方是以一个普通的秘书、文书、副官、听差以至"特务"之类的身份出现的,隐蔽还来不及,怎么能够表现出自己是上至天文地理、下至琴棋书画无所不精、无所不晓呢?有了这种表现,即使本来不被敌人怀疑的人,也非引起怀疑不可。这还有一点秘密工作的味道吗?

说来说去,还是我们编著者的"才华"太多,非借剧中人之口"横溢"一点出来不可。实际则有点像《镜花缘》中的"酒要一壶乎?两壶乎?"那样,酸气冲天,也就是鲁迅讽刺过的"雅的好俗"的同道。

说穿了,都是在学《沙家浜》中《智斗》一场。那场戏听说是一个名作家写的,真给他写绝了(那场戏与江青无关,她是反对多写地下党的)。那真是斗志和斗革命的坚定性与灵活性的结合,并不是用大吹诗词歌赋、琴棋书画的方法来斗的。如果真叫土匪头子胡司令和汉奸恶霸刁德一这类人出来充当骚人墨客,又要阿庆嫂出来大谈琴棋书画,岂不是天大的笑话?

(原载《光明日报》1988 年 7 月 31 日)

---

　　*以下六则零星杂文,合为一组之后,随即浮出"杂花生树"数字,但又觉太狂妄,竟敢用前人的这一名句,有点出格。但又想不出其他题目,就只好这么了,事出不得已。

三　龙井茶里放味精

　　文章贵在创造,无人不知。但创造并非易事,那就争取通俗晓畅、明白自然一点也好。要做到后者,至少必须:一、不生造名词、术语和怪字怪句;二、千万不要袭用他人类似的毛病与种种陈词滥调。

　　可惜现在有些文章却正是反其道而行之,很喜欢袭用他人特别是名人的一些莫名其妙的字句,其结果大多弄巧成拙。

　　例如,"否"是文言词。语体文中该用"不"字的地方,并不能而且一般是绝不能用"否"字来代替的。可现在有太多的文章却偏偏喜欢用"否"来代替"不",有如龙井茶里放点味精,实在不是味道。其实,当初有人在白话文中忽然"否"了一下时,本身就很别扭,照搬岂不更糟? 还有个"非也",情况完全相同。

　　又如,"盖"字,是文言词,词书中多引《屈原贾生列传》的"屈平之作《离骚》,盖自怨生也",解作"推原之辞",意即"原来"或"原来是",很恰当。这个字也是 30 年前有人在大白话中这么夹用过一次,于是至今还有很多人在一篇好好的白话文中也跟着盖来盖去的。其实,原来用的就不高明,今天白话文还这么照搬,就更可笑了。

又如,三十几年前在一个外交文献性质的东西上,把美国侵略军强留在南朝鲜不撤军,称为"赖"在那里不走。于是,以后的文章以至文件就把同类事件都称为"赖",包括这些年苏军之侵占阿富汗。其实,当初就用得莫名其妙。"赖"是妇孺吵架用的词汇,在国际法和国际外交用语中是什么意思呢,谁也说不出,翻译为外文我不知他们是如何对付过去的。死皮赖脸,是说不要面孔,丝毫不含有武装占据之意。可是至今有的新闻和评论中,还往往继续使用这个"赖"字。人家自己明明说是被侵略,你却轻描淡写地说只不过有外国武装不要面子地"赖"在他那里不走而已,这叫什么胡话?!

还有个"浮想联翩",也是一经名人用过,至今还有些人一味乱用。这四字是充满诗意的句子,用时一定要看环境、气氛,还要注意它的感情色彩和词藻色彩。它是决不简单地等于"联想"的。可是现在不少人就干脆把它当成"联想"来使用,满纸"浮想联翩",那就未免太胡想联翩了,实在不是味道。鲁迅也有些习用的文言词,现在也有人喜欢搬用,追求形似而忽略神似,看起来也同样使人难以受用。读者诸公不妨试试,看看你喝到的龙井茶里是不是也常常被别人放了味精的?味道如何?

以上举例,意在举一反三,类似的例子多得很。

用字用语总要注意通俗、准确和贴切,对使用处所的气氛和感情色彩,也绝不能忽视。一味乱搬名人,多半是东施效颦,就是偏要在好好的龙井茶里放几粒味精进去。这种文章多年来多得很,凡为此做的都绝对不是味道。

1987 年 6 月

四 天天如此"文化导向"，
如何对得起祖宗？

近因事在南方某特大城市小住数日，随即看到 1993 年 10 月 30 日出版的该市《每周广播电视报》。不期在该报的第三版上看到了一个离奇的竞猜题目，共六则，今录其中的三则如下：

"一、周润发来过几次上海滩？

A.一次　B.二次　C.三次

五、电视连续剧《上海滩》中阿力的扮演者是谁？

A.梁朝伟　B.梁家辉　C.吕良伟

六、万梓良至今一共拍摄过多少部电影？

A.90 部　B.100 部　C.110 部"

这里涉及的几个人，都是香港的电影演员。但我弄不懂：这算作什么样的知识或"文化"？我想，唯一的原因，就是这几位先生都是香港的演员。其实，这些事情即使在香港也根本成不了引人注意的题目（我多年未停止过翻阅港报）。出题者可以反驳说："你不喜欢'研究'这些问题,可是人家喜欢'研究'呀!"我是很赞成报刊上应该有点小知识、小趣味的,可是上述这些问题,却没有丝毫的小知识或小趣味存乎其中。我看,其中倒是有一个真正的"大趣味"在,这就是:香港的一切都是最最最吸引人的!这才是问题的真正实质。

列出这类题目的人,不过是在为自己作自画像罢了,我不相信有人会长久追随这样的引导的。问题的严重性在于不仅仅是这一个例子,而是在全国的不少报刊、电视上都充满这种类似的东西,可谓多得不可胜数。这算什么性质的文化呢,恐怕不是简单的消遣或娱乐吧!大家对此,天天看到,却不置一词,像话吗?

开放是为了使人变得更聪明,眼界更开阔,心胸也更必须随之更廓大;而绝不是为了使人变得更愚昧、更猥琐、更浅薄和更可笑。

当然,这也是一种"文化导向"——不过它要把青年导向什么地方去呢?为什么这种"文化导向"会日盛一日呢?为什么一天到晚到处抓"文化导向"的人,偏偏不觉得这种"文化导向"有什么问题呢?几年、几十年这样导下去,中国还像个什么样子?

（原载《瞭望》1993 年第 50 期）

五　影视奇观:惟缺常识

电视的任务之一,想来应该包括普及文化知识在内。但是,弄得不好,它也可能成为降低文化知识的一个重要因素,因为它天天叫人耳濡目染,大多跟着它叫,影响太大了。

我们现在的电视,后遗症之一是部分编导者、编辑或广播员的文化基础知识实在太不像话了,读错字、写别字、弄错最简单的事实的事情,几乎每天都可遇见多起。这现象十几年来是越来越严重,不见有什么改善,而且错误往往愈出愈奇,叫人绝望。

一天中午,我边吃饭边看电视,一打开就听见"法国东海岸"的话,而且是介绍地理知识的。法国有西海岸(包括西北)与南海岸,就是东面都是陆地,没有海岸。说句不好听的话,这是小学生都应当知道的。事实上我在上海遇见一个小学尚未毕业的女孩,她的世界地理常识就不知比这要高出多少倍。正在撰写此稿时,我起身去看了一下《潘玉良》第七集,一打开就是赫然一全幅大字幕:"1939年:南京陷落"。我不能不倒抽一口冷气! 中国人如果都照这样糊涂地活下去,难保不会有第二次的南京陷落（南京陷落于 1937 年）！

　　我每看一次电视，便要加重一次悲观情绪。我不晓得前途究竟会怎样。因为，十几年来我看到的是越错越滑边。1994 年夏看了个关于 1927 年上海工人第三次武装起义的电视剧，可能叫做"上海大风暴"之类。剧中恢复了很多历史真相，令人感激。其中有国民党的吴稚晖与居正二人代表国民党方面参加一些活动的镜头。我方则是陈独秀、周恩来。奇怪的是，不管陈独秀还是居正竟均称吴稚晖为"敬桓先生"，字幕上也是"敬桓"。我搞了好久弄不懂他们在说什么人，后来一下想通了，原来他们指的就是吴稚晖，不过错得太离谱了。吴稚晖的正名是"吴敬恒"，怎么一下全都误为"桓"了。而且旧时只能称别人的"字"或"号"，不能直呼人家的"名"，这个"名"就是族谱上的谱名，又叫"学名"或"官名"。直呼人家的正名是极大的污辱行为，完全可以使得对方立即翻脸。现在电影上是把"敬桓先生"作为敬称，这就把事情完全弄反了，这在华人观众中是要大闹笑话的。以这样特低的水平来编历史剧，谁还相信你半个字？

　　编导演员竟然毫不知道，中国历史上，长期以来，直呼对方之名便是一种辱骂，甚至是宣布敌对关系的常用方式。

1994 年

　　2009 年按：这类问题近十多年来是越来越厉害了。例如，多年来电视上一部白居易介绍内容很不错，可是屏幕上出现的、很专业的雄浑声音却是"风吹仙诀(袂)飘飘举",而且字幕上"袂"也错成了"诀"。前几年听某教授讲历史课,不到五分钟吧,读错了两个最普通的字,其中一个我记得很清楚,把"语言犀(音西)利"读作"语言迟利",这是中学生也不该读错的呀。附带说一句,我此文中所举的例子都应该是有录音存档的,如果是我造谣,我自应负法律诽谤罪,吃了官司还要登报道歉。

即是在十分重要的国际事务播发中,错字、错读也屡有发生,有个专讲东京审判的电视,好像连续放了几周,口播竟把首要战犯之一的板垣征四郎,读"垣"为"桓",字幕上也错为"桓"。上面这些,是全世界都已看到了的,人家早已录音存档了。说句不好听的话,这些都是中学生也不应该读错的。有一个重要的电影片更奇怪了,讲的故事大致是1927年武汉国民政府(时为正统)主席汪精卫,与新军阀领袖蒋介石二人,正在面商汪投靠蒋,国民政府迁南京的事。二人会谈时,汪称蒋为"介石先生",这是对的,因为"中正"是蒋的正名,那是不能用的;可是蒋却称汪精卫为"兆铭先生"这就大错特错了,因为"兆铭"是汪的正名,是他人所不能叫的,这说明编剧者一点也不知道中国当时的社会环境是怎样的,就大胆地乱写。

六　这两部电影是不是
　　巨细全抄呢？

　　近来从电视上看了两部中国电影，开始感到还不错，但一细看，渐觉不是味道，总觉得它们同两部大家所熟知的某两部外国电影太相似了。

　　一部是讲农村新故事的，好像叫《两厢情愿》。说的是一个青年寡妇，天性善良，勤劳能干，拖着一个几岁的儿子撑持着农事和养鸡业，境况相当红火；就是缺乏得力的男帮手，劳动力不够，感情上自然也感到无所寄托。邻近的一个远不如她的、在恋爱中一直受骗的男青年，受雇于这个青年寡妇，他劳动卖力，热爱主人的孩子。结果女主人采取了主动，拥抱成婚。我一面看，一部日本电影，写北海道发生的故事，大概叫做《远山的呼唤》什么的，不断地浮现在我的眼前：人物、情节、性格以至修圈棚、马和鸡分别染病，首先是孩子离不开这个"叔叔"等，一丝不变完全相同，只要把 A、B、C、D 换成赵、钱、孙、李的人和事就行了。不过，这部中国影片的某些细节还是不错的，有其长处，我并无全要否定它之意。但这电影比起《远山的呼唤》的场景与气势来，就差远了。

另一部电影好像是叫做《森林中的第一个女人》，是以解放前东北偏远地区的森林伐木生活为情景，根本上是描写旧社会在森林旁边安营扎寨的妓女生活的痛苦故事。这电影是用一个男性老年伐木工人向一个女青年采访人讲故事的倒叙方法表现的。一看这电影不知怎么的，日本电影《望乡》又浮现到了我的眼前，好像是在看《望乡》的中国版似的。背景是由南洋换成了中国黑龙江的森林海洋；日本的一个青年女记者换成了中国的一个不知为什么要去林区采访的女大学生；向女记者讲述故事的那个日本老南洋妓女，换成了中国的一个老嫖客，一个老伐木工人。这部电影就更简便，只要用甲、乙、丙、丁来代替《望乡》中的 A、B、C、D 的人和事就可以了。

还有一部电影好像叫《狩猎者》之类的名字，一个猎人在深山中两三天内打死了大概十七个日本官兵，可能有所本，但我觉得同苏联的《第四十一》又太不避嫌了。

当然，世界上的电影互相模仿和依样画葫芦的多得很，所谓匪警片、武打片，有哪一个是创造性的？谁也不去管它们有没有什么艺术创造性，从头到尾只要有打和杀便行。但是，真正高水平的艺术片和真正的名作，是不能这么干的。我并不反对一切的模仿和引进；我更不是说，外国的东西都不能参考，不能采用其中的一鳞一爪以至其中的某些部件。电影是一门国际性特别强的艺术，事事都要自己创新也办不到。我只是诚恳地希望我们的一切艺术创作，都要在"创作"二字上下点功夫，还要极力避免出现无意中受别人影响过深的近乎全模拟的现象,更要特别注意避免同别人作品过于雷同了。像上述的日本的两部名片,在电视上已放出过多次了,完全照抄,哪个观众看不出来?

《三国演义》上描写的曹操故事中的一个,是西蜀使者张松到许都来,看过曹操的兵书后便能背诵出来,从而夸称曹操的兵书不是创作,而是人所共知的东西,"西蜀小儿"类能道之云云。曹操一听之下,说莫非古人与我暗合否,一把火就把自己的兵书烧掉了。这只是一个很好的艺术故事,我们当然不一定要完全照这么办,但总是多少要有这么一点精神才好。32年前我写文章发挥过这个故事,题目叫做《从"孟德新书"失传说起》,这回再炒一次冷饭,实非得已。我不是特别爱好挑剔,而是爱之深所以责之严。对中国的文学艺术,如果没有一批严格的观众和批评家从严要求,而一味只担任鼓掌叫好的任务,质量如何能提高呢?

（原载《光明日报》1988 年 11 月 20 日）

七 为什么天天叫我们看恐龙、鳄鱼、毒蛇、蝎子呢？

　　我的印象中,不知有多少年了,至少二十多年了吧,电视上天天介绍的动物知识,集中介绍的是些什么东西呢？

　　最主要的是四大类,即:恐龙、鳄鱼、毒蛇、毒虫。当然,还介绍了其他一些东西,例如:狮、虎、狼、豹、象、熊等,但所有对这些东西的介绍,加起来恐怕还比不上上述四类东西中的任何一种多。尤其是毒蛇,那个人人害怕和厌恶的东西,更是天天连播,多台联台,数十年如一日。

　　介绍一些生物知识给儿童和一般观众,当然是很必要的,但不能一打开电视就是这些东西。这些东西当然也该介绍,是不是多得不成比例了呢？

　　先说恐龙吧。至今究竟有多少观众知道这些活恐龙全是科技产物,而不是现在实际存在的东西呢？ 至少这二十来年我家的家务女工,边远地区来的中年女性,往往以为现在的什么地方还存在这个东西,多可怕啊! 我怎么解释呢？ 说是根据现存"化石"科学地推演出来的东西呢？ 但是,什么叫"化石"呢？一下讲得清吗？何况我自己就说不清楚。因此，年年、月月、天天这么表演，不知造成了多少误解。至于鳄鱼、毒蛇、蝎子、蜈蚣这类东西，实在太叫人可怕了，一天到晚叫小孩、老年人去看，恐怖不恐怖呢？蝎子、蜈蚣究竟在动物学上应该属于何种分类，我怕开口就错，先翻了一下《辞海》，那上面对蜈蚣只说是"多足纲，蜈蚣科"，蝎子是"蛛形纲，钳蝎科"，我也不知是什么意思。总之，这些东西都是太怕人了。说到"蝎"，1942 年夏天，我在晋西北兴县一农村中腰部被"蜇"了一下，痛得叫我直发跳，一直痛到"文革"中期种水田以后才慢慢不觉得了，整整痛了 30 年。我并不是因为这一刺痛达 30 年之久而写此文，而是这些东西实在没有那么重要，把它们作为几十年经常播出的东西，有什么意思呢？而且有半个中国是不大有这个东西的。

其实，在城市中，人们对于马、牛、羊、骆驼等，才是最缺乏了解的。"文革"中，我看见一个邻居小孩在房屋附近（我住在上海徐汇区小木桥路外，房后就是菜地），久看一人家弄了两三只小猪、小羊来养着，十分奇怪。这小孩十二三岁了，视此为奇物，前所未见，好奇地要看下去。我一问，才知道这是他生下地来第一次看到这些东西！现在这现象当然更突出了，大城市的小孩，十几岁了，除了见过遍地的各种玩狗之外，他们哪里见过马牛羊、鸡犬豕呢？

所以，要介绍动物，何不也介绍一些这类动物知识呢？我这里只是举一个例子。我以为要多介绍一点适用的科学知识，而不是过于集中地去介绍一些奇奇怪怪的东西。

类似的东西还不少。例如,不知多少次了,有不少人在演示如何重现历史上的悬棺葬。这精神实在值得佩服。但似乎也有个大问题:他们所用的那么一大批工具器材和交通工具,在当时都没有。又如,有人老是想制成木质飞机,坚持多年,电视上也曾多次报道。还有,有的人在农村中试验穿重鞋走步,最后发展到似乎一脚可拖动一只好几十斤重的石鞋几步了。这些,我都在电视上见过无数次。恩格斯好像在《社会主义从空想到科学的发展》一书的序言中说过,欧洲的启蒙思想时代,人们用科学的思想来代替了"中世纪的蛮勇"。我们也要十分注意,不要在21世纪还去津津乐道不断地去宣传"中世纪的'蛮勇'"。有人批评说,你说要注意"中世纪的蛮勇",我说那就是伟大的科学实验,那我也只好承认是在压抑新生事物了。

八 "科学知识"怎么天天讲
反科学呢？

　　电视台介绍一些科学知识，当然是非常必要的。几十年来也在这么做。但我不知道科学家与科普协会注意到没有，电视台介绍的科普知识是不是都对，或者有时候正好相反，介绍的东西是十分反科学的。我这里举一个几十年一贯制的大错而特错的例子，就是关于介绍生物进化的问题。无论是在介绍生物进化学说，或某种生物之具有某种外形、颜色、结构、功能等等时，都说是那个动物"为了""达到"何种"目的"，就会渐渐地发展变化成它所需要的那个构造与功能了。几十年来我在电视上听到的，都是这么说的。或者也有例外，不过我没有听到过。其实，这是极端反科学的生物进化论的，极端反生物进化史实和原因的。所以这些"科学"解释，都正是被达尔文的进化学说所推翻了的、反科学的主要代表学说"目的论"。这个理论，有一个先决条件，即：一切生物的进化，都是有意识、有计划、有目的在进行着的。其实，生物的进化不是有意识、有计划、有目的的，它们不是"为了"要达到什么"目的"而在有计划地进化着的。这种关于生物进化的"目的论"的解释,是完全说不通的。哪一样生物天天在那里为自己选定什么"目的"而应该如何"进化"呢?这是没有的事。达尔文的科学"进化论",正是在推翻了种种不科学的进化理论,特别是其中最通俗、最具有诱惑力的"目的论"之后才能建立起来的。目的论不是科学,是笑话:每只蝴蝶、每条毛毛虫天天都在那里考虑:我应该怎样"进化"才对我有利呢?至于达尔文之前的各种进化学说,包括目的论,虽然不正确,但它们也是很进步的,因为它们都是反对神学的,反对一切都是上帝创造并定了型的。至于今天又有人提出达尔文是反科学的问题,那是十分专业的大问题,我不懂,但"目的论"是恢复不了的。

可是,直到今天,我们电视台在讲述有关生物进化时,还是这么一些东西。这就有点滑稽了。

进化论是一个深奥的问题,不是几句话能说得清的。但它又不是一个很深奥的问题,因为高中的生物学,甚至初中的生物学上,都是大体上讲明白了这个问题的(我说的是解放前十几二十年的时候)。现在的大学生物系一年级的学生,当然完全懂得这个道理,更不用说生物学家了。他们为什么几十年没有一个人出来说话呢?我看唯一的原因就是与你们缠不清,随你去胡说。他们的力量远没有电视台的力量大。

电视台几十年来这么传播,有的可能是确实不知道这个问题;但我以为,有的人似乎是明知其错而仍然这么讲。因为这么讲通俗,容易合乎常人心理。至于科学不科学,是否在传播谬论,那就不管它了。

　　我不知道我们的生物学家们,对此事为何毫不表态,估计是,随你说吧,反正我们正式的生物学教学与研究是丝毫不管你们在胡说些什么的。科学家们如果要管这类事,那就忙不胜忙了。但是,如果有一个生物学家出来做一点纠谬工作,写一篇文章在《人民日报》上登一登,也还是会有大效果的。1958年全国大打麻雀,打得昏天黑地时,不是郑作新教授在《人民日报》上一篇文章就解决问题了吗?

　　以上是举一个例子,但就只有这一件事吗?

2012 年 3 月

九　优生学等于"名利学"吗？

　　近读到有关吾乡的一则新闻,是有关"优生学"问题的,有点令人不解。据该项解释,已经不是什么优生学,而是纯粹的名利学了。该新闻是一家外国通讯社埃菲社去年6月15日自北京发出的。内容讲的是四川某地一医院开办人工授精业务的事情。电讯说(6月26日《参考消息》),"每八对中国夫妇就有一对存在着生育问题"。想来意指长期不育的问题。于是乎世界上有了人工授精之术,这当然是一个科学进步。医生们采精的对象应当选什么人？当然应该是身体完全健康而又行为正常的男性才对。换言之,即是生理健康状况第一,医学标准第一。至于捐精者的贫富、社会地位以至于是否名人之类似乎不应在考虑之列。即使要"查三代",查及家族史,那也只能是健康方面有无遗传性疾病问题之类。所谓"龙生龙,凤生凤,老鼠生儿会打洞"之说是反科学的,因为这里的龙凤、老鼠问题指的是富贵贫贱问题,而非科学遗传学问题。这同西方传来的科学遗传学完全无关。

　　有时候确是有些巧事的。例如,奥地利的施特劳斯父子,都是著名的音乐家,小施特劳斯作了著名的《蓝色的多瑙河》,比父亲的名声更大,但这是后天努力的结果,不是遗传的结果。美国前总统布什之子小布什,现任得克萨斯州长,近已出为共和党总统竞选人,其人声望比另一竞选人现任副总统戈尔还高一些。中国清代出了王念孙、王引之父子两个极著名的音韵训诂学家(江苏高邮王氏),也是儿子更出名。近现代则出现过谭鑫培、谭小培、谭富英、谭元寿四代(一说五代)极著名的京剧演员;当然,最著名的还是梁启超,第二代即出了梁思永、梁思成等大名家。这些,在中国历史上各行各业中都是极罕见的。

但相反的情况却遍地都是。例如,英国前首相撒切尔夫人之子,曾在日本做服装模特儿,议会有人起而责难,撒切尔夫人回答说,服装模特是正当职业,这并无损于英国的声誉。美国总统里根之子排队领失业救济金,后来做点小生意,压根儿与官场无涉。中国古代刘备的儿子阿斗,是著名的犬子。孙中山的儿子孙科也长期被人视为阿斗。斯大林之子华西里·斯大林,上天飞过几次即成了空军中将,但完全是一个纨绔子弟,只知吃喝玩乐,连他的亲妹妹斯薇特兰娜也看不起他。类此事实可谓多不胜举。

可是埃菲社报道的这条新闻,说,"四川省的一家医院,决定通过建立一个精选、高质量的精子库……作为人工授精的资源。""电影明星、企业家、知名作家、记者和歌星都将成为(精子的)捐献者。"而且用他们的精子授精,价钱特别昂贵,据该消息说,"在价格方面,将比普通人工授精的三万元高得多"。这真有点叫人哭笑不得。这不像是合乎科学原理的东西,而是特异功能、麻衣神相一类的东西。从生物遗传学或医学上说,有什么根据能够证明这些人的精子比其他人高明呢? 证明不了吧! 而且其中有些人的坏德性最好不要遗传,遗传给他自己的子女已经不好,遗传给他人的子女恐怕就更不应该了。当然,这些也属废话,因为后天获得的"性"本来是不能遗传的。

如果消息报道的这种措施是真的,那就有些可怕了。可怕在崇尚虚荣、崇尚拜金的思想已经深深地侵入到一部分科学工作者的头脑中了,其深入的程度已经使有些科学工作者公开放弃科学,而只是在向钱看齐了。

(注:此文内提及美国小布什总统竞选事,似应发生于 20 世纪末。发表报刊漏记)

十 "圣人弗禁",你何必禁?

——对《"性感"变香了》一文质疑

新收到一批今年春的《杂文报》,在今年(1996 年)1 月 6 日的第一版显著地位上有一篇蒲继刚先生作的超短文,题作《"性感"变香了》,题目十分引人注意,因为我从来没有把"性感"理解成为生来就是"臭"的。引用几句如下:

> 我不得不担心,以为如"黑社会老大"、"流氓"、"恶棍"等贬义词,是否也会像"性感"、"婚外恋"一样成为褒义词? 实在说不准。

> 一个社会,不管怎么变,它的基本道德标准不能变,否则,一切都将糟糕不堪。

对这两段话,用港式文章的习用语,就叫做"可圈可点"! 要反驳这些意见,本应由女性或青年男性来做才是,现在由我这个 80 衰翁来理论,说明中国的事情往往古怪得太出奇。

我以为,性感,无论如何也变不成贬义词,它只能是中性词或褒义词,再过一万年也不会同流氓、恶棍这些词等同的。性感,是男女都有的,它的内涵即男女双方都会为对方的性的魅力所吸引。若并此而无之，那人类便要绝种，用不着美、俄那几万颗原子弹来帮忙了。这是一切有两性分别的所有动物的天性，实在"恶"不到哪里去。孟子就说过，"食色性也"。食色并列，可见这"色"字不专指女性，而是并指男女双方互需之意，看来两千多年前的孟子，反倒是比较开明的。

人类两性之不同，外表上就有种种特征，遂使一方对另一方产生性感（基本动因当然是内在条件的不同）。在西方就把男女的性感都看得很高贵，素不以神秘视之，更不以下流视之，此为人所共知者。从两千几百年以前的希腊起，他们就把男女两性的健康、雄健和温柔、妩媚的男女躯体视为神圣，作为雕刻的主要对象，男性将生殖器也全部刻出，女性则偶于下部略有掩饰，仍为全裸。到了14世纪文艺复兴开始以后，无论油画、雕塑，男女裸像更为发展，往往对女性的下部也不掩饰了，有时画一片树叶花瓣之类略予掩饰，我看这还多半是出于美的要求而做的，并非出于什么不洁或羞耻的心理。这类大型雕塑，惟妙惟肖，立于通衢广场以至家庭室内。于是，充满真实感的男女躯体形象，从儿时起即为每日可见之事物。因此，充满了性感美的男女躯体形象，也就成了他们崇拜赞美的对象。要知道，性感同性挑逗根本不是一回事，这点也是很容易明白的，如把它们混为一谈，便会产生各种奇论。

实际上，第二次世界大战后，性感一词确多用于女性身上，这是电影制造出来的。但女性之间，也同样并不隐讳谈论男人的性感问题。不管是从哪一方面谈的性感，都认为是正面的、值得羡慕的东西。因此,对女性当面赞美她美丽或性感,都算恭维话,女方一般得说声"谢谢",虽为应付,但不如此就会显得不礼貌或不大方。

有的论者会说,我反对的性感,是指不要过多"暴露",不要太突出女性的特点,中国人更不能穿背心、短裤、半露胸之类。持这种说法的头脑恐怕也太冬烘了点,太过时了一点。女性希望隆胸,这是天经地义,这是女性美,也即女性性感最突出的特点。若因此而忌讳之,甚至丑诋之,你还有什么尊重女性和男女平等的观念呢? 西方女性自第二次世界大战后不久起即开始流行所谓三点式泳衣,中国今在特定场合的某些地方已可以实行三点式了。那里经济并未垮台,道德也未崩溃。反之,在"二战"前及"二战"期间,限制女性"暴露"最严的是希特勒德国和日本军国主义,他们认为这可能会不利于他们的战争小机器(士兵),——士兵只要专心嗜杀就行了,千万不要拿别的情绪去影响他。以中国而论,唐朝时,贵族或上层妇女,胸的上部可以露出一小方块皮肤(我见过西安唐帝室陵墓墓道壁画,有多处实物可证),国势是兴隆的;宋以后绝对禁止类似的事情,对女性的捆绑日益加紧,国势却日益衰败。在我十一二岁时(即本世纪 30 年代初时),我在内地一大省大县内,其时与我年龄相当的本家亲族及其他女孩,都相当普遍地还在束胸,这是多么残忍的行为! 因为这时女孩胸部开始发育,若任其隆起,就是说开始有了点"性感",那便是可羞,甚至是难于见人的了,家长就负有替她们束胸的责任。将心比心,试想想,有谁愿意他的妻女姐妹是平胸的呢?

既然这样,性感有什么可怕呢? 有些人一谈到女性,假道学就来了,真可笑,也可怕(甚至还多年被假的共产主义道德说教所误导,认为是在坚持共产主义的道德标准了——其实,多年来我们是把一切最严格的禁欲论作为共产主义的说教来坚持了,从而完全把人弄糊涂了)。

我看中国妇女的解放,一定要包括身体的解放在内,无可非议。缠足取消了,束胸大概也全取消了,性感美现在还很少表现,责备就多得很了。我看这些责备都是不对的。女性要健美,就不能不包括性感的成分在内,这是一点也不应该反对的。男性也是一样,何必奇怪呢? 鲁迅就说过这个意思的话:哪个瘦弱不堪的男女,敢于露出自己的躯体呢?

写到这里,我想起了古人的一句话,这是西汉时司马迁的外孙杨恽说的。杨曾当过不小的官,因故被免。免官后他的一篇答友人书,即《杨恽报孙会宗书》,硬被认为是对皇帝发了牢骚,就把杨恽腰斩了——谁说文字狱仅仅是清代雍正、乾隆皇帝的发明? 杨恽的信,文字算不上怎么佳妙,只是他在信中有"酒后耳热,仰天拊缶,而呼乌乌",三短句出名了两千多年。但这信中,我以为更重要的是他的两句极其精彩的政治格言,这就是:"夫人情所不能止者,圣人弗禁。"

我看我们对女性的健美表现还是做个"圣人"为好,对其他一切政治措施,我以为也应当特别多地考虑这两句话。可惜过去几十年,我们反其道而行之的事情太多了,例如,老百姓希望生活过得好一点,这应该是属于"圣人弗禁"的范围吧,但我们却长期说,不行,那要变色变修!历史教训也太严重了,还是多多体会一下两千多年前杨恽的这两句话吧!

(原载《南方周末》1996 年 7 月 17 日)

十一 "阴谋文学"的老祖宗是《列宁在1918》

阴谋文学的发明权,其实不在中国,"四人帮"不过是加以继承和发展罢了。它来源于某个国家疯狂地消灭他们的领导人和干部的时候。该国有个电影叫《列宁在1918》,编剧者相当有名,他好像还编过《难忘的……年》一类电影。前者是阴谋文学,后者是专为树立个人迷信服务的,即"宗教文学"。《列宁在1918》中塑造的列宁的警卫负责人华西里和克里姆林宫警卫长某人是很成功的。但这部电影有个极大的问题,就是伪造历史。它把1918年社会革命党左派企图在莫斯科暴动,攻占克里姆林宫杀害列宁的全部阴谋活动(这是老说法,据说也全是伪造),都说成是布哈林在帝国主义外交使团的命令下直接指挥的。尤其可笑的是,布哈林竟亲自跑到门口来指挥列宁的警卫长故意把汽车开错方向,从而才使列宁终于在工厂讲演时被刺受伤的。这样,布哈林又是列宁被刺的总后台兼前台细节的直接指挥者了。布哈林是个什么人,理论家、思想家、评论家兼有一点书呆子气的一个大书生而已,他会是一个主管"行动"的小特务？你说可笑不可笑？可是电影上却有个大漏洞,列宁的警卫长并未死,按理,一小时以后布哈林的"反革命"行为就会被揭穿的。可是没有。这样一来,华西里岂不就成了布哈林的同谋犯了吗？扯谎的人都是这样顾前不顾后的,往往是自己揭露自己:你看我多么会自我矛盾地造谣啊！枪杀布哈林的时候,连那个奉旨专制造冤案的维辛斯基大人也没有这么大的想象力,起诉书中全是毫无证据的空罪名,但作家却驰骋其丰富的想象力,编出如此形象化的离奇荒唐的"山海经"来,难道能把原因一概推给客观,作家就不是风派大王吗？布哈林20年代中期是俄共中央的核心领导人之一,在打倒托洛茨基、季诺维也夫、加米涅夫之后,他已是只次于斯大林的联共中央领导的核心人物,自1926年起又是共产国际表面上的主要负责人,照这个电影所说,布哈林不仅是个特大的老间谍,而且又是亲自"赤膊上阵"(借用"文革"常用语一次)指挥华西里如何开错车的人。剧情如此可耻又可笑,还有什么话好说呢？这部电影是在1938年春布哈林被杀害以后赶制出来宣传这个宣判的"正义性"的,除了荒唐与可耻外还有什么呢？可是多年来我们却把它当成"路线斗争"的教科书,时不时要把它搬出来作为内部大镇压时制造舆论的工具。1956年在文化部党组会议论赫鲁晓夫的秘密报告时,我以列席身份在发言中又提到这部影片的虚伪性,当即被一位办公厅负责人蒋某严加训斥。但会议主持人钱俊瑞同志却非常认真地听,不但没有责备我,反而几次叫那位同志不要激动。俊瑞前辈已去世几年了,有些事我至今还怀念他。

现在布哈林的所谓反革命间谍罪已被苏联党和政府正式公开平反了,这部电影在中国该可以不再被视为神圣了吧? 但远非如此,苏联三十多年来的一切书刊已未再说过一次布哈林是反革命了,或者采取避而不谈的办法,连他们50年代初的《简明哲学辞典》也避开了"布哈林"这一条。照道理是不该避开的,因为列宁正式批评过布哈林不是真正的辩证法者,引用起来岂不很有利吗? 为什么要避开呢? 因为在同一文件中列宁还说过布哈林是"全党最喜爱的人",而且更严厉得多地批评了斯大林,并正式向党代表大会建议不要选斯大林当总书记(以上全非机密,中文版《列宁全集》60年代本早已全载此文)。

所以,我说"阴谋文学"的发明者是"老大哥",它是为滥杀无辜的大镇压唱赞歌的"歌罪文学"(这里不存在"三七开"问题,全杀错了,作家西蒙诺夫公开的回忆录,已经揭露在肃反扩大化时苏联红军军级以上干部全部被捕,团级以上干部尤其是政委大部被捕),那些全是大谎言。醒来吧,中国人,不要再去维护那些他们自己也非粉碎不可的谰言了!

(原载《羊城晚报》1988年3月22日)

(作者按:这位电影剧作家也是被骗的。它的电影是布哈林被杀害后的急就章。他于1942年被捕,1956年3月苏共二十大后立即出狱。因他是斯大林女儿热恋的人,被囚14年也仅为这一原因。是蓝英年先生的长子。)

十二 高天降下姚文元

　　《文汇读书周报》今年 8 月 15 日显著地摘登了徐铸成老人回忆录的一段,题名《徐铸成当"右派"的前后》。我只想对"文革"的十年之前,当谁也不知道姚文元为何人的时候,毛泽东即对众人大夸姚文元一事做点补充,此事比较重要,全国现已只有三人知道了。"文革"前一年的 1965 年,一个名叫姚文元的,发表了一篇《评新编历史剧〈海瑞罢官〉》,一时震动全国,口气之大过于天雷,但无人知此大文豪是何方神圣,互相询问,均无人知道。我却暗暗叫道:不好了,不好了。因为我还在"文革"前的九年,即 1957 年 3 月间,就亲耳听见过毛泽东在少数新闻出版界人士面前大夸特夸姚文元。而姚文元是谁,当时的听者全都莫名其妙,无不吃惊!

　　徐铸老在文章中说,他在北京参加 1957 年 3 月的全国宣传工作会议时期,上海代表团的各组集中汇报时,他曾对当时担任上海代表团记录的姚文元单独讲过一段话:"我传达完后,还低头轻声对他(指姚文元——引者注)说:'毛主席提到你,说你的杂文比李希凡、王蒙写的较少片面性呢! ……'"
其实这是那天接见中一项意外的重要内容,并非偶然一二句。
照这记述的情况,那次接见我也是参加了的(北京出版界参
加的是人民文学出版社的王任叔和我二人)。我印象极深也
极为奇怪的是:毛泽东在那天下午的谈话中,除鲁迅外,似并
没有提及中国古今的任何一位学者文人的名字,但却反复赞
美了姚文元一个人,而在座的北京及外地同志却从未听说过
此人,中国突然出了一个大文豪,无不十分惊讶。毛泽东的原
话比徐铸老写的要多得多,说姚文元的文章写得好,还问大家
看过没有,说是在《解放日报》上,劝大家回去要多看看《解放
日报》等。当时似乎只有赵超构一人回应了一句:"看过,看
过",其余也未有什么反应。徐铸老回忆录中写出的只是很
小部分内容。

　　这件事是发生在1966年"文革"前的10年,1957年反右
派前3个月的事。那时,普天之下谁知道有个什么姚文元呢?
当时给我的印象就是,最高方面已认为海内文豪已只有此公
了,但这人叫什么名字我听不清楚。散会走出门,我向黄洛
峰、金灿然二同志打问:刚才毛主席夸奖的那人叫什么,你们
知道不? 二位面色难看,未作答。我正感奇怪,这时王任叔对
着我的耳朵说:"姚蓬子的儿子,姚文元,姚棍子!"但是我只
记得前半句,"姚文元"三字还是没听懂。1960年到上海后,
才逐渐弄清楚这人的底细。

　　想不到,毛泽东此次谈话的9年以后,1965年,忽然发表
了姚文元的《评新编历史剧〈海瑞罢官〉》长文,我暗暗叫苦不

选:来了,来了,秘密武器终于射出来了!这颗原子弹式的东西,来头会小吗?以后我就始终避开了参加姚文元文章的学习会,在"文革"中也始终避开了此文,从没有"学习"过(我也至今未读过此文),以减少碰在地雷上的危险。躲避的办法是,只要到时我自己找个重劳动如掏粪、清洗大厕所之类来干,说是任务,就可以避开了。所以,姚文元并不是一个突然升起的明星,全国都不知道这是个久藏的秘密武器。这话能乱说吗?当时的速记记录肯定还在。另外,当时任《山西日报》社长的吴象那天也参加过这次会,我们前几年当面查对过的。

(原载《文汇读书周报》1998 年 9 月 8 日)

(注:此文较初发表时改写较多,因现在的中青年读者看了报上文字后,表示看不大懂,我便改写了。)

十三　向撒切尔夫人问一声好

　　这位并不很老的 78 岁的前英国女首相,下台已 14 年,现在孤苦伶仃,穷困潦倒,丈夫已于 2003 年 6 月去世,一个女儿是新闻工作者。看来这位首相千金也是无权无位、无钱无势的一介平民,有点像个无产阶级的样子,连母亲似乎也照顾不了了。

　　英国上世纪 70 年代末至 90 年代初,当了 10 多年首相的撒切尔夫人,在中国是特别以"铁娘子"著称的。据我的理解,中国人对这个绰号有褒贬二义,但似乎以褒义为主。褒义主要是说她敢作敢当,大胆刚毅,行事果断,是一个女中豪杰。贬义自然也有,主要例子似乎是为了马尔维纳斯群岛问题。撒切尔夫人 1979 年上台,1982 年即出动大量海空军,硬从阿根廷手中夺回了这个群岛。这个群岛当时被阿根廷武装占领了。但这个群岛本来是阿根廷的。1883 年,英国在占领香港的 41 年之后,又去占领了阿根廷的这个群岛。至于中国人对撒切尔夫人之有点好感,是很容易理解的。因为不管怎么说,是撒切尔夫人亲到北京将香港的一切主权交归中国的,这就是中英两国政府在 1984 年发表的中英联合声明。中国人自然会对她有些好感。

为了寻找一点撒切尔夫人的生平，我翻了好几本书，才算知道了一点概略。现在撒切尔夫人的晚景已是很令人同情了。据英国《星期日泰晤士报》2003 年 8 月 3 日的专文记载，撒切尔夫人的现状不大妙。上述文章说，撒切尔夫人"早已被人抛弃和遗忘"，2002 年 10 月 77 岁生日时，她总共只收到 4 张贺卡。她"现在面容消瘦，不成样子。她的身体和经济状况使她女儿忧心忡忡"。这情况确实够凄凉的。不过，英国的社会保障制度相当健全，看来，撒切尔夫人再穷也穷不到哪里去。

看到这种情况，我们的有些东方文化优于西方文化论者，于此振振有词了：西方文化太无情了，还是我们东方文化好。

我的感觉则有点相反，我反而要赞美这正是西方文化的优点：这里没有前资本主义的特权，管你当了什么三任首相，下台之后，你就是一介平民，什么特权也没有了，穷愁潦倒的滋味，你也照样有份。对不起，大家尝尝吧，看你们当权者还敢不敢轻视社会保障制度！

我以为，这才是他们真正的优点和国家力量所在之处，是他们伟大和成功之处，是他们不会自行腐烂的保证，也是他们还会对人类作出重大贡献的保证。现在东方已有个别国家初步形成了这个趋势，例如，韩国总统金大中，是几十年来全国的大名人，在任期间，两个儿子都因经济丑闻被判了刑，但媒体始终未涉及金大中本人一字，可见已有点民主法治的味道了。

下台后就同老百姓差不多,这不是很好吗? 有什么堕落腐化以至于即将自行灭亡的样子呢? 报载,伊拉克萨达姆长子乌代手下一名专管乌代的性奴隶的侍卫官已被捕,证实确有一批性奴隶的这种奇事。

伊拉克的萨达姆的招牌是社会主义,他的法西斯党名叫复兴社会党。这种残酷腐败的制度,是东方的,又是"社会主义"的招牌,其腐败残暴的程度超出人们的想象。

叫它什么东西好呢? 在这类国家里,只有两种"文化",一是歌颂文化,一是告密文化。报载,全伊拉克专以画萨达姆像为生的人竟有 3000 人之多。这不是对文化艺术的讽刺吗?

其实,有些西方国家的第一流大官下台后,同撒切尔夫人处境差不多的有的是。不久前,看到一则消息,说德国现任总理社民党的施罗德,星期天全家出游时,是摄影家抢拍的一道风景线。因为总理假期出游,不能用公务车,这位总理就驾着他家的一辆普通旧车带领全家出游。这位总理几次离婚,也确实穷,不是装的。但是国家规定的几辆漂亮的警卫车却又非把这位总理团团围住不可。责有所归,总理也奈何他们不得。于是乎,摄影记者就得其所哉了。

像撒切尔、施罗德这类事,你可不要去可怜人家了。美国前任总统里根的儿子长期靠领救济金生活,上述德国施罗德总理的弟弟报载现在也在领救济金。这是人家真正体面的事,绝不是人家的丑事! 中国有些报纸动不动就去讽刺人家的这类事,真叫人哭笑不得。

官肥民必瘦,官瘦民必肥。以此看世界,大概是不会错的。刚果(金)的蒙博托总统、菲律宾的马科斯总统及夫人、印度尼西亚的苏哈托总统,掠夺国家的数十亿至数百亿美元,这种政治不推翻,人民怎么能活得下去呢?

（注：此文发表时间应在 2003 年以后一二年）

十四 总统顾问与保育员女工
是可以轮着做

　　美国总统身边的"顾问",这个官职究竟有多大,我不清楚但看来有时候又比部长还重要似的。他们的任务是在总统身边备咨询,预机密,虽然没有他们自己的大衙门,但却时时要在总统旁边不远,工作才方便。前两天(2003 年 12 月 14 日),伊拉克前总统萨达姆被俘,外电讲得清清楚楚,是小布什总统的安全顾问赖斯女士于 14 日凌晨 5 时电话叫醒总统报告的。

　　这个总统顾问或助理究竟有多大、多重要,看来恐怕也有点因人而异。现在的赖斯女士就常常走出前台,抛头露面,显出了她的重要性。据美国新闻:1972 年美总统尼克松访华的情况,只有尼克松与安全事务助理基辛格二人才全盘清楚。所以,这位基辛格先生当时的风头之健,似乎在政府一切部长之上了。这类顾问或助理中之最出名者,恐怕没有超过"二战"时罗斯福总统的私人秘书霍普金斯的了,此人代表罗斯福飞来飞去,与丘吉尔、斯大林进行过多次极重要的谈判,参加过全部罗、丘、斯会议，甚至负责战时军火的一些分配工作，在"二战"中应该说他的功劳是很大的。他身体衰弱，疲于奔命，战后第二年即1946年就去世了，死时才五十多岁。战时他恐怕是罗斯福手下的第一红人了。但战时他在政府中的职位与编制是什么，不大清楚，似乎只是法定的总统办公机构的一员罢了。全世界都只知道他是罗斯福的秘书。

现在要说的是一个不大著名的、小布什总统于前年上台后的一个女顾问，名叫卡伦·休斯。这位女士做的什么顾问，不清楚。据美国《财富》双周刊近日报道（2003年10月13日），这位女顾问现在已不任此职，到外地去当一名保育院女工了（《参考消息》2003年10月15日）。看来是总统解聘的，离官后，她也难过了一个时期。报道说，这位卡伦·休斯女士最近发表谈话说："以前我的生活中除了持续的工作外，没有别的事。但现在不同了。离开华盛顿让我痛苦了好几周。但我现在在一所教会学校给两岁大的孩子们当老师，要经常把孩子们抱来抱去……现在我对自己的生活的控制权比以前大得多——这正是权力的终结形式。"简直像个平民思想家在说话了。

这位前总统女顾问或者叫助理，或叫秘书实在是旷达之至，把人生哲理讲透了：人不是为了当官而生，如果做到自己能够控制自己，自己能够养活自己，自己是一个具有独立人格的人，那才是最可贵的，才具有最高的人生价值，甚至说这才是达到了人生的"权力终结形式"。这句话有点玄，原意是否真正如此也待考，但它能代表一种平常而又高尚的人生哲理。

它比"万般皆下品,唯有做官高"这样特别的思想,不知要高尚多少倍。多少年来,中国形成了一个牢不可破的"官本位"制,一切荣辱富贵,均以是否有官及官职的大小而定。一个总统女顾问、女助理或女秘书下来,就去做幼儿园阿姨,这在中国恐怕百年之后也办不到。因为这不但为社会风气不允许,制度也不允许。即使有些人的官职未能达到终身制,但其官职待遇则是铁定终身制的。像卡伦·休斯女士这样的总统顾问,可能没有多大直接发号施令的大权,但职位似乎很高,荣誉则是更高的。一天到晚要在总统附近,备咨询、预机密,不重要也重要了。但幼儿园阿姨,在美国,即使很优待,恐怕也不会有多富吧,但她却说她达到了"权力的终结形式"。我们绝不应嘲笑她是阿Q精神或酸葡萄心理,不,这是文明社会中文明人才能讲出的文明话。陶渊明说过"不为五斗米折腰"的名言,为此而受到后人无比的尊敬。但陶是说彭泽令这样的县令,官不太大(但也不太小),一天到晚要迎送权贵长官,为此折腰值不得。他这还没有真正反对唯官为贵的思想,是说小官值不得做。李白说,"安能折腰事权贵,使我不得开心颜",是求官不得志后,因自己经济条件很好,这才有条件过"痛饮狂歌空度日,飞扬跋扈为谁雄"的云游四方的生活,这也不含有平等看待平民生活的近代思想。苏轼诗云,"但愿生儿愚且鲁,无灾无难到公卿",则一看就是讽世愤激之语。苏轼的这两句打油诗,在非民主社会中倒会永存的,因为事实正如他所言,在那样的社会里,实行的就是那样的制度。罗马尼亚的齐奥塞斯库是如此,印度尼西亚的苏哈托是如此,伊拉克的萨达姆也是如此。

回头再说"官本位"社会几句话。这东西是社会、人心、道德、民风的最大的腐蚀剂。久而久之,老百姓向往的就是:"唯官唯大,唯民则之"。通俗地说就是"万般皆下品,唯有做官高"。或"从此天下父母心,儿女但求有官做"。真是到了"官不在高,有官则名"的地步。

如今社会之异常,看一事就可以窥其一斑了。近若干年报上天天有很多私家讣告,死者如是无官职的,但讣文上往往要声明死者生前是"相当于科级""相当于副处级""相当于副局级"待遇之类,令人喷饭。不仅如此,公家对此似更认真,如果名义上是什么副部长,但括弧内还得注明"正部长级"。其可笑程度又超过民间了。这种事在外国不知有没有,我无此常识。即使临时有此类加衔,恐怕也是临时不得已的外交性的"加衔"而已,公事一毕,即行取消。哪像中土之神圣不可侵犯呢?

老百姓云,"龙生龙,凤生凤,老鼠生儿会打洞"。那是往事了,往事了。中国距现代化还有多远呢?看来还远得很。如果中国也出现了卡伦·休斯女士这类现象,出现了前美国总统里根在位时儿子也排队去领失业救济金这类现象时,中国的现代化就有些眉目了。最发达国家大亨们现在多已富不过二世,三世就全平民化了。不彻底消灭某种权贵终身制、世袭制,中国就永远现代化不了。

(本文原载《随笔》2004年第2期。文字啰嗦,
此次集选时,有删节)

十五 "管好身边人"

——这是批评还是献媚？

近年来,我看到一些文章,怪头怪脑的,叫做"管好身边人"。这身边人是指配偶、子女和秘书、司机等。长时间以来,我对这个提法十分惊奇,正像号召共产党领导人要"廉政"一样,对此我也一直同样感到有点哭笑不得。这提法的前提是:首长必然一清如水,出了点什么问题,肯定是"身边人"干的。这是最新式的"舆论监督",恐应不属于"与时俱进"。何谓"廉政"? 不就是不贪污、不敲竹杠、不营私舞弊吗? 就是说,不要做贪官污吏吗? 这算什么标准呢! 共产党员的标准,是为了人民的利益和全人类的解放,不惜牺牲自己的生命。而不贪污、不盗窃(不好听吧? 其实,廉政的意思就是如此,即只收俸禄以内的收入),这实实在在只是任何一个普通人起码的做人标准。它同要求活着的人要学会吃饭一样。

"管好身边人",开始我也觉得同样可笑,共产党员要管好一个国、一个部、一个省、一个所、一个局、一个县、一个公司……他要禁绝所辖范围内的一切贪污舞弊,怎么连"身边人"也管不好呢? 不说马克思主义,就是儒家的理想也是修身、齐家、治国、平天下,其实就是修身齐家、治国平天下两事。连"齐家"都办不到的人,"修身"未必会好到哪里去。因为修身不能不包括齐家在内。根本上是这个提法就十分令人惊异。

现在大家也在谈悬鱼太守的故事,我也来凑个热闹,说说"身无长物"的故事(长,去声,读如丈;长物,多余的东西)。这是东晋时期一个高官王恭的故事。有一次他从会稽(今浙江绍兴一带)回到京师建业(今南京市),他的叔父王忱支看他,一屁股坐在竹席(竹垫?)上,好不舒服! 于是叔叔对侄儿说,你从那边来,这东西不稀奇,送给我一件吧! 王恭即命人将此席送去,自己就只好坐在草垫上了。后此事被叔父得知,便对侄儿说:"'吾本谓卿多,故求耳'。对曰:'丈人不悉恭,恭作人无长物'。"(《晋书·王忱传》及《世说新语》均载有此事,《世说》先出,且较生动,此处引《世说》文字)这就留下了"身无长物"这么一句光照千秋的美谈。一个"身无长物"的旧时的高官,与贪污腐化、腰缠万贯、车马成群、外室成行的"共产党员"的大中小官员比起来,如北京那个王宝森副市长什么的,究竟哪个有点人味呢? 我说是一千六百多年前那个"身无长物"的王恭倒更有人味。

话再说回到曾国藩家书来,此书我曾读过两遍,第一次在延安,是听陈伯达说"曾国藩家书也可以看看"(非正式传毛泽东的话)之后才看的,第二次是解放之后才看的,觉得受益不浅（这些书连同陈独秀、胡适、梁启超、钱穆等人的书都已经在"文革"开始时作废纸处理了）。这里说一点曾国藩治家的严明作风。他长年在外指挥作战（攻打太平天国），留一个弟弟曾国华在湖南湘乡县乡下主持家务。曾国藩不断地与家中有书信来往，几乎封封信都是告诫家人要勤俭持家，切勿摆富贵架子的。曾国藩反复对弟弟讲，历来的巨室豪门，几乎没有持续三代的，不是败在第二代就是彻底垮在第三代手里。他反复要家人以此为戒。他强调家境要不垮，就必须抓住"书蔬鱼猪"四字不放，即自行经营或动手干农副业劳动，还要加紧读书（当然是为了做官），家业家声才不会败坏下来。他警告家中，切不可仗势欺人，要和睦邻里，周济贫困。他告诫弟弟曾国华进城（县城，距曾宅四十里）办事，能走路即走路，尽量不坐轿子。要即支即回，尤其不要去拜望知县，免去结交官府之嫌。他也不时叫人送点银子回家，数目都不大，大约以几十两、百把两的时候为多，多是指名用以周济哪个穷困本家及亲友的。家信中语多亲切平常，并不带多少教训口气，易于使人接受。对于他在家中的儿子曾纪泽的读书，尤其管教甚殷，经常要文章和习字去看，然后复信一一指出优缺点。曾纪泽后来成了清末有贡献的爱国外家交，这是人所共知的事（手边无书，上述银两数可能不精确）。

　　我在南京及湖南均曾请教过一些同志，回答都是说曾家的后人未听说有衰败得不像样子的，大多有所成就。这与曾国藩一贯的严于家教而又善于家教，是不是有点关系呢？

　　"其身正，不令而行；其身不正，虽令不行"。曾国藩是个

"管好身边人"的典型例子。

因此,根本的问题是:不是先管好身边的人,而先要管好自己。谁为管好这个"自己"呢? 在外国有些国家是制度:权力不集于一人;每步都有监督;严密的管理制度;人人具有公开揭发的权利;报刊享有揭发任何贪污不法的完全自由;全社会也会鄙视"管好身边人"这类的人间怪论……等。

(2005 年 12 月,合并二文而成)

十六　诺奖之迷

近30年来,很多中国人朝思暮想,中国人应该得个诺贝尔文学奖了。这想法可能也对,我因不懂,不敢置一词。但是,我又觉得这想法可能有点主观,因为我们并不熟悉他们的行情,我们对自己作品的看法也往往难脱我们自己的模板。彼此看法往往牛头不对马嘴,哪里一致得起来。中国今后如果有哪本书突然得到此奖,国人也不一定会很心服? 文学奖不是医学奖、化学奖,标准难定。他们有一个明显的标准是爆冷门,你去争什么呢?

但他们却甚愿给中国人以诺贝尔和平奖。先给了达赖,2010年又将此奖给予一位中国社会评论界人士某君(听说此君在诉讼中)。我对此事一无所知,不便多说。但是,维持国家稳定却是十分现实的事情,但有些外国人就希望中国大乱。指点江山,那么多国家一乱,庐舍为墟,血流成河,火光遍野,古迹荡然,人民生活更是痛苦不堪,不如地狱,如何得了? 不管谁主动挑起了大混乱,都是千古的民族罪人,无可饶恕。

上述这次"诺和"奖,据说发奖时接受了,只是受奖人席位空着。春秋责备贤者，我以为倒不如谢而拒领之为好。因为现在的做法，恐怕有相当一部分中国人并不认为好。你发给达赖，之后发给我，要我做达赖第二吗，我为什么要来领？如果那样做了，国人能有不理解你的吗？

凡事要顺民意。离此均不是好办法。今日之事，小国乱不得，大国更不能乱。质之高明，以为如何？

2011 年 10 月

《西蒙诺夫回忆录》里东西多

　　苏联著名作家西蒙诺夫(1915—1979年)写了一本回忆录,尚未完成就去世了,十分令人叹惜。书的正式名称是《我这代人的见证——关于斯大林的思考》,中国人哪里记得这种名字,习惯上都叫它《西蒙诺夫回忆录》。

　　作者还是有些可敬的,因为他在最后几年说了些真话,看似很含混,其实是一本奇书。其中有大量的回忆资料,另有单独列出的多次访问朱可夫元帅、华西列夫斯基元帅、科涅夫元帅、萨依科夫海军元帅的记录(也大都尚未完成)。作者自己口述的回忆录,则尚未完成就去世了。由于作者在书中有些揭露斯大林时代真相的东西,他的作品在勃列日涅夫、安德罗波夫、契尔年科、戈尔巴乔夫四朝都未得发表,而只在戈尔巴乔夫也快要垮台的1988年才得到发表(之前,连托洛茨基、布哈林反革命案件也未正式平反过,斯大林又被重新保护起来)。西蒙诺夫曾被认为是斯大林的"宠儿",斯大林—日丹诺夫文艺政策的执行官。据译者介绍,他的作品曾六次获得斯大林奖金(有的后来又改称列宁奖金了),有的作品还是由斯大林直接提名颁奖的。西蒙诺夫反映斯大林格勒战役的历史性作品《日日夜夜》，早就有中译本了，看过的人很多，在全世界都很有名，那是一部很感动人、很教育人的作品。西蒙诺夫是全心全意拥护斯大林的，他长时期对斯大林充满个人迷信。战后，由斯大林—日丹诺夫推行文艺大整肃后，苏联作家协会即全面改组，由法捷耶夫、西蒙诺夫两人分任作协主席团正副书记，时西氏只有 30 岁，便成为执行苏官方文艺政策的顶尖官员了。不过，即使在这七八年，西氏的劣迹似乎也并不太出名，他主要还是个勤奋的作家。当斯大林在 1953 年 3 月初逝世后，苏联慢慢地就有人在背后偷偷地议论斯大林的长短了，西氏对此极不满意，反而于此时在家中挂起从未挂过的斯大林的大相片，以表达他对斯大林的绝对忠诚。但西蒙诺夫究竟是一个有良心、有正义感的作家，在他得知了斯大林时期的大量事实真相，尤其是他在红军高级将帅中的很多知心朋友，告诉他那个时期的大量毁灭性的摧残红军的高级将领与中级军官的事实真相之后，他采取了正视事实的态度。他逐渐破除了对斯大林的个人迷信，但也不片面否定斯大林，他仍然坚持肯定斯大林在战争中的很多伟绩（不说别的，斯大林虽然骂得朱可夫、华西列夫斯基两大总参谋长够受，但他还是始终基本上重用这两大元帅，所以，苏军有些将帅说斯大林从沙波什尼可夫、朱可夫、华西列夫斯基三元帅和安东诺夫上将这四个战争时期的全部总参谋长那里终于学会了军事，成为内行了。——本文作者）。西蒙诺夫访问过的几个元帅，也是既批评和揭露了斯大林的许多严重的错误和不可原谅的行为,但也维护和肯定了斯大林的很多重大功绩——主要是在战争的中后期的功绩。

这本书我已读过了几遍,因为它材料相当丰富而又相当可靠。如果你对几十年来的世界形势、苏联形势、第二次世界大战及战后苏联持续多年的思想文化整肃运动抱有兴趣的话,你就会感到读这本书比读什么小说、正史都会更有兴趣得多,因为它很生动、具体而又珍贵、重要,并且相对地可靠一些。靠读官方文《苏共党史》之类,能得到什么呢?

(一)比方说,读这书时,你会惊悉,西蒙诺夫1939年24岁在莫斯科就读于作家协会附属的高尔基文学院时,当校方一领导人多次找他谈话,并故意大大称赞英国诗人吉卜林和旧俄诗人古米廖夫(十月革命后被处决了)的诗篇,西蒙诺夫因不得已而附和了两句,就被这个引诱者打小报告,说西氏称赞帝国主义分子和反革命,因而被充军式地派往蒙古去在战争中改造锻炼(西氏在这里认识了朱可夫,并走上了他辉煌的写作事业的起点)。你还可看到这个打报告的人后来又是如何被处决了的。你也可看到同学中互相监视,有些打西氏小报告的人,后来又如何向西氏坦白交代、乞求原谅,有些人又是如何被充军流放一二十年的。你还可看到西蒙诺夫在列宁格勒的三个姨母全家(普通老百姓)是如何在30年代后期(这时日丹诺夫去列宁格勒当了书记),忽然被赶出列宁格勒到乌拉尔山脉以东,以后又进了监狱,以后又不知是如何被弄死的。

你会知道1939年夏在日伪军与蒙古共和国军"冲突"

时,日军是如何动用了十万以上的精兵(中国过去称此次战役为诺门坎战役,苏方则称为哈勒欣河战役),开始苏军如何打不过日军;伏罗希洛夫又是如何什么也不知道,什么人指挥、打得如何、会不会打、敌情如何等,他都一无所知,被斯大林问得目瞪口呆。斯大林如何在征得其他一些人的意见后,改派骑兵军长、白俄罗斯军区副司令员朱可夫去蒙古做苏军的总指挥的。而此时,朱可夫正在被捕的前夕(他的顶头上司司令员别洛夫上将早已被捕处决了),朱可夫是以就捕的准备去莫斯科的。

你会知道苏军的飞机在诺门坎"冲突"初期是如何不敢出动(根据在西班牙及中国空战的经验,苏机敌不过德日的飞机);后期,苏联的新作战飞机赶制出来了,双方往往有数百架飞机在空中作战,连朱可夫也承认在苏德战争中他也未看见过这么大规模的空战(作者按:可能指双方数百架飞机比较密集同时在空中交战。在第二次世界大战中,一方一次出动一两千架甚至两千架以上的飞机空袭对方,已成常事,不过基本上不是双方对战就是了)。

你会发现几位元帅都一致指出伏罗希洛夫、布琼尼是如何无用,在苏德战争中更无作用,而斯大林又是如何始终相当相信他们的。你会发现在 1941 年 10 月德军打到莫斯科城下,斯大林同当时的西部方面军司令科涅夫打电话时是如何的生气与失措,但承认他斯大林的唯一错误,就是始终太相信骑兵了,等等(天老爷,这个时候还在梦想骑兵的威势,这不是 20 年代初的思想吗?)。

（二）你还可以看到，斯大林在战后是如何志在海军，志在对外发展，志在称雄世界的。从海军元帅萨依科夫对西蒙诺夫的谈话来看，领袖是很重视这位青年海军将领的。由于不知底细，当这位元帅还是少将时大骂一种荒唐的准军事建造时（直接把铁轨铺设在一条晃晃悠悠的地基之上），斯大林当面轻轻地饶恕了他（这个指令是斯大林作的，专家们明知其极端荒谬，但不敢违令）。也是这位元帅说，还在1933年，斯大林一次乘军舰到北海上巡游时（北海是北大西洋的一部分），是如何"幸甚至哉，歌以咏志"的。斯大林对着大海大唱其畅想曲："黑海是什么？大盆。波罗的海是什么？瓶子！可瓶塞不在我们手里。这儿才是海，这儿才是窗口！这儿应该有一支大舰队，就在这儿。一旦需要，我们可以从这儿击中英国和美国的要害，再没有别的地方！"这是萨依科夫元帅（那时至多是少将或中将吧？）亲自听见的、最高领袖1933年就明确发出的这样的指示（按：希特勒是1933年1月上台的，伟大领袖似乎根本不知道他的《我的奋斗》是要彻底消灭犹太人和布尔什维克的）。最高领袖志在发展，志在扩张，志在以英美为假想敌并打败它，志在称雄全世界，志在发展沙皇们没有能完成的宏大事业。彼得一世算什么，他不过是一小杯水，而领袖才是大洋！

（三）你会发现，苏联主要领导人如何置国内外一切关于希特勒将立即发动全面侵苏战争的警告于不顾，绝不准做任何的战争动员准备；你会发现当时的国防部长铁木辛哥如何不得不在他的权限以内违反最高指示，偷偷地下令进行一些

（无济于事的）小小的迎战准备的；你会发现当时在苏联如果谁要强调希特勒进攻的危险性与迫切性时，谁就可能丢掉脑袋："要是你公开以自己对未来战争的观点同斯大林的观点分庭抗礼，那就不是辞职的问题，而是丧命的问题，而且还要背着人民敌人的臭名声丧命。"这几句是西蒙诺夫讲的，权威性自然很不够，但苏联几十年无数血的事实，证明西蒙诺夫的这些话是一点也不错的。

（四）你还会发现苏军在"二战"前的五六年，中高级将领是如何几乎被全部消灭殆尽，团级干部也是如何被大量处决和流放的（这件事情，别处讲得更多更详，此处不赘）。你会发现华西列夫斯基元帅（战时任苏军总参谋长——其实即斯大林身边的参谋——时间最长，进军我东北和朝鲜时的最高总司令，基本上与朱可夫是齐名的人物）在 1939 年苏芬（芬兰）战争时，发现苏军是如何在校级军官已被杀光的情形下，而以大量尉级军官充当师长的。华西列夫斯基说："怎么说呢，1939 年我有机会参加……一个委员会，当时许多师长都是大尉，因为所有军衔更高的人都被捕了。"朱可夫在别处也说到这个情况，1939 年他到蒙古抗击日军侵略时，发现有尉级军官当师长，把一师人引到沼泽地带败亡的事情，原因同华西列夫斯基元帅讲的一模一样。从西蒙诺夫的回忆录中，你还会看见华西列夫斯基元帅说："关于 1937—1938 年的事对军队有些什么后果呢，您说，没有 1937 年的事，就不会有 1941 年的失败，我看得更重些。我看，没有 1937 年的事，1941 年的战争也许根本不会发生。因为 1941 年希特勒之所以敢于发动战争,他对我国发生的消灭军事干部的严重程度的评估在这里起了重要作用。"(其实,其他高级将领在他处也同华西列夫斯基有类似的看法)。华西列夫斯基看来是一个很正直的人,虽然1957年赫鲁晓夫强制撤去了他的总参谋长职务(事在打击朱可夫之前),但在华对西蒙诺夫的谈话中,还是反复表扬赫氏战时在前线的表现。而赫鲁晓夫之卑劣,是他比斯大林更不能容忍苏联战时建立巨功的诸元帅中,两个基本上并列的、排头的双璧,即朱可夫和华西列夫斯基。你还会看到,在希特勒发动全面侵苏的前几天,塔斯社还发表公告性的东西,痛斥强调时局危险的人是险恶的战争挑拨者的声明。你还会看到在战争爆发前的一个星期,即1941年5月15日、16日如何把苏联的空军与防空兵的首脑雷恰科夫中将等三人加以捕杀(一个全苏空军总司令只是一个中将,可见苏领导当时对空军现代化之轻视。而希特勒的空军总司令,却是他的第一继承人,当时坐第二把交椅的戈林元帅,地位高于其他元帅)。你会看到战争爆发后还继续在大批地、惨绝人寰地集体屠杀军事将领(我在这里不忍也没有必要具体地把这些事写出来)。

（五）你还会看到德国驻苏大使舒伦堡并不是一个纳粹党徒,而只是一个职业外交家,他并不愿意看到希特勒打败苏联,在1940年11月莫洛托夫访问柏林返航时,舒伦堡用各种语言暗示,希特勒是一定要进攻苏联的。随行的华西列夫斯基完全听懂了,但莫洛托夫回来向斯大林汇报时,却仍然是说希特勒不会进攻苏联(舒伦堡确是一个反希特勒分子,1944

年被希特勒处死了）。

（六）你还会看到，苏德战争的一个多月后，苏军总参谋长朱可夫因不堪最高当局的辱骂，而被迫提出辞职，并立即当面得到批准的情形（实为撤职）。但以后你又会看到在列宁格勒于 1941 年 9 月最危急时，斯大林又是如何写亲笔信派朱可夫飞往列宁格勒，去接管毫无办法、举措失常的伏罗希洛夫的全部指挥大权的；等到列城形势稍缓，而莫斯科又被强大德军兵临城下、危在旦夕之际，斯大林又是如何飞调朱可夫回莫斯科，担任保卫莫斯科总指挥的责任的。你还会看到朱可夫说，希特勒进攻莫斯科用了 27 个精锐军，如果他再有十二三个后备军跟上来，他也没有办法了。你还可以看到，斯大林格勒战役是如何在朱可夫、华西列夫斯基两大元帅的计划、指挥下取得胜利的（苏联电影《斯大林格勒战役》上下集我看过几次，最近又看了，几乎只看到是斯大林一个人在计划、指挥、决策，朱可夫、华西列夫斯基不过是时不时出现的传令兵而已，至于广大将领官兵更不过是偶尔的陪衬或者只作为队伍前进冲杀的远景罢了）。你还可看到 1945 年春苏军转向柏林全面进军时，朱可夫为什么又变成了只是中路主力军（白俄罗斯第一方面军）一个方面军的司令员，而由最高统帅下令收回朱可夫在前线几乎一直拥有的几个方面军的"协调"权的（看西氏的全书，"协调"权等于高级联络员，一切部署均要经斯大林批准后才能执行，朱可夫、华西列夫斯基等人不过只有建议权而已）。

（七）你还可从西氏的书中看到，战争胜利后不久，朱可夫如何又被调回国内到几个不重要的军区去当司令员的（最近朱可夫的女儿戏称此为岗哨所长）；你还可看到赫鲁晓夫在利用了朱可夫的崇高威望之后，又是如何一下子把他打入地狱，定为"反党分子"，并撤掉了他党内外的一切职务，而朱可夫又是如何气得不得了不得不用连续服安眠药的办法昏睡了 15 个昼夜的。你还可看到朱可夫的回忆录在勃列日涅夫的 18 年统治中是如何不准出版，而最后又是如何由意识形态总监、最无耻的苏斯洛夫暗示，只要在回忆录中加上一点称赞勃列日涅夫的内容，就可以无条件为朱可夫开绿灯，而朱可夫又如何只好同出版社的编辑商量对策，不得已只好硬加上几句并无其事的东西，说朱可夫视察前线到某军时，想见见该军的政治部主任勃列日涅夫，可惜勃氏不在，未能见到等。于是，上午送书稿清样去，下午就来电话准予印行了，等等。多么伟大的党的圣人啊！

　　你还可看到被日丹诺夫万般辱骂的作家左琴柯，是如何在两次世界大战中都同德军打过仗，他本来是在列宁格勒做战时宣传工作，后来被动员疏散到中亚后方去的。你还可看到左琴柯是如何写了几十篇抗德侵略的短篇小说，但是得不到发表，以及左琴柯如何在被批判后，才不得不把这些小说全交与西蒙诺夫，而西蒙诺夫选出十篇想予以发表，但又必须转呈日丹诺夫批准才能办的（日氏因怕斯大林未予处理，是在日氏死后才发现的。这在客观上倒给了左琴柯一点保护，不然，最高方面一声反攻倒算，左琴柯就没命了）。

　　（八）你还可以看到，在 1952 年 10 月召开苏共第十九次代表大会时，斯大林并不大出席，在闭幕式上也只对外国党应酬了几句，和强调要反对帝国主义及战争贩子等老话。可是在此之后开第一次中央委员会议时（共约两小时），他却作了一小时半的长篇讲话（此时西蒙诺夫已是候补中央委员，而功勋盖世的朱可夫也被赏了一个候补中央委员，近乎污辱，但朱可夫却很高兴，知道至少现在不会杀他了）。内容几乎全部是集中痛骂莫洛托夫和米高扬二人的，说他们过去什么都错了，他们要急于投降帝国主义等。按西蒙诺夫的说法，用语极其凶狠，简直是对这二人作了毁灭性的判决。谁都明白，一场大规模的清除一大批老领导人的大审判又将开始了，谁也不知道有多少要人及高级将领要受到 1936—1938 年式的审判与处决。奇怪的是莫洛托夫与米高扬这一次都横下了一条心，竟敢相继上台为自己辩护，不承认斯大林对他们的判决。这两位老布尔什维克这次真是吃了老虎胆，因为什么内幕他们都知道：与其坐等审判，承认自己是帝国主义间谍而被处决，还不如趁今天还允许他们说几句话的时候，在众人面前为自己辩护几句之后再死为好（时莫洛托夫夫人尚在狱中，已被捕 4 年了。米高扬在 1936 年也被指定扮演过很多害人的角色，如指定他担任审查布哈林委员会的主席，但布哈林在开中央委员会议入场前就被在现场捕走了，米高扬当然懂得下面等着他的是什么事情）。在这点上，看来斯大林的权威用得太过头了，以至于在他死前他就受到了某种不小的挑战——过去，哪里会发生这种当面反驳他的事情呢？凡是同他争论过或意见不尽相同的老革命家们，哪一个不都成帝国主义的间谍而被处决或自杀了呢？第二年，1953 年 1 月，即斯大林逝世前仅两个月，发生了克里姆林宫的大批医生被捕事件，罪名是说他们毒死了日丹诺夫等人。这种罪，医生当然只能是执行者，"后台"一追，恐怕比 1936—1938 年的历次公开大审判更大得多的审判就避免不了（东欧各党的老领导们不是在此之前或紧接此事之后相继被处决了吗？）。而且这次捉医生的事件，是撇开贝利亚干的，所以，贝利亚及其部下们的前途也就可知了。你还可以看到斯大林在这个会上忽然提出他将保留主持政治局工作、部长会议主席之职，而要辞去总书记一职时，发生了如何戏剧性的场面：坐在斯大林后面的执行主席马林科夫如何立刻被吓得面无人色（因为斯如真硬要辞去此职，势必会由马林科夫来挂名），立即举起双手向主席台及大厅会议参加者示意，起立大呼拥护斯大林、坚决要求斯大林留任等口号，一场闹剧，恐怖紧张。西蒙诺夫作为会议参加者，目睹这场斯大林对与会者的一场措手不及的官意测验，总算圆满收场，斯大林也就不再提辞去总书记的话了。

（九）但是书中也有不少写斯大林非常好的地方。例如，贝利亚等在战后一定要逮捕朱可夫（这可能是贝利亚要迎合最高方面的心理），按其罪名，又是死刑，这次当然不好说朱可夫是德国间谍（按照他们历来的逻辑，硬要这么说也完全可以），而只能说他是军事政变的首脑了。斯大林这次却坚决不同意捕杀朱可夫。因为，捕杀朱可夫，比美国假如在战后捕杀马歇尔、艾森豪威尔，英国假如在后捕杀蒙哥马利，还要令人更加不可理解。一场全人类的伟大胜利的反希特勒战争的始终其事的主要组织者、指挥者,今天已被俄罗斯公平地追认为全民族的第一号英雄,今年5月在莫斯科建成了朱可夫的铜像,谁人能知道战后他的生命竟会时时处在危险中呢?斯大林虽完全否定了他,但终究保全了朱可夫的生命,这不是很宽大吗?贝利亚等不过是些纯粹的屠夫,他们只想讨斯大林的信任,他们连国际反应之类也绝不去考虑,这样的人,竟然能在苏联长期处于掌握实权(这里仅仅专指实权,论各种部署,第二号人物应是马林科夫)的第二号人物,能说这里是人民是在当家作主吗?

(十)又如,某描写苏军进军柏林的小说(好像是叫做《奥得河上的春天》),不敢用朱可夫的名字,而改用假名来代替,斯大林说应该用真名(但书已印出几版了)。

又如,在斯大林格勒战役大反攻前夕,一位担任发起总攻任务的坦克军长,一时过分紧张,感到事关国家的生死存亡,出于责任心,他冒死直接致斯大林长电,要求重新考虑战役发动的时间,要等准备再充分一些之后才能发起。斯电召华西列夫斯基元帅立即飞返莫斯科商议。斯大林决定时间不能改变了,但华元帅认为该军长不能撤换,临阵换前军大将很不利,并相信该军长是会打好的。于是斯大林立即与该军长通话,和蔼可亲,对方也答应坚决照原命令办,一定会打胜的。斯大林并嘱华元帅回前线后代表斯慰问并赠送一点礼物与该军长(该军长后来确实打得很好)。

书中反映斯大林在战时非常正确地处理的其他事情还有一些,大都属于几个元帅对领导战争的一些总估计性质的,如说他们在战前及战争初期都是不对的,但在战争中期及后期,就比较高明了。

　　我以为,这本书实在写得不错,重要历史资料丰富而又真实,大家都应该看它,特别是高级的政治尤其是军事领导人应该看,反复看,以取得经验教训。对一般读者,则可以从谜样的传说中知道不少重要史实真相。我以为这本书应该正式发行,但书名最好改为《西蒙诺夫回忆录》,销路自然会增加。因为中国读者不习惯别别扭扭的书名,不知道这本书是什么性质。

1995 年 5 月上旬

(原载《读书》1995 年 8 月号)

"影射史学"
与"阴谋史学"

　　1978年夏天,我在史学家黎澍同志家里偶然谈及,对"四人帮"的所谓"史学"哪够格"影射史学"? 应该叫"阴谋史学"才对。因为影射史学过去就有(有时是一种暗示性的东西),郭老的《屈原》那么轰动重庆,其中就有影射或暗示正邪、忠奸的成分。黎澍同志甚以为然。大约归结为这么一些共同看法:影射史学的格调常常不高,但它不是一个政治概念,影射本身不包括政治上的反动、反革命、阴谋这些含义。像陈白尘的《升官图》这一著名闹剧,就是明显影射当时国民党的最高统治集团的,但在艺术上的创造性还相当成功。这段话只几分钟,说过就算了。

　　大约五六年前,即一九八几年后,我看见香港《明报》上登过一篇短而明确的文章,同我们上述意见完全一样。因为它已发表了,因此我必须明确指出,以免掠人之美,弄成笑话。这确是所见略同。

　　"影射"二字据多种重要辞书的解释产生较晚,所引资料自明代起,查辞书含义有捉弄、作弊以至走私、指东说西等意。现在,前三义已经湮没不用了。最后一义,据我了解,多指文章、小说、戏曲等陈述或表演的人和事,在暗中却另有所指的意思。例如,在《红楼梦》研究中的老"索隐"派,包括明达如蔡元培先生,也在影射的牛角尖中大做文章,而且大加表扬。在现代,影射是个中性名词。如果我们一般地谴责"影射史学",甚至定它为反动或反革命的,那是缺乏科学性的,也会给放手研究与评论历史带来很多顾虑和困难。

我国古书上每有"讽谏""讽喻"两个词,是指用委婉语言借事借物以托辞,从而进行忠劝的一种巧妙方式。《孟子》中劝说人君,多半采用这一方式。先秦诸子与政治家,尤其是纵横游说之士更是如此。讽喻似乎比讽谏更委婉些、间接些,往往不把题目点穿,但是其中有人,呼之欲出,以求人君或长上能有所悟,使之能改过于无形,其中就含有影射的成分。因此,影射同讽谏或讽喻似也难说一定有绝对的界限。如果漫无边际地反对影射,就可能把用了几千年的讽谏与讽喻的方法也弃置不用,这岂不是一个大损失?聪明和虚心的统治者,只要他想励精图治,往往会从一般的讽谏和讽喻中吸取教训,这是过去某些帝王都能办得到的。只有愚蠢冥顽的暴君,才会用很大的注意力去诛求言者、作者的动机是否讽刺"今上"之类。明代的文字狱,特别是清代的康雍乾三朝的文字狱,就大多是用诛求影射的罪名来实行最残酷的镇压的。而且一旦被指定为"影射",就是辩不清也不准辩的。而"四人帮"的所谓史学,乃是急急忙忙炮制出来的武器弹药,如攻击孔子,攻击李鸿章、盛宣怀,批判司马光等,其实那些东西同点名陷害周总理、邓小平同志也差不多了,那只能说是泼妇骂街式的指桑骂槐法,连影射也谈不到。所以我以为还是称之为"阴谋史学"为好。

（原载《羊城晚报》1988 年 3 月 20 日。此篇和下一篇《"阴谋文学"的老祖宗》在《羊城晚报》以《偶感二则》为题分两天刊出,今分题独立为二文。）

我们为什么非把洪秀全、义和团认作老祖宗不可？

——顺向破除三论的黎澍、唐宝林、潘旭澜三位学者致敬！

恩格斯在《自然辩证法》中说："不论在自然科学或历史科学的领域中，都必须从既有事实出发。"（引者注："事实"二字下原有着重号）在《反杜林论》中，恩格斯讲得更加清楚：

> 原则不是研究的出发点，而是它的最终结果；这些原则不是被应用于自然界和人类历史，而是从它们中抽象出来的；不是自然界和人类去适应原则，而是原则只有适合于自然界和历史的情况下才是正确的。

我在这里之所以把恩格斯的话抄在前面做挡箭牌，是不得已的。中国的事情往往逼得人不得不这么干。要自己独立用头脑，那就是修正主义！在有些人看来，那就是不折不扣的"和平演变"罪也即"自由化"罪了。持上引恩格斯的观点以观察一切论点、指示等等，往往一眼就可看出，什么是马克思主义,谁是在从根起就在反马克思主义。有些坚持个人独断,坚持只有自己才是马克思主义化身的权威人士,一生也未见他们强调过类似上述真马克思主义观点一次;他们强调的是说你哪点哪点不合马克思说的什么话。这在根本上就是彻底反对马克思主义了。原因就是他只要人们对他服从、膜拜,而绝不要人们独立思想,必须照实际情况来办。

我以为,题目上的这个问题,现在还是尖锐地存在着。在"文革"酝酿及实行时期,以及更早的时期内,只有"论中出史"才是唯一合法的"研究"方法。江青反革命集团束手后,史学舆论曾经有一度不那么一律化过。带头的是史学家黎澍同志。他的主要叛逆论点,我理解主要是:一、历史不全是只限定于劳动者的"人民"创造的;二、农民战争并不是更不是历史向前、向上发展的唯一推动力。这有什么不得了呢?难道屈原、司马迁、李白、杜甫、苏东坡、辛弃疾是劳动者吗?但黎遭到的打击比周扬还早还重,又不幸早死,多么可敬的、一个有头脑的党的老学者早逝了啊!黎澍是第一个敢于出来试撞樊篱的人,其实他所代表的是很多历史学者的意见。例如,现在对太平天国的两种截然不同的看法,根本上仍是老样的"论中出史"还是"史中出论"的老问题。以复旦大学教授潘旭澜为代表的新起的一个太平天国研究派,我以为是对太平天国的研究、分析中坚持"史中出论"的一派,一切结论都只有这样做才能真正站得住。当然,对于潘旭澜、唐宝林这样一大批学者,要批判起来易如反掌,一句话"地主资产阶级立场又复辟了",便压下了一切的问题。周扬、黎澍这些30年代的党员学者专家不经一击,当然还有吴晗、翦伯赞这两个党员史学大家。现在谁有权来做出这样荒唐、霸气的武断呢?已经没有了。谁如果现在一定要这样做,学术界当然仍是抗不过权力的压制。但是,"口服心服"却一样都绝对办不到了。近两三年以至目前也还存在这种现象,讲五四运动,讲中国共产党的成立时陈独秀只是一晃而过,像个跑龙套的演员似的。学者型的大人物胡绳写遵义会议 50 周年纪念的大论文,全文未见张闻天三字,这请问:《空城计》里没有诸葛亮是谁在哪里唱的呢?

解放以来,我们无论对中国古代史或近代史的研究与写作,基本上都是在贯彻"以论代史"的办法(或"以论带史",其实并无什么大差别,因为原则上它们都是"论中出史"),即先有定论,然后再加以武断地敷陈,便成历史。框架、评价、结论等均早已定好,一切大体均是先有定论,然后再加以"证明",敷衍成文或成书,那还叫什么研究呢?

例如,其中一个显著的例子,是说 1934 年 10 月红军撤离江西根据地是为了北上抗日("文革"后比较严肃的党史、军史研究者才不这样说了)。其实,那时在江西根据地实在是站不住脚了,人力、物力实在是支撑不下去了,非撤离不可。至于撤到哪里去,在何处驻脚,在红军到达陕北以前,想法恐怕就曾经有过数次变化之多,但其中没有一次的设想是进入抗日前线,以便于开展对日作战的。这绝不是说红军不急于抗日,而是红军必须首先保持自己的存在,才能谈得上抗日。本人在根据地曾多次听过毛泽东、朱德、张闻天、陈云、李富春等很多领导人的多次讲课、讲演等,从未有一次听他们讲过一句离开江西是为了北上抗日的话。他们都明明白白地说,是人力、物力实在支持不下去了,才不得不撤出江西的,而且当时蒋介石新的更大规模的"围剿"部署已经立刻就要动手了,这次的围攻部署规模更大,已经很难在内线把它打破了,非避开这个锋头不可。

全国解放以后,经过这么多年,一些第一流的特别重要历史问题已经逐步澄清或实际澄清了,例如,"富田事变"、红四方面军西征失败、百团大战,以至朝鲜战争问题等均是。一切重大历史问题,如不彻底弄清,便会国无宁日,党无宁日,而且越到后来便可能越走样。这几年又把1958年反军事教条主义及所谓军内的反党集团问题,首先是为刘伯承、粟裕、萧克、李达等同志彻底平了反。不然,国防现代化怎么搞?

苏共领导集团自1964年勃列日涅夫夺权上台之后,即在事实上停止了平反工作。以后戈尔巴乔夫上台了几年也不敢讲真相,不敢继续平反,直到1988年实在拖不下去了,才不得不为所谓托洛茨基、季诺维也夫—加米涅夫、布哈林等所谓反革命间谍匪帮大案正式彻底平反。可是太晚了,两年后苏联就彻底垮台了。但是,现在中国却仍然有那么一批人实际上是这样来总结经验的:苏联的事情证明,一切平反冤假错案都是绝对错误的,是"瓦解"社会主义的反动行为,如果一切均原封不动,照过去一样地歌颂斯大林,苏联不就会同从前一样永远是人类的灯塔吗?持此种观点的人,不是有些越来越坚决吗?维护的重点,近年来之所以更集中到斯大林的身上,因为要维护个人迷信,就不得不从根子上做起。奥妙就在这里。

这几年辩论最多、最大的问题,大概是关于陈独秀的问题。陈独秀的关键问题,似在三大方面:第一,是陈在五四与中共建党前后的作用问题。这项"总司令"的帽子还保不保得住,中共主要创建人的历史功绩还承认不承认。这个问题的解决应不太难,只要把历史事实拿出来再研究研究就行了。第二,是大革命后期的所谓"陈独秀机会主义"致使大革命失败的问题。第三,是 20 年代末 30 年代初,陈独秀相当积极主动地参加中国托派活动并成为他们的领袖和旗帜的问题。第二个问题是这两三年辩论的重点,解决起来也不太难。第三个问题难一些,虽不是反革命,难道陈独秀对吗?由于十大本苏共、共产国际与中共关系的档案的开放并已全部译为中文出版,第二个问题已比较明显了,解决起来只要尊重史实便行了。根本上不同意"陈独秀右倾主义"断送中国大革命说的一个主要代表,是中国近代史所的学者唐宝林。1999 年他在广州有个谈话,说:"根据近年公布的联共和共产国际 1920—1927 年关于中国革命的档案材料(引者按:已出六大卷,个别材料已至 1928 年 6 月,北京图书馆出版社出版),中共党史上'陈独秀右倾主义'、'陈独秀右倾投降主义'及其造成大革命失败的传统观点,以及共产国际斯大林指导中国大革命路线'完全正确'的历史结论,完全不能成立,必须推倒。以往关于中国大革命的历史论著,其基本观点约百分之八十站不住脚,需要重写。"(《广东党史》1999 年第 6 期)这当然还只是一个学者的意见。但如果没有比较充分可靠的根据,谁敢这样说呢？这倒不是指政治上的恐惧，而是如无比较充分的根据，则学者、研究员的称号不就成了笑话吗（我在翻阅该文件档案六大集时，也看到了当时联共中央是如何派出了以拉狄克为首，而有克立斯廷斯基、越飞等要人参加的五人小组是如何更彻底地包办了1923年的德国革命的）？

再举一件小事。毛泽东之得以在北大图书馆工作，硬说是李大钊引荐的。但有学者考出，事实并非如此，是蔡元培直接手令李大钊照办的。史学家唐振常在《蔡元培之丧礼补记》中说："据萧瑜（子升）回忆，毛泽东、萧瑜等四位新民学会会员，由湖南到北京，打算赴法国勤工俭学。到京后，毛泽东决定留下，在北大找一份工作。萧瑜说，他们写信给蔡元培，要求他们雇用我们的一个无法赴法国的同伴（按：指毛泽东）为校内清洁工人。蔡元培先生是个了不起的人……他写了一信给北大图书馆馆长李大钊先生，信中说：'毛泽东需要在本校求职，使其得以半工半读，请在图书馆内为他安排一个职位。'"（见萧瑜：《毛泽东和我》，台湾源成文化图书供应社1976年版）（唐文见《文汇报》2000年2月20日）这位萧子升同毛泽东的关系甚好，毛泽东年轻时曾有长信致他，向他推荐"国学"的最要籍七十种（此事，李锐有长文介绍）。

这几年关于陈独秀及太平天国的争论等，根本上还是"论中出史"或"史中出论"的老问题。

解放后研究中国历史，对古代史在一个固定的框框内尚可以讲点某种不同说法，例如，有所谓中国古代史中奴隶社会与封建社会分期时间不同的争论，争得打破头也无人管你。

但中国的真相究竟如何,恐不是套框框所能解决的。中国反对欧洲中心论,反对以欧洲套世界反了几十年,但是马克思的历史分期论难道不是欧洲中心论吗？甚至不是西欧中心论吗？更甚至不是古希腊罗马中心论吗？请问:全球亚非拉、大洋洲、大洋中诸海岛,以至东欧、俄罗斯以及广袤无边的西伯利亚,究竟有哪个地区是像马克思所说的那几个社会发展阶段出现的呢？请指出。如果照那个程式发展的,仅仅是地球上的未知地区,那么全球各地区的历史,为什么不根据具体史实的不同情况去研究,而非要把各种大为不同的情况硬塞到那个框框中去不可呢？所以,中国古代历史就应该允许更广泛地百家争鸣才对,而不是只能在固定的框框内做点小动作。按照实际情况办事,即实事求是,是马克思主义的根本精神,这才是马克思主义的正道,怎么反而变成修正主义或自由化了呢？

至于近代史,首先就不能限制在几个"运动"中讨生活,近代史恐怕要重新研究起。其次,对那些"运动"也一概要重新研究,尤其是太平天国、义和团更要重新研究,依事实定评价,不能先定下高不可攀的评价之后,再去曲于辩解。照既存固定评价,中共硬要被铁定成他们的革命接班人。我绝不能承认我是太平天国与义和团事业的继承者,他们是逆历史潮流而动的,与马克思主义绝对相反。如果承认太平天国、义和团如何伟大,就势必得承认"文革"更加伟大。那就什么都要乱套了。

要守住马克思主义的阵地,首先就要根据具体情况去研

究具体问题。抱残守缺，却高喊"坚持"的做法，实际上是打
倒马克思主义最有效的办法。

2001 年 2 月

（按：此文取自《半杯水集》一书，题目是新
改的）

以杀相为乐的汉武帝

——豫陕川行小感之一

　　今年五六七三个月，我到洛阳、西安、成都三市各住了一个短时期。在豫西看见公路上的树木，长得很好，看起来，"十年内乱"中这一带的树木没有遭到大破坏，十分令人高兴。反之，前三年，我曾经从杭州到绍兴去过一次，原以为会领略一点"山阴道上，应接不暇"的景致，等待王羲之说的"茂林修竹"出现在眼前。可是失望得很，一直到绍兴，吉普车也是 4 个多小时，公路两旁的树木很少看见，或者本来就没有栽，或者是栽后被破坏了，但是根本没有栽的可能性更大，因为公路两旁并没有看见什么砍树后留下的树桩。那天我路过时，有几处看见有些小姑娘在开始植树了。我很奇怪，30 年过去了，我们有些同志似乎不知道在做些什么。当然，根本的问题是，如果谁抓紧植树，谁就有可能被认为不抓政治运动啊！这两个对比太明显了，可见"事在人为"的话何等正确。话说回来，我在豫西和八百里秦川以至川北、川西，看到一片麦熟丰收景象，农村中是安适恬静的，一次也没有看见过"大呼隆"现象。看了这些景象,我简直陶醉了:既陶醉于如此安适恬静和兴旺的农村生活环境,又陶醉于这是农民真正感觉到不是被命令去做沉重无效或低效的劳动,而是真正在为自己和子孙后代的幸福,为四个现代化作出可贵的贡献而劳动了。我不断地默默祷愿:错误的东西万万不能再回来了。

今年 5 月,我到洛阳开了一个小会,会后,主人招待全体参加者去登封县城北嵩山南麓参观了一些名胜古迹。现在的登封县面积很大,境内多山,县城在嵩山诸高峰之南。登封城在洛阳东南七八十公里,县名是唐代起的,因为汉武帝曾经登上嵩山三大主峰之一的太室峰,还制造了一个骗人的故事(详后),"于是以三百户封太室(山)奉祠,命曰崇高邑。"(见《史记·封禅书》及《史记·孝武本纪》《汉书·武帝纪》)这里的"邑",据 70 年代中期出版的《中国历史地图集》,崇高邑即在今登封县城。秦汉时,嵩山之南本有一县名阳城县,这个崇高邑是汉武帝为奉祀中岳嵩山而增置的。嵩山北则有缑氏县(缑音勾,今尚有缑氏镇),据《史记》《汉书》所载,每次都说汉武帝是幸缑氏,然后登嵩山,大约是穿过山岳中较低地带然后北登嵩山,现在我们也是这么走的。

汉武帝同秦始皇一样,是一个雄才大略的君主,又是一个极端残暴昏乱的昏君。他多次削平和压抑同姓诸王侯的割据势力;多次巡幸国境的西北部、北部、东部、东北部和东南部(今江浙两湖地区),虽说好大喜功,到处祭祀、封赠名山大川和制造迷信故事,所费极大,但是也起了威慑王侯割据势力,加强国家统一的作用;他还始终注意抵御南下侵略的匈奴强大势力,产生了一大批抵御匈奴的名将,如李广、卫青、霍去病等。但是,他的豪侈,大规模的多次株连镇压,乌七八糟、不成体统、耗费国力的迷信活动(封祭名山大川、求神仙、求不死药,以至白日见鬼的活动等),嗜杀无辜大臣等,几乎是他终身的癖好。

这回我们在登封参观的项目之一,是我国封建时代的四大书院之一的嵩阳书院(在登封城北3公里嵩山中峰峻极峰之下)。这里作为寺庙是创建于北魏时期纪元5世纪末叶的嵩阳寺,北宋时才由皇帝赐名为嵩阳书院,理学大师程颐、程颢就在这里聚徒讲学。但是这里却同汉武帝拉上关系了。原来这个书院内现存有两株巨大的柏树,进门的第一株号为"大将军",第二株号为"二将军",总称为"将军柏"。据当地的《嵩山文物简介》是这么说的:"相传:元封元年,汉武帝刘彻登嵩山,加封中岳后,前来这里游玩,一进头门,看见一棵柏树身材高大,枝叶茂密,信口封它为'大将军'。再往后走,到中心院,又看到一棵更大更粗的柏树,但出自武帝金口玉言,怎能改封?便封它为'二将军'。"我们参观时看见,这位二将军确实比大将军大得多。据上述简介,二将军周径为12米(另据1981年出版的《中国名胜词典》"嵩阳书院"条,则说二将军周长为15米,可能同是登封县写的,未知孰是)。当地出的《简介》在这个故事前面加了"相传"二字,名胜词典则是当作史实来叙述的,这就引起我不得不去重新查查书。据《史记·封禅书》,武帝在元封元年确有登嵩山,封中岳,设"崇高邑"的记载;《汉书》中的《武帝纪》和《郊祀志》两篇的这些地方则是完全照抄《史记》的,并无不同,以上三者均无封柏树的记载。《史记》的南朝宋裴骃《集解》、唐司马贞《索隐》、张守节《正义》,《汉书》的唐颜师古《注》,以及清末王先谦集汉书注释之大成的《汉书补注》等,也都没有一个字涉及登嵩山时封柏树的事情。看来,这件事属于民间传说的可能性较大。我非学者何敢完全否定此事,又因为汉武帝是很会效法秦始皇的,秦始皇在一次奉祀泰山时,就把一棵树封为"五大夫"。秦王政二十八年(正确些说,是始皇帝三年,也即公元前219年),也就是在他统一六国之后的第三年,他第一次东巡郡县,上泰山,除了立石纪功,并大搞迷信活动之外,据《史记·秦始皇本纪》说:"下(即下山),风雨暴至,休于树下,因封其树为五大夫。"同一书上的《封禅书》上也载有此事,不过说这是上山时半途遇雨的事。因此,汉武帝封柏树为大将军、二将军一类的"雅"事,出之于秦皇汉武这类既英武而又极荒唐的专制君主是很有可能的事。

我以为,即使历史上并没有这么一件具体的事,这个故事也是有它的历史真实性和艺术真实性的。第一,这确实像极尽好大喜功之能事的汉武帝们干的事;第二,这个故事还具有很大的讽刺性,因为这个好大喜功的皇帝当时就发现错了(第二棵树离第一棵不过几丈或十来丈远,一眼就可看到),仍然要睁着眼睛歪曲事实,一错到底,决不更改。秦二世是被赵高迫令才指鹿为马的,而这位汉武帝却是明白自觉地自己在指鹿为马。这类事情当然增加不了专制者的威望,而只会使人感到他们对任何大小事情都是明知错了,也硬着头皮决不更改而已。这种情况已存在了若干个世纪,只是到了唐代的韩愈才讲出了"臣罪当诛兮,天王圣明"这句遗臭万年的总结。汉武帝在这种细微的事情上也要睁睁地错误到底,这就是"天王圣明"的一例。

汉武帝这次登嵩山、封中岳、祀太室山,还搞了一件自欺欺人的政治性的迷信活动。据《史记·封禅书》载(按:《汉书》上的《武帝纪》《郊祀志》是照抄《史记》的,记载大体相同),汉武帝元封元年(公元前 110 年),"三月,遂东幸缑氏,礼登中岳太室。从官在山下闻若有言'万岁'云。问上,上不言;问下,下不言。于是以三百户封太室奉祠,命曰崇高邑。"此外,《史记》的《孝武本纪》上也有相同的记载。司马迁的《汉武帝纪》本未完成,后又遗失,西汉后期就有人取《史记·封禅书》中记述汉武帝的一大篇迷信活动,一字不改地作为《孝武本纪》的全部代替品,沿用至今。上引那段文字是说,汉武帝登嵩山时,山谷中有高呼"万岁"的雄壮声音,这当然是事先布置好的把戏。小时候看小说之类,看到"三呼万岁",当然一看就懂,还有"山呼万岁"就不知何意了。以后查了种种资料,才知道出典就在这里,据说先是叫做"嵩呼",以后才慢慢通俗化为"山呼",然后再通俗化为"三呼"的,其叫法即为"万岁!万岁!万万岁!"云云。因此,"三呼"与"山呼"要结合起来理解才更清楚。但是,司马迁这段话中的"问上,上不言;问下,下不言"究应作何解释呢?清末王先谦在他的《汉书补注》中说:"先谦曰:山上下人皆未言,是以神之。"我以为王先谦的这个解释是正确的,即武帝左右的官员们对武帝报告说,山谷中轰鸣着"万岁"的呼声,武帝乐了,问他前呼后拥的远近随从们,他们都说未呼"万岁"(这些人都是"心理学家"!)。如此一来,就证实这是"山呼万岁",而不是"人呼万岁"了——你看,武帝所到之处,群山都要高呼"万岁",他不是感天动地的神武圣君又是什么呢?

武帝的荒唐事情甚多,以上不过举一小事而已。这里主要想说的是,汉武帝是有杀大臣的嗜好的,他在位共 53 年,杀掉的子侄兄弟王公、公主、将军等不去说它了,单杀掉的丞相和御史大夫(地位略低于丞相,属三公之列,也可在丞相之属),据《汉书》的《武帝纪》逐年排下来,大致如下:

建元二年　御史大夫赵绾下狱,自杀。

元光四年　杀前宰相窦婴。

元狩五年　丞相李蔡有罪,自杀。

元鼎二年　御史大夫张汤有罪,自杀。

同年三月　丞相严青翟(庄青翟)下狱死。

元鼎五年　丞相赵周下狱死。

天汉三年　御史大夫王卿有罪,自杀。

征和二年　丞相贺(公孙贺)下狱死。

征和三年　丞相刘屈氂下狱腰斩,妻枭首。

后元元年　御史大夫商丘成有罪自杀。

这里共 10 个丞相或近于丞相一级的人是《武帝纪》上清清楚楚地载明了的,实际上远不止此。例如,上引被腰斩的《刘屈氂传》(《汉书·卷六十六》)中,就有武帝将御史大夫暴胜之下吏切责,"胜之皇恐,自杀"的记载。在他的统治下面,竟至弄得拜相如进屠场,被杀只是个时间问题而已。例如,上引"下狱死"的丞相公孙贺拜相时,就是如此。《汉书》卷六十六《公孙贺传》中有如下一段生动记载:

"……自公孙弘后,丞相李蔡、严青翟、赵周三人比坐事死。石庆(公孙贺的前任——引者注)虽以谨得终,然数被谴。初贺引拜为丞相,不受印绶,顿首涕泣,曰:'臣本边鄙,以鞍马骑射为官,材诚不任宰相。'上与左右见贺悲哀,感动下泣(!!),曰:'扶起丞相。'贺不肯起,上乃起去,贺不得已拜。出,左右问其故,贺曰:'主上贤明,臣不足以称,恐负重责,从是殆矣。'"后面这四句话,现在读了还是如闻其声、如见其人的。拜相拜相,为进屠场!

这还不明显么,一朝拜相,脑袋就被砍去了半边么,剩下那一半,就看武帝什么时候高兴砍了。

写到这儿,我忽发奇想,如果我生在汉武帝时代,而又不知怎么的他忽然要我去做他的丞相,我该怎么办呢? 不干么,抗拒君命,该杀;干么,不但要杀,而且可能腰斩,妻子也要枭首,于是我就想,就在接到君命的时候,我先自杀,以免受辱受刑,最后仍不免一死。但继而一想,也不行,这样,我虽一死干净,但是我的三族、九族不知要被灭掉多少。最后觉得,还是执行韩愈的主意比较好:"臣罪当诛兮,天王圣明",随你怎么处置吧!

汉武帝确是雄才大略,功劳很大。但我以为读史也必须注意一下这些足以引以为戒的地方才好,而且读起来也有趣味些,不至于那么枯燥。

(原载《时代的报告》1983 年 1 月号,原题《汉武帝与将军柏》)

建议重印罗曼·罗兰的
《群狼》等剧本

我看过几个剧本,时间大概是 1941 年秋。那时我在根据地新调到一个研究机构不久,不像原来的工作那么窘促了,于是就找些闲书来看。其中我看过三个剧本,一个叫《七月十四日》,一个叫《群狼》,一个叫《丹东之死》,名称不一定全对,因为是整整 60 年前的事了。出版者是上海文化生活出版社,出版时间可能是 1940 年或 1941 年春(当时上海出的一些书,不久就到延安了)。它们的作者是否全是罗曼·罗兰,我记不清了,我缺乏这些知识,印象中似乎是。这几本书的倾向性是很明显的,作者纯系站在人道主义的立场上,故有他的片面性,也有他正确的地方。这些书对 1789 年 7 月 14 日巴黎市民攻占巴士底狱正式开始的几年间的法国大革命,采取了冷静分析的态度。原则上作者好像基本上是赞成革命的,但对革命中的“暴民专政”、混乱、胡乱屠杀、上层人物竞相搞阴谋活动、极端残酷的互相消灭,等等,则是极端厌恶的。《群狼》这一剧本就把革命中的诸领导人比喻为一群狼。但以狼群比喻互相消灭这一点不知是否确切,因为一群狼的内部似好像是不怎么互相消灭的,此点我无此常识,可能是我说错了。

我不知道罗曼·罗兰及其他作家类似的剧本(或小说)还有些什么,如有,我建议把罗曼·罗兰及其他人的同类作品编成一套丛书认真出版,这是很有意义的。这些剧本给我的印象是:作者并不反对革命,而是原则上赞成革命的,他所希望的,只是在革命中的血腥屠杀、阴谋诡计、残暴统治、权力贪欲等尽可能的少一些。因此,这些书对任何一个革命家都应该是有一定的教育感悟作用的。它们也提供了一面镜子,让革命家去照照:自己有没有那些毛病,应不应该有所自律?

揆诸历史,我也知道上面这几句话不过是一种幼稚的善良愿望而已,属于唯心主义之列——我自己也不相信有什么道德教育会对权力狂起丝毫净化作用。但它们对广大群众却能起一种醒世作用,会减少他们对独裁者、权力狂的盲目崇拜、盲目相信的心理,也可以说可能起一点打预防针的作用。

希特勒是怎么上台的?硬是选上台的,是当时多数选民自觉自愿地选他上台的(而提出"中间派特别是其中的左派是最危险的敌人"这个圣旨,更帮了大忙,这里就不说了)。没有高素质的人民,便什么怪事、可怕的事都可能发生。我前一段看见资中筠一篇很重要的文章,题目的大意是"当代国际竞争说到底是国民素质的竞争"。我以为,20 世纪的前 27 年,鲁迅先生从根本上也可以说就是在发挥这个思想,并为改善国民素质而苦斗了一生。资先生的这个意见,我以为是真正讲到了根本上,讲到最本质的问题上去了。她还明确地述说,即使经济技术一时上去了,如果国民素质上不去,经济上升便无后劲,也会垮下来。

仔细读读罗曼·罗兰的这类书,便能够大大提高人们的自我觉醒的程度,大大地减少对各种自封为神或被捧为神的人的毫无提防的崇拜。这对提高人民的素质是会起积极作用的,对国家避免倒退的前途也是会大有好处的。

2001 年 4 月 15 日于医院中

千万不要胡吹

——儒学能够领导世界吗？

近年来有不少人在忙于谈 21 世纪是中国人的世纪，21 世纪的世界文化是儒学思想领导的文化，21 世纪最重要的世界通用语言文字是汉语和中文，等等。一句话，在 21 世纪内，中国会把全世界的一切都统一起来。我看，这完全是在胡说一气。要西方人放弃拼音文字来使用中国的方块汉字？要西方人放弃自由、平等、博爱、民主、法治、人权的口号来采用中国三纲五常、中庸之道的思想道德规范？要人家都放弃交响乐来听我们的"威风锣鼓"？要人家放弃芭蕾舞来演我们的跑旱船？要人家放弃现代医学都来学我们的肝火脾土的医学？……这简直是异想天开，无可理喻了。

现在中国不仅已经吃了几年饱饭（但是还有几千万人没有解决温饱问题哩！），而且国家比"文革"前和"文革"时期，都确实有了根本的不同，国家是大大地飞速前进了，面貌可谓大为改观了，人们当然会因此而感到无比高兴和自豪。"饱暖思淫欲"，信哉！此处的"淫"字作胡乱、不当、过分、稀奇古怪等解释，自是不言自明的。在这种时节，会产生一些异想天开的想法，看来也是必然的——因为它反映了中国还相当落后，在见识上同应有的世界水平似乎还有一段不小的距离，所以才会说出种种离奇古怪的胡话。儒学是不强调对客观世界的研究的，就是说只重思想改造，这就决定了它不可能领导世界。

这回大说特说的胡话，倒不是一天到晚要去解救全世界四分之三处于水深火热中的人民之类的豪语了，相反的，是一些更加怪异的东西。其中最突出的，就是公然讲：21世纪是中国人的世纪！报刊上常见，字体很大，当然主要是在信口开河的说话和广告中，但是有些正式的文章也在这么大讲特讲。这算什么爱国主义？这是在公开的胡说八道。难道中国要做宰割全世界的秦始皇？胡吹这类东西，真可说是愚昧到了极点。

我们不仅现在不应该胡说什么21世纪是中国人的世纪之类的昏话，即使在千年万年中国大强特强之后，那时世界真的"大同"了的话，也绝不是"大同"于某一个国家或某一个民族，只不过是现在大家还很难想象的某种联系更加密切的状态罢了。恐怕在那个"大同"中不但有"小异"，而且还有"大异"呢！例如，语言文字就很难"大同"得了。这种区别是从猿人到现在形成的区别，究竟已有多少万年？科学上似乎也无定论。要我们十几亿人口放弃汉语、中文等，怎么办得到呢？要全世界的人都来通用汉语、中文等，当然更是绝不可能的事。

国家兴旺起来了,这是大幸事,但我们还要更加谦虚一点才好,更加理智一点才好,更加照顾常识一点才好。一切统一于中国,不但纯属空想,而且十分反动,这是千万胡吹不得的。

外国人现在大体上也知道这类东西全是无知者的妄说,所以他们现在也还没有认真看待这类东西,大约还处在一旁看笑话的状态中。但是如果吹得太多了,吹的人有的又不全是无知妄人,甚至把这种胡吹变成一种时尚潮流,并误以为是"爱国主义"宣传,听其泛滥,以致鼓励其泛滥,那就很不像话了,外国人很快就会重视这种胡吹,并把中国说成是一个最具"扩张主义野心"的国家。所以,我劝有些大家小家们,不要吃了几年饱饭,有个电视机看看,就又忘乎所以了,还是要照顾一点常识,不要这样胡说八道为好。

有人会说,你说的这些太幼稚了,太浅薄了,中国文化拯救西方文化,远比你说的深妙得多。例如,在精神与物质、天理与人欲、贡献与享受、义务与权利、利他与利己、人治与法治等问题上,说西方太着重后者,毛病太多,所以要用东方儒家文化(实即两千几百年形成的中国文化传统)去补救它,改造它。对此项理论我无话可说。其实,西方也是讲兼顾的,他们特别重视的是,一切个人利益从根本上都必须以社会的、公共的利益和尊重他人的利益为前提。即如果不遵守对社会、他人与法律的义务,就根本谈不到享受个人的权利。因此,根本就不存在西方全不对的问题。相反,西方的权利与义务、利己与利他、法治与人治等已经制度化了两三百年,还是西方似乎更见长一些。而中国的很多道德与义务标准,其合理部分,从人情与道德的标准去看,确也是大有长处、十分优良的,我们当然应该坚持和发展它们,如"己所不欲,勿施于人",就要胜过西方很多权利与义务的理论。而西方的权利与义务理论,说到底,如果以这八个字去概括它们,也不是对立的,而且也是适用的——他们绝没有违反这八个字的道德与法律标准。近年对于东方文化拯救西方文化之说又增加了些新的理论,例如,天人合一与天人分裂、综合与分析(看问题与处理问题的方法)的不同等,西方是后者,因此问题多,毛病多;而中国则是前者,全面看问题,全面解决问题之类。但好多在外国长期住过或去参观访问过的人们都告诉我,近几十年,西方特别注意"天人合一",即保护与改善大自然环境,中国可谓望尘莫及。相反,中国过去几十年对环境的破坏,才是令人不寒而栗的,连口头上也少谈环境保护,实际上到处都在全面破坏自然环境,真正是走在"天人分裂"的危险道路上了。世界自然遗产的四川九寨沟者,多年来特大森林采伐未尽之点滴遗存也,今日九寨沟风景区还到处都有树径在七八十厘米以上之大量伐倒后未获运出的倒木存在,游客几未注意及之,我则看到了几处,现存的不过是九牛之一毛而已。至于说到综合与分析的问题,我以为谈不到综合优于分析,因为二者必须结合起来才能解决问题。而且分析是综合的基础,大而化之地只重综合,恐怕是一个大缺点而不是大优点,这正是中国两千年以至近几十年一个吃大亏的关键之处——科学恐怕首先要建立在分析的基础上。而且西方古代希腊哲学就是综合与分析都看重的(但似乎也是以综合为主)。说西方只重分析这一点能否成立,我很怀疑。古代科学还很不发达,不管东西方,看问题、解决问题的方法,似乎都必然是以综合为主。分析产生科学,也必然是随着科学的进步才能日渐兴旺起来的。而且分析与综合常常是密不可分的,在当代科学发展水平上,还去说什么综合比分析更重要之类,恐怕是有点在说几个世纪以前的话了。

所以,中国要真正现代化,首先最重要的是思想现代化、观念现代化,如果研究来研究去,还是觉得用中国的老东西重新以一些新字眼去解释一下,便可成为世界上最好的东西的办法,我以为是绝对行不通的。

(原载《南方周末》1998 年 3 月 13 日)

"东方文明"琐议

近几年,中国有一些议论在大倡 21 世纪是东方文明拯救西方文明的世纪之说。据说西方文明(当然是以欧美为代表)到 21 世纪就混不下去了,完全腐朽了,要彻底崩溃了。救之之法,就是服东方文明或东方文化之药,便可起死回生。对于何谓东方文明,一般并未明确点明。但是,东方文化,其大者至少应该包括佛教文化、印度教文化(以及之前的婆罗门教文化)、儒家文化(其实大体是混一中国古代诸家的文化)、伊斯兰文化,还有独特性很强的日本文化,等等。日本文化的主要特点究竟是些什么,似乎并没有比较权威公认的说法。我以一个日本时局长期关心者的观察,日本文化的核心,似乎是大和民族是神的后代,世界第一优秀民族,天然的应该是"八纮一宇"(即混一天下,普天之下莫非王土之意)的承担者(战后才不那么公开大讲了)。

以上的各种文明或文化,对于西方文明或西方文化,即重视科学技术的发展,强调自由、平等、博爱的理想;强调民主、法治的政治制度;强调立法、司法、行政三权分立的互相制衡;

强调个人主义,强调广泛人权的不可侵犯;强调思想、言论、出版、集会、结社的自由;强调人道主义的至高无上;强调广泛的个人隐私权的不受侵犯;强调冒险、独创、争先、效率等的社会风习;等等。比较起来,东方文明恐怕是难于把这些东西战胜的,西方也绝不会接受任何一种东方文明去挽救它们。今天的西方文化固然早就有些矛盾很突出了,但绝未至于就要崩溃并使他们的社会就要解体的程度。而且,他们现在仍然率先在把世界领入一个"知识经济"的新纪元,这不能不说是西方文明的又一个划时代进步吧。看来,他们并没有就要垮掉并向东方文明大呼救命的样子。到了实在不行的时候,他们不管采用民主社会主义也好,罗斯福的复兴政策也好,马歇尔计划也好,看来他们还是会想出办法的,但可以肯定两点:他们是绝不会再采用共产主义与法西斯主义这两个办法了。

东方文化(其实论者多专指中国固有文化)固有很多优点,毛病恐怕也很多、很深、很大。不然怎么会有一些比西方文化发达更早,甚至比中国更早的一些东方文化国家,并没有能把东方推向发达的经济境界呢?日本现在的经济是发达起来了,但又似乎一点也不能由他们固有的、独特的日本文化来作解释。有一点也许确有关系,他们团结、吃苦、认真,还极其自傲,这些当然也在文化之列。

东方文明中可怕的东西实在太多了。蔑视人民应有一点儿民主自由权利,即是其中最最突出的一种。简言之,西方人把它叫"人权"。这个词在解放后大体上与罪恶同义,现在至少是不这么明讲了,所以我这里也就斗胆用它一次。现在对

"人权"的正解是生存权,这当然也是一重大的"发展"。

西方国家,只要真把民主制度确定下来以后,总理即使换来换去如走马灯,也并不大影响他们的经济政治生活。例如,现在的意大利总理,大概已是战后近第 60 任总理了,换来换去,并无大不同,如果总理们各来一套,意大利还能存在吗?法国现任总统希拉克是右派,总理若斯潘是左派,大家还得按法治办事,也矛盾不到哪里去。可见安定的基础是民主与法治,而绝不是一个独裁统治者在刺刀尖上稳坐几十年就叫做"稳定"!

第二次世界大战后 55 年的历史至少证明了一点:不管哪一个独裁统治者施行的刺刀尖上的几十年统治历史中,曾经有过一天安定?历史的铁则证明:"安定"与专制必然成反比,而与民主必然成正比。一个人几十年独裁残酷统治的"安定"如果维持下来了,那个民族就必然处在极不安定的长期苦难中。亚非拉,有例外?

在东方国家,韩国与泰国的民主制度有可能建立起来,在这两个国家,现在要恢复朴正熙、栾披文式独裁政权的可能性比三四十年前已小得多了。但东方绝大多数国家即使表面上不是君主世袭制,实际上常常比君主世袭制还要根深蒂固。最高统治者固然全力培植这种制度,但人民通过选举,竟也会选出这么一种制度来。靠强力传位的,例如蒋介石、蒋经国父子(蒋经国无人可传了才自然停止)。但这半个世纪以来,东方大多数的世袭制,竟都不是靠武力形成的。例如在菲律宾,参议员阿基诺被实行军事独裁 20 年的总统马科斯统治刺杀了,人民愤而选举阿基诺夫人为总统(她是个很好的、值得尊敬的人),她是被逼上梁山的,未上台就准备下台,但在人民的情绪下,她不能不上台。在斯里兰卡,总理、有威望的班达拉奈克被刺死了,妻子班达拉奈克夫人当选总理。一个老年女性,手无寸铁,当了总理,纯属民意。经相当一个时期后,现在又是班达拉奈克夫人的女儿任总统,班达拉奈克夫人任总理了。印度更突出了,52年前,尼赫鲁任开国总理,之后是女儿英迪拉·甘地夫人任总理。这位女总理被刺死后,是她的儿子拉吉夫·甘地任总理,而此公又是从来不搞政治的,但硬被推上马。这位拉吉夫·甘地又被刺死了,弄来弄去,似乎找不出一个能稳定政局的总理了。今夏以来,国大党又非强迫拉吉夫·甘地的夫人,即他留学英国时的意大利籍女同学索妮娅·甘地出任国大党领袖以及未来的总理不可。只要是尼赫鲁家的,即使一个外国家庭女性,也非把法统传给她不可。索妮娅·甘地从未追求此位,固辞不获,才被迫坐上国大党领导人龙椅的。至于巴基斯坦和孟加拉,情况也完全相同,就不多说了。

反观丘吉尔本人以及英国选民之于丘吉尔,情形就完全不同了。丘吉尔一直是反苏的,但也是更坚决反对希特勒的。1940年5月,他取代本党(保守党)对希特勒一味软弱的张伯伦任首相,受命于危难之际,坚持抗德。1941年6月22日凌晨3时希特勒展开对苏联全面的、压倒优势的闪电战以后,斯大林连续11天未讲一个字,一下打闷了。可是丘吉尔却在当天对全世界发表演说,要全面援苏,声明希特勒对苏联作战就是对英国作战。当时他所表现的胆识在世界史上是罕见的。以后他撑持了 5 年反法西斯战争，直至完全战胜希特勒。1945 年 7 月杜鲁门、斯大林、丘吉尔三巨头正在柏林附近的波茨坦开战后三巨头会议时，英国国内大选结果，工党得胜，首相立刻换成工党的艾德礼，丘吉尔下台，波茨坦会议正好开了一半，丘吉尔大大方方地退了席，由艾德礼首相来接替他开三巨头会议。此种交替不但没有刀光剑影，甚至并未吹皱一池春水。这在历史上大概也是仅见的。英国选民少投保守党的票，就是明确要把丘吉尔选掉的意思。为什么呢？丘吉尔的威望正如日中天，英国人民也正处于十分崇拜他的时候，为什么却有意要把他选掉呢？原来英国选民迫切希望保持民主制度不变。丘吉尔功虽高，贡献虽大，但战时的权力也够集中了，如果丘吉尔挟战胜之余威，继续加强个人权力，这样，英国的民主制度就可能遭受破坏。所以，英国广大人民认为以不让丘吉尔继续担任首相为宜。他们感谢、崇拜丘吉尔，但是说，辛苦了，老先生，你休息休息吧，让别人来干会更好一些。他们不是要打倒丘吉尔，而是怕英国可能会因此走向个人专制的道路。事实上，过了几年之后，下次大选，丘吉尔又出任首相了。经过几十年世界政治观察家们的研究，以及对英国选民无数场访问证实了一点：第一次下台并不是丘吉尔的失败，而是英国选民的成熟。这些并非我的臆测，而是多年从西方书刊译文上看到的，我才释了疑。这是他们为了保持民主而忍痛做的选择。他们在内心里倒是觉得有些对不起丘吉尔的。按照东方文明的规矩，那就非由也是很有政治活动能力的小丘吉尔继任几十年首相不可了。可是这位小丘吉尔以后倒是靠自己的力量当了一个时期议员,仅此而已。

从这种事实可以看出,西方文明的精华是在这些地方。难道这也要由东方文明去加以改造和拯救吗?恐怕不行也不应该吧!法国的曲折多一些,戴高乐的集权倾向很突出,1958年他终于把法国多年来的内阁制度变成了总统制,把中央行政大权集中于总统。但他终究没有要把法国变成个人专制国家的想法。关键是法国人民绝不同意这么做,所以法国也终于没有变成一个个人专制国家。这些是传统的东方文明断然不及他们的地方,也谈不上拯救他们的问题。

当然,西方文明中个人主义是越来越突出了,毛病也可能越来越大了,这点,东方文明中的某些优秀素质,确是值得他们认真考虑的。

我以为,东方文明固不应自卑,但更不应自大。闭关只能自愚、自弱,以致自毙,而不可能自守。

上述那些东方文明现象能不叫人触目惊心吗?这样的历史现象算是前进、停滞,还是氏族制的遗留?这样似乎平安的政治运作,还不如看意大利的走马灯好,因为这种停滞、倒退是看不到有什么人才竞争的。难道这还不能证明东方文明中有很多都是极端落后的东西吗?而这些情况都是东方各国上中下层人民思想状况的反映。这是不是说明东方有很多事情还根本未进入近代,冥冥之中我们还有些重要事情还是处在原始氏族制的残余中呢?这距离世界通行的现代民主化标准不知道有多么遥远!

七十几年前,鲁迅说过这样的话:要我们起来保存国粹,首先要国粹也能保存我们(鲁迅这里不是指具体文物,而是指古书上的意识形态)。鲁迅的这个意思是永远不会错的:今天单靠东方文明,是连保存我们也根本办不到了,更绝不可能使我们现代化——物质的和观念的双重现代化,何况马克思主义本身就绝对不能说是东方文化呢!鲁迅的"拿来主义"确然代表了他那个时期对于东西方文化关系的最高水平的认识。虽然还不成体系,还不是一个系统化了的理论,但它的光辉火花必将永照百世。这个问题到了邓小平手里才从根本上、理论上解决了,这就是他的改革开放路线,"三个面向"即"面向现代化、面向世界、面向未来"的路线,这是马克思主义在东方应该如何建设社会主义的一个伟大理论发展。离开了这个伟大理论,中国就永远不可能实现社会主义现代化。其他东方国家,如果单依靠自己固有的东方文化,就连资本主义现代化也根本办不到。

　　东方文明有其光辉灿烂的一面,但也有严重阻碍我们步入现代化社会的一面。至于一下子大谈要用它来挽救就要破产了的西方文明一说,那是过屠门而大嚼,权且快意,同史实怕是发生不了什么关系的。

　　　按:本文从《半杯水集》中截下,无年月日及发表处所。但据我所知,登载此文的地方不少,我均未单独留下过。据此文中有"52年前,尼赫鲁任开国总理"一句推算,那时为1948年,则此文应写于2000年前后。

辛亥百年零感

一　辛亥革命是简单的"失败"了吗？

　　从我在 20 年代、30 年代初的小学到中学时代,因家兄的读书会朋友买来书籍较多,我也一个人偷着乱翻。这些读物多是左翼书,与教科书全不相同,我从其中获得的印象之一是:辛亥革命是完全失败了。大约是说,辛亥只推翻了一个皇帝,换了一个国号,剪了一条辫子,其余则毫无所获。后来学了马克思主义,受的更是这样的教育。

　　但我想,上述这个多年的提法恐怕未必对。主要理由是,它不符合事实。即以取消帝国形式、帝王称号一点而论,辛亥革命后建立的中华民国也是亚非两洲的第一个共和国。其他,如宣传人权、民主、法制、男女平等思想学说,也变成合法的了。辛亥革命确没有换来美、法式的民主国家制度,但换来了皇帝的倒台与宣传民权、自由等的合法权利。军阀们的态度是:只要你没有直接抨击他的暴政,你讲讲空理论,他们也管不了那么多。这一收获并不是小事:人民不是一天到晚的"臣罪当诛",而是可以自称是国家的主人了,也可以讲几句话了。因此,我以为若干年来关于辛亥革命似乎完全失败了的说法,恐怕是应该抛弃了。因为那不符合史实。

　　若干年来,为了回避"反满",甚至连孙中山 1884 年在檀香山组成的"兴中会"以"驱逐鞑虏"为第一口号,似乎也是一种"狭隘民族主义"。请问,17 世纪上半叶,在满洲各部刚刚统一不到 30 年的狩猎民族一下子就占领了北京为帝,难道康雍乾实行的是民族平等政策吗?皇族、皇亲国戚、旗人,占当时全国人口的百分之零点几吧,坚持要统治全中国,早已使国家走到亡国的边缘了。在此种情况下,要推翻清廷的统治,正是全中国人民迫不及待的神圣要求,怎么反而变成狭隘民族主义了呢?辛亥革命的伟大意义,难道它首先不是一个救亡图存的伟大运动吗?如是,它就是可以永放光芒的、救亡图存的伟大革命运动。总之,我的意见是,对辛亥革命的评价,绝不应该再坚持八九十年的老调了。这不是什么一时的政治需要,而是是否符合史实的根本问题。

　　现在有的专家认为,一百多年前的中国,看来还不具备实行民主共和国的条件,还是以实现民主立宪为好,那是一个科学研究问题,也应该有此自由才好。

2012 年 4 月

二 关于孙中山先生的
"称谓"问题

今年是辛亥革命一百周年纪念,不觉要产生一个对孙中山先生的称谓应该如何说才比较合适的问题。

上世纪的1956年,即孙中山诞辰90周年纪念时,毛泽东曾经发一短文,名《纪念孙中山先生》,此文的第一句也即第一段是:"纪念伟大的革命先行者孙中山先生!"当时感到奇怪的人即相当普遍:所谓"者",即任何一个普通人之谓也:行者、坐者、老者、幼者等,均可用,似乎太一般了。可奇怪的是从此即成为定论,一切书报、讲话以及普通发言,就从此自动地定于一了,不敢再越雷池半步。

这明显地是一个很低的估计。例如,对鲁迅,是"伟大的思想家、文学家、革命家",这才像个称呼。孙中山当然是推翻清朝反动腐败统治的革命派的"先行者",但那个时期的"先行者"却远不只孙中山一人,他们是都应该被称为革命"先行者"的。像黄花岗七十二烈士、秋瑾女士哪一个不是先行者,他们连生命都送进去了。他们也不仅仅是"者",而是

"家"了;像秋瑾,难道还当不上一个"杰出革命家"的称号吗?毛泽东谈到孙中山的文章、讲话很多,但似乎是以1956年11月发表的这篇短文《纪念孙中山先生》,对孙中山的估计为最低。因为这称呼是远不能说明孙中山在中国究竟应该居于何种"历史地位"的问题。"革命先行者"这一提法,只是说明孙在时间上的这个并非他一人所独具的特点,并不能说明孙在整个中国史上的地位和应有的历史评价。也就是说,这提法并未涉及孙中山在整个中国历史上的地位问题。对这一点,我以为,应该由中国历史学家从整个中国历史背景出发,来评价他的历史作用,诸家可以不同,但总要给予孙先生一个比较尊崇的、具体的历史评价与历史定位,即一个简明的称号。

解放前,国民党当政者定的是"国父"。但这称号恐怕也不合适。上世纪30年代就有议论了,"中国"是历来就有的,怎么能称为"国父"呢? 中国与美国不同,如果华盛顿可以被称为"国父"的话,那是因为在美国获得独立之前,并没有美国这个国家。

我以为,这件事还应该由各方面人士,特别是历史学家们认真考虑一下,一定要挣脱各种陈说,据实予以考虑。首先,"国父"与"中国民主革命的先行者"这两个提法恐怕都不大合适。我手边1999年版的《辞海》孙中山条,第一句就是"中国近代伟大的民主革命家",全文未引用"中国民主革命的先行者"一文一字,这就是一次挣脱教条的大进步。但我又感觉这个评价也似乎并不大到位。因为,当时的黄兴、宋教仁等,似乎也可以担当这个称号的,不能说他们连个"者"也不够了。

　　总之,这个称呼让广大学术界讨论后,再逐步自然而然地相对统一称呼为好。不过,这个统一是极其不易的,恐怕还得相当时期以百花齐放为好。技术科学,只要符合实际,就应统一;社会科学、文学艺术,一统一就完蛋。学者就是学者,总不能一切都只能由政治权力来决定的。这不是由某人在某会上说过一句什么话,以后的一切学者就只能在这个林彪发明的"最高指示"下跪着走的。对孙中山的称号,最重要是全体华人都能通过的,这就恐怕各方面都要有一点互让精神才行。此非急事,但象征意义极大,至少恐怕也应先以采用辞海之说较好。以我之可否称之为"中国近代民主革命的伟大领袖"比较适中呢?

　　对任何人都必须如此,没有例外。不如此就任何学说都不可能会有创新,并取得不断创新的成果。

2001 年 1 月 30 日

三 "第二次鸦片战争"？

　　全国解放后,忽然把 1856 年至 1860 年英法联军对华大规模的、全面的侵略战争,一律改称为"第二次鸦片战争",并从此彻底废除了"英法联军"或"英法联军之役"的中国历史传统提法。我以为这是完全不对的,应该改回来,用原来固有的提法。这首先是把中国近代史上被侵略的几个关键阶段打乱了。

　　"第二次鸦片战争"之说,出自马克思当时的一、两篇时评。《马恩论中国》的小册在延安时已出版了,文章就出在那本小册子上。马克思当时不过是沿用西方新闻界的一个名词罢了,如何就能成为历史定论? 我以为这个提法是根本不合史实,也根本谈不到是什么经典,它是很不科学的。

　　1840—1843 年的英国侵华战争,之所以叫它"鸦片战争",也只是相对合理,因那次战争起因确在英国及其他国家(美、法),强迫扩大倾销鸦片予中国。但那次战争已绝不仅仅是为了推销鸦片,它是一个资本主义侵略大国,一定要用武力来闯开中国的大门,要全面榨取中国,要逐步把中国殖民地化而发动的战争。那次战争,英国占领了南京(尚未占天津、北京),并于同年逼清政府与之订立了《南京条约》,内容哪里是鸦片倾销呢? 是割地(香港)、赔款(二千一百万两)、开五口通商、关税中国不能自主(协定关税)、设租界,等等。这些与继续扩大鸦片推销有什么关系呢? 一点没有。全是全面侵略、掠夺中国的主权。

我要说,六七十年前,我国成绩稍好的中学生,大致都能顺口就背的出来,中国走向亡国境地的四大阶段是:鸦片战争、英法联军、中日战争(1894—1895)、八国联军(1900)。这四次战争(各四个字,极易记)一来,中国也就走到亡国的边缘上了。确实是初中学生像顺口溜一口就能背得出来。

英法联军,是 1856—1860 年,时间延长五年之久,可见他们的决心之大。英法在得到俄美的武力支持下,于 1860 年一直攻占了天津、北京。在北京则彻底毁坏了世界上的万园之园——圆明园。这是在对人类文明作战,而不是在宣扬文明。

美俄两国乘这次战争之机,也参与了掠夺中国,其中俄国得利之大,令人难以置信。

在这次战争中,大致说来,有以下几大类结果(其中的具体损失自非本短文所能表达)。

第一,与英、法、俄、美订立了《天津条约》。

第二,与英、法、美订了《通商章程》。

第三,与英、法、俄订立了《北京条约》。

第四,与俄订立了《瑷珲条约》。俄乘机逼我订约共有几次之多。我黑龙江以北、乌苏里江以东的大片国土,从此割归俄国。

第五,北京圆明园被英法军队彻底摧毁。

自英法联军之役以后,一个各大强国共同瓜分中国之势就此形成。

因此,这次战争远远不是为了继续和扩大鸦片推销而进行的战争。它是当时各大国瓜分中国的第一次大规模的联合侵略,为此进行了历时五年的长期战争(那时,日本还远不够强大,所以尚无力参加进来)。而且,这次侵略的野蛮残暴程度是不可想象的。他们竟然彻底摧毁了圆明园!这不仅是侵略者欠中国人民的一笔永远偿还不了的巨债,也是他们欠人类文明的一笔永远偿还不了的巨债!

解放前,通常是把"英法联军火烧圆明园"九个字连在一起说的,这会给人民造成极其深刻的痛苦印象;现在的书上硬要把这段历史说成"第二次鸦片战争",这不是把人们都送进了五里雾中去了吗?

我以为,我们万不可教条和失去理智到这个程度:把中国殖民地化史弄糊涂掉,而目的仅仅是为了死也要服从马克思用过的一个词。而马克思不过是用当时西方新闻用语而写的一件时评,怎么每个字都变成了经典?

以这来修改中国历史,完全是一种不可理喻的宗教迷信。我以为,任何一个稍有气节的历史研究者与历史教师,现在就应该恢复"英法联军"的提法,并以此为例,再也不能因为马克思的一个时评用语来改变中国的历史了。

中国人站起来了。真站起来了吗?哪一件事情敢作独立的研究?

四 是"周期律",不是"周期率"

　　近若干年,兴起了一个非常奇怪而又不通的词义强辩,十分幼稚可笑。但它依靠某种原因,立即大致迫使全国屈从了。尤其是新闻出版界最会观风色,虽明知其错却必须立即改从之。这事是若干年前忽然出现了一个"政治文字学"家,解释说,黄炎培先生 1946 年访问延安时,对中共提出的那个问题:中共如果取得政权后,将如何避免历史上一个新政权由兴到灭,由盛而衰的"历史周期律"的"律"字是错了,应该改为"率"字才对,云云。我们先说说黄炎老的提问。这个提问是非常令人可敬的,说明他有过人的胆识。因为,这个提问的背后必须包括两层意思:一是,中共已不是加入国民党领导的中央政府的一部分,而是由中共自己独立组成中央政府,即中共可能独立取得全国政权。二是,如果中共独立取得了政权之后,将如何避免两千几百年自秦始皇以来,每个王朝由兴到弱,由弱而亡的历史老路? 这里提的第一个问题要十分有识,即,黄能看出中共有独立取得政权的可能;第二个问题要有胆,即能在毛泽东面前提出你们如果取得了政权之后,如何才能避免由盛而衰以至灭亡的问题。黄炎老是个有眼光的政治家,有操守的历史观察家,他在1946年就能提出并敢提出这些问题了。须知,当时的民主党派人士,是还没有人考虑过中共会独立取得全国政权的。

须知,"率"与"律"是根本不同的两回事。"率"是谈数量上的比例关系,如圆周长等于直径长度的3.1416倍;人民币1元等于台币4元等。"律"呢,是一个时间发展呈某种规律现象的问题。黄炎老问的即是由兴而衰、由衰而亡的历史规律的老问题,因此,这二者根本不是一回事。黄炎老问的显然是时间概念,即历史发展的周而复始的"规律"现象。此处若以"率"字代表之,就莫名其妙了。又如,19世纪以来,马克思主义所坚持的资本主义经济发展有个"周期律"现象,即"繁荣—萧条—危机"的周期律现象。试想想,这里能用"率"来代替"律"吗,那就不成话了。朱总司令总结在云南剿匪时(注意:那时确是"匪",不是什么"人民起义")总结出来的十六字诀:"敌进我退,敌驻我扰,敌疲我打,敌退我追",这叫"十六字诀",也可称为"十六字律",如改为"十六字率"像话吗?

因此,黄炎老说的"历史周期律",绝不能改为"历史周期率"。改了,还成什么话呢?

不仅黄炎老的"历史周期律"不能改为"历史周期率",从根本上说"历史周期率"这一词就不通,一个是时间概念,一个数学概念,风马牛不相及,这两个词就根本扯不在一起。

附　录

天下何人不识君？

　　《同舟共进》2010 年 6 月号上有一篇超短文，是北京陈锋写的《留心朱永嘉们》。我非常感谢这位作者，替大家讲出了几句心里话。我早就为陈锋所说的上海"朱永嘉们"近几年发表的文章感到十分可怕了，似乎一切又要翻回去似的："文革"前、"文革"后，一切极左的胡行都是对的。今日之世，谁的言论自由最多？包括"朱永嘉们"。真是十分羡慕。我现在已有些糊涂了，要我一下举出这位前教授或副教授今年写过些什么文章，具体的倒是一篇也举不出来。但每次看了他的文章后，我都感到恐怖：还想再来一次"文革"吗?！陈锋文只是提出了问题，未加解释，显然他觉得这是国人皆知的事，用不着举什么例子了。

　　1960—1978 年夏，我有十八年零两个月在上海戴罪工作。我这条性命今天还在，没有死在张春桥、姚文元、徐景贤这些最正宗的革中国人的命的"革命家"手里，是老天可怜见了。当然是这些人不知道我，所以我没有被他们点名，一点，我就完了,这似乎应该感激他们才好(当然,他们可以说,你是什么人,上一个"小巴拉子",值得我们亲自来处理你吗?你不要太抬高自己了!)。而今如此活跃的朱永嘉先生,当年在上海市革委会中究竟名列第几,我不甚清楚,但他实际上的地位比表面的名次要高得多,这是当时上海尽人皆知的事实,张春桥、姚文元久已在京指挥全局,上海"景贤同志"(徐景贤)之下是谁? 不是人人都知道是你"永嘉同志"吗? 上海在张春桥、姚文元调到北京后,全权代理人是徐景贤,是人人都知道的徐老三。留在上海的头是老干部中的叛逆马天水,在文化界造反派口中的人物是春桥同志、文元同志、景贤同志、永嘉同志。可是关于你们的事见不到有上海的人出来写几句,即使投外地报刊发表不也很好吗? 但我知道这句纯是风凉话。我很清楚:如果我在上海,敢写此文吗? 回答是:大概不敢。自 1955 年柯庆施到上海后,真是厉害,上海变成了一个"静静的上海"了! 我在那里住了 18 年,我知道那里的空气如何。

朱永嘉现在享受的言论自由权,肯定比我大得不可比拟,上海的其他知识分子能不能享受呢? 看来远远不能。十多年前吧,复旦大学潘旭澜教授要研究一下洪秀全就不行(如果连洪秀全都只能歌颂,不能批评,我们就永远处在一个蒙昧的状态中了,洪天王不就是在干"文化大革命"吗? 我们的"破四旧"洪秀全不早那么干了吗?)。我最近见过朱永嘉先生的一篇文章,是说 1959 年庐山会议闹成那个样子,责任在彭德怀等人。这篇文章,我认为媒体应该转载,只要加一个短短的按语,没有批判文章毫无关系——如果太认真去批判,反而要大上他的当。当然,我这文也就是主动上当的一个例子。中国不是人人都丧尽了良心的,是看得懂朱先生的文章的。

那时农村的饥饿情况,领导人应该是相当知悉的。毛主席在上庐山之前,先往韶山老家去过一趟,要宴请一下乡亲父老,这是人情之常。时任湘潭地委书记是华国锋。可惜几桌饭每桌只能有一碗猪肉,一举筷便没了。要华再上些肉来,华轻轻对毛说,没有了。对这件事,我很佩服华,有胆量。那时的饥饿情况之严重,从这件事上来看,毛还有什么不了解的。像湘潭附近那么富饶的地方,在任何平常年景,在附近几十里内弄个几千斤猪肉来,不是一呼而就的事吗?何况你是知府老大人要?人民公社化、"大跃进"、大炼钢铁后,农村是个什么样子,城市又是个什么样子,你朱永嘉先生也应该是知道一些的。1960 年、1961 年和 1962 年我拿着粮票跑遍上海,远征郊区龙华、朱家角、浦东高桥、长江口吴淞,非为游览,为孩子买一二两食品也。可是都买不着任何可吃的东西。那么,彭德怀在庐山反映两句开头两年的事,有什么祸国殃民之罪呢,为什么到今天你还要说是彭不对?

你朱先生"文革"时期在上海,实际权力处在个什么地位,上海人民特别是上海的各类知识分子心中是知道的:你是灵魂人物。徐景贤位在你之上,但是他懂得什么呢,人们都说你才是摇鹅毛扇的人。"文革"时期谁有权力不在表面的职位,江青是什么人呢,可权倾一国,党、政、军、群众,哪个敢不听她的话?上海文化界对谁最感到战战兢兢呢?是徐景贤和你。但徐官大了，管得宽，更怕的是"永嘉同志"！

我看过你们处决上海市交响乐团一位老指挥应某的布告，我听过你们处理郊区青年因自发演出"样板戏"不够标准而被判刑的传达（有无死刑记不得了）。我还要问，1968年在上海那么残忍地处死林昭女士（北大学生，因批评反右派而被判无期徒刑），又是哪些人的命令呢？事情已过去42年，什么了不起的档案也应公开了。"四人帮"被抓后，上海说要抵抗到底，有人提出要发表《告世界人民书》，掀起"世界革命"，"还我春桥"！现在是否已澄清有无此事，究竟是谁提出的，当时可是言之凿凿啊！是你"永嘉同志"。但现在我手中无核实过的材料，也就只能提出问题了。上海造反派头头们，只认5个人，十年间，开口闭口就是："江青同志"、"春桥同志"、"文元同志"、"景贤同志"、"永嘉同志"。一些老工人的工宣队员们，他们是成天听来的，因此他们也像背书一样均是这么讲的。几乎十年间，全上海绝无例外。你现在还是在"批"彭德怀，特别是张闻天在庐山会议上是如何如何错，你这不明明是在欺骗"70后"、"80后"、"90后"的男女们吗？你聪明得很，你至今以坚持毛泽东旗帜自任，你很知道中国的国情：紧紧撑着这面旗，看你们有那么多人会不会在实际上听我的指挥？你们不会引用我的文章，但你们却在实际上不能不跟着我走！

朱先生，你现在大概已拥有一切公民权利，包括控告我的权利。不过，即便我输了，你也未必能得到多少民意的拥护。不要忘记，老的岳飞墓前是跪着两个人的（现在取消了）。现在竟还要回头去肯定庐山会议,把错误推在彭德怀、张闻天身上,这未免太欺负中国人了。现在如要建新的岳飞墓,墓主应该是谁呢? 恐怕非彭德怀不可了。而跪在下面的两个人是谁呢,恐怕非江青、林彪不可了。张春桥、徐景贤之类的人还轮不上,等而下之的一些人更轮不上。宋文天祥《过零丁洋》诗的末句是:"人生自古谁无死,留取丹心照汗青。"一般是虽不能至,心向往之的,总不能向相反的方向去努力吧! 临末,把唐人高适的名诗《别董大》献给你——朱永嘉先生! 一字不改,只是其中第三句的"知己"二字不是一个组合名词,而"知"是作动词用了。全诗如下:"千里黄云白日曛,北风吹雁雪纷纷。莫愁前路无知己,天下谁人不识君。"

(注:本文似未发表过)

封面题签:吴道弘
责任编辑:王世勇
装帧设计:周涛勇
责任校对:周　昕

图书在版编目(CIP)数据

论睁眼看世界/曾彦修 著. —北京:人民出版社,2016.6
ISBN 978－7－01－016316－1

Ⅰ.①论… Ⅱ.①曾… Ⅲ.①杂文集-中国-当代②政论-
中国-文集　Ⅳ.①I267.1②D602-53

中国版本图书馆 CIP 数据核字(2016)第 128732 号

论睁眼看世界
LUN ZHENGYAN KAN SHIJIE

曾彦修　著

人民出版社 出版发行
(100706　北京市东城区隆福寺街 99 号)

北京新华印刷有限公司印刷　新华书店经销

2016 年 6 月第 1 版　2016 年 6 月北京第 1 次印刷
开本:880 毫米×1230 毫米 1/32　印张:9.875
字数:271 千字　印数:0,001-5,000 册

ISBN 978－7－01－016316－1　定价:46.00 元

邮购地址 100706　北京市东城区隆福寺街 99 号
人民东方图书销售中心　电话 (010)65250042　65289539